RESTAURA-ME

Universo dos Livros Editora Ltda.
Avenida Ordem e Progresso, 157 – 8º andar – Conj. 803
CEP 01141-030 – Barra Funda – São Paulo/SP
Telefone/Fax: (11) 3392-3336
www.universodoslivros.com.br
e-mail: editor@universodoslivros.com.br
Siga-nos no Twitter: @univdoslivros

TAHEREH MAFI

RESTAURA-ME

São Paulo
2025

Grupo Editorial
UNIVERSO DOS LIVROS

Restore me
© 2018 by Tahereh Mafi
All rights reserved.

© 2018 by Universo dos Livros
Todos os direitos reservados e protegidos pela Lei 9.610 de 19/02/1998.
Nenhuma parte deste livro, sem autorização prévia por escrito da editora, poderá ser reproduzida ou transmitida sejam quais forem os meios empregados: eletrônicos, mecânicos, fotográficos, gravação ou quaisquer outros.

Diretor editorial: **Luis Matos**
Editora-chefe: **Marcia Batista**
Assistentes editoriais: **Letícia Nakamura e Raquel F. Abranches**
Tradução: **Mauricio Tamboni**
Preparação: **Milena Martins**
Revisão: **Guilherme Summa e Sandra Scapin**
Capa: **Colin Anderson**
Foto de capa: **Sharee Davenport**
Adaptação da capa: **Aline Maria**
Arte: **Aline Maria e Valdinei Gomes**
Projeto gráfico: **Aline Maria**
Colaboração: **Guilherme Summa**

Dados Internacionais de Catalogação na Publicação (CIP)
Angélica Ilacqua CRB-8/7057

M161r

    Mafi, Tahereh

    Restaura-me / Tahereh Mafi ; tradução de Mauricio Tamboni.
    –– São Paulo : Universo dos Livros, 2018.

    352 p. (Estilhaça-me ; 4)

    ISBN: 978-85-503-0299-7

    Título original: Restore me

    1. Ficção norte-americana I. Título II. Tamboni, Mauricio

18-0296   CDD 813.6

A Jodi Reamer, que sempre acreditou

Juliette

Não acordo mais gritando. Não sinto náusea ao ver sangue. Não tremo antes de apertar o gatilho de uma arma.

Nunca mais pedirei desculpas por sobreviver.

E ainda assim...

Fico imediatamente assustada com o barulho de uma porta se abrindo bruscamente. Disfarço um arquejo, dou meia-volta e, por força do hábito, descanso as mãos no punho de uma semiautomática no coldre preso à lateral do meu corpo.

– J, temos um sério problema.

Kenji me encara, olhos estreitados, mãos na cintura, camiseta justa no peito. Esse é o Kenji furioso. O Kenji preocupado. Já se passaram 16 dias desde que tomamos o Setor 45, desde que me coroei comandante suprema do Restabelecimento, e tudo tem permanecido em silêncio. Em um silêncio enervante. Todos os dias, acordo tomada em parte por terror, em parte por satisfação, ansiosamente aguardando os ataques inevitáveis das nações inimigas que desafiarão minha autoridade e declararão guerra contra nós. E agora parece que esse momento finalmente chegou. Então respiro fundo, estalo o pescoço e olho nos olhos de Kenji.

— Fale.

Ele aperta os lábios. Olha para o teto.

— Então… Certo… A primeira coisa que precisa saber é que o que aconteceu não foi culpa minha, entendeu? Eu só estava tentando ajudar.

Hesito. Franzo o cenho.

— O quê?

— Quer dizer, eu sabia que aquele idiota era extremamente dramático, mas o que aconteceu ultrapassou o nível do ridículo…

— Perdão, mas… o quê? — Afasto a mão da arma; sinto meu corpo se acalmar. — Kenji, do que você está falando? Não é da guerra?

— Guerra? O quê?! J, você não está presentado atenção? Seu namorado está tendo um acesso de raiva absurdo agora e você precisa acalmar aquele bundão antes que eu mesmo faça isso.

Irritada, solto o ar em meus pulmões.

— Você está falando sério? *Outra vez* esta bobagem? Pelo amor de Deus, Kenji! — Solto o coldre preso em minhas costas e jogo-o para trás, na cama. — O que foi que você fez desta vez?

— Está vendo? — Ele aponta para mim. — Está vendo? Por que você se apressa tanto em julgar, hein, princesa? Por que parte do pressuposto de que fui *eu* quem fez algo errado? Por que eu? — Cruza os braços na altura do peito, baixa a voz e continua: — E, sabe, para dizer a verdade, já faz algum tempo que quero conversar com você, porque tenho a sensação de que, como comandante suprema, não pode demonstrar tratamento preferencial assim, mas claramente…

De repente, Kenji fica paralisado.

Ao ouvir o ranger da porta, arqueia as sobrancelhas; um leve clique e seus olhos se arregalam; um farfalhar abafado indicando

RESTAURA-ME

movimento e, de um segundo para o outro, o cano de uma arma é pressionado contra a parte de trás da sua cabeça. Kenji me encara. De seus lábios não sai nenhum som enquanto ele articula a palavra *psicopata* repetidas vezes.

De onde está, o psicopata em questão pisca um olho para mim, sorrindo como se não estivesse segurando uma arma contra a cabeça de um amigo em comum. Consigo disfarçar a risada.

– Continue – Warner ordena, ainda sorrindo. – Por favor, conte o que exatamente ela fez na posição de líder para decepcioná-lo.

– *Ei...* – Kenji ergue os braços para fingir que está se rendendo. – Eu nunca disse que ela me decepcionou em nada, está bem? E você claramente exagera em suas reações...

Warner bate a arma na lateral da cabeça de Kenji.

– Idiota.

Kenji dá meia-volta. Puxa a arma da mão de Warner.

– Qual é o seu problema, cara? Pensei que estivéssemos bem.

– Estávamos – Warner retruca friamente. – Até você encostar no meu *cabelo*.

– Você me pediu para cortá-lo.

– Eu não falei nada disso, não, senhor! Pedi para você aparar as pontas!

– E foi isso que fiz.

– Isto aqui – Warner diz, virando-se para mim para que eu possa avaliar os danos. – Isto não é aparar as pontas, seu idiota incompetente...

Fico boquiaberta. A parte traseira da cabeça de Warner está uma bagunça de fios cortados dos mais diversos tamanhos combinados com outras áreas completamente raspadas.

Kenji se arrepia ao olhar o próprio trabalho. E pigarreia.

– Bem... – diz, enfiando as mãos nos bolsos. – Assim, tipo... Não importa, cara. Beleza é uma coisa subjetiva...

Warner aponta outra arma para ele.

– Ei! – Kenji grita. – Não vou aceitar esse tipo de relacionamento abusivo, entendeu? – Vira-se para Warner. – Eu não topei participar para ter que lidar com esta merda.

Warner lança um olhar fulminante e Kenji recua, saindo do quarto antes que Warner tenha outra chance de reagir. E então, justamente quando deixo escapar um suspiro de alívio, Kenji passa outra vez a cabeça pela porta e provoca:

– Para dizer a verdade, achei que o corte ficou uma gracinha.

E Warner bate a porta na cara dele.

Bem-vindo à minha nova vida como comandante suprema do Restabelecimento.

Warner continua olhando para a porta enquanto exala, liberando a tensão de seus ombros, e consigo enxergar ainda mais claramente a bagunça que Kenji fez. Os cabelos espessos, lindos e dourados de Warner – um traço marcante de sua beleza – agora picotados por mãos descuidadas.

Um desastre.

– Aaron – chamo baixinho.

Ele parece cabisbaixo.

– Venha aqui comigo.

Ele dá meia-volta, espiando-me de canto de olho, como se tivesse feito alguma coisa de que se envergonhar. Empurro as

RESTAURA-ME

armas que estão sobre a cama, abrindo espaço para que se ajeite ao meu lado. Com um suspiro entristecido, ele afunda o corpo no colchão.

– Estou horroroso – resmunga baixinho.

Sorrindo, nego com a cabeça e toco sua bochecha.

– Por que você o deixou cortar seu cabelo?

Agora Warner olha para mim com olhos redondos, verdes e perplexos.

– Você me pediu para passar um tempo com ele.

Dou uma risada escandalosa.

– E só por isso você deixou Kenji cortar seu cabelo?

– Eu não deixei ninguém *cortar* meu cabelo – insiste, fechando a cara. – Foi... – hesita. – Foi um gesto de camaradagem. Um ato de confiança que já vi ser praticado entre meus soldados. De todo modo... – Ele vira o rosto antes de prosseguir: – Não tenho nenhuma experiência em fazer amigos e criar amizades.

– Bem... Nós somos amigos, não somos?

Minhas palavras o fazem sorrir.

– Hein? – Cutuco-o. – Isso é bom, não é? Você está aprendendo a ser mais gentil com as pessoas.

– Sim, bem, eu não quero ser mais gentil com as pessoas. Não combina comigo.

– Acho que combina muito bem com você – retruco, com um sorriso enorme no rosto. – Eu adoro quando você é gentil.

– Para você, é fácil falar. – Warner quase dá risada. – Mas ser gentil não é algo que acontece naturalmente para mim, meu amor. Você terá de ser paciente com o meu progresso.

Seguro sua mão.

– Não tenho a menor ideia do que está falando. Para mim, você é totalmente gentil.

Warner nega com a cabeça.

– Sei que prometi fazer um esforço para ser mais bondoso com seus amigos, e continuarei me esforçando neste sentido, mas espero não tê-la levado a acreditar que sou capaz de algo impossível.

– O que quer dizer com isso?

– Só estou dizendo que espero não decepcioná-la. Eu consigo, se pressionado, produzir algum grau de calor humano, mas você precisa saber que não tenho interesse em tratar ninguém da maneira como a trato. *Isto aqui* – diz, tocando o ar entre nós – é uma exceção a uma regra muito dura. – Seus olhos agora focam meus lábios; suas mãos tocam meu pescoço. – *Isto...* Isto é algo muito, muito incomum.

Eu paro

paro de respirar, de falar, de pensar...

Warner mal me tocou e meu coração já está acelerado; lembranças se apoderam de mim, escaldam-me em suas ondas; o peso de seu corpo contra o meu; o sabor de sua pele; o calor de seu toque e suas arfadas desesperadas em busca de ar e as coisas que ele me falou no escuro.

Sou invadida por leve desejo e forço-me a afastar a sensação.

Isso ainda é tão novo, o toque dele, a pele dele, o cheiro dele. Tão novo, tão novo e tão incrível...

Warner sorri, inclina a cabeça; imito o movimento e, com uma leve lufada de ar, seus lábios se entreabrem e eu fico parada, meus pulmões quase saltando pela boca, meus dedos segurando sua camisa e ansiando pelo que vem depois disso até que ele diz:

– Sabe, vou ter que raspar a cabeça.

E se afasta.

Pisco, perplexa, e Warner ainda não está me beijando.

– E, sinceramente, tenho esperanças de que você continue me amando quando eu voltar – conclui.

Ele então se levanta e vai embora e eu conto em uma das mãos o número de homens que matei e me impressiono com quão pouca ajuda essas mortes me deram para manter o controle na presença de Warner.

Assinto com a cabeça quando ele se despede com um aceno, reúno meu bom senso de onde o abandonei e caio para trás na cama, a cabeça girando, as complicações de guerra e paz dominando a minha mente.

Não pensei que seria exatamente *fácil* ser líder, mas acho que acreditei que seria mais fácil que isso:

Pego-me atormentada por dúvidas a todo momento, dúvidas sobre as decisões que tomei. Fico furiosamente surpresa toda vez que um soldado segue minhas ordens. Estou cada vez mais aterrorizada com a possibilidade de que teremos – de que *eu* terei – de matar muitos, muitos mais antes que esse mundo se acalme. Mas acho que é o silêncio, mais do que qualquer outra coisa, que tem me deixado abalada.

Já se passaram 16 dias.

Fiz discursos sobre o que está por vir, sobre nossos planos para o futuro; fizemos homenagens às vidas perdidas na batalha e estamos nos saindo bem em nossas promessas de implementar mudanças. Castle, fiel à sua palavra, já está trabalhando duro, tentando enfrentar os problemas de agricultura, irrigação e, o mais urgente, buscando a melhor forma de fazer a transição dos civis para fora dos complexos. No entanto, isso será feito em estágios; será uma construção lenta e cuidadosa – uma luta pelo planeta, uma luta que pode durar um século. Acho que todos entendemos essa parte. E se eu só precisasse me concentrar nos civis, não estaria tão preocupada. Contudo, fico tensa porque sei muito bem que nada pode ser feito para consertar esse mundo se passarmos as próximas várias décadas em guerra.

Mesmo assim, sinto-me pronta para lutar.

Não é o que quero, mas irei tranquila para a guerra se ela for necessária para promover mudanças. Só queria que fosse simples. Neste exato momento, meu maior problema também é o mais confuso:

Para lutar uma guerra é preciso haver inimigos, e parece que eu não consigo encontrar nenhum.

Nos 16 dias desde que atirei na testa de Anderson, não enfrentei nenhuma oposição. Ninguém tentou me prender. Nenhum comandante supremo me desafiou. Dos 544 outros setores existentes só neste continente, nenhum me insultou, declarou guerra ou falou mal de mim. Ninguém protestou; as pessoas não promoveram nenhum motim. Por algum motivo, o Restabelecimento está jogando o meu jogo.

Fingindo jogá-lo.

E isso me irrita muito, demais.

Estamos em um impasse estranho, parados em posição neutra enquanto quero desesperadamente fazer mais. Mais pelo povo do Setor 45, mais pela América do Norte, mais pelo mundo como um todo. Mas esse estranho silêncio nos deixou desequilibrados. Tínhamos certeza de que, com Anderson morto, os outros

RESTAURA-ME

comandantes supremos se levantariam – que enviariam seus exércitos para nos destruir – para *me* destruir. Em vez disso, os líderes do mundo deixaram clara a nossa insignificância: estão nos ignorando como ignorariam uma mosca, prendendo-nos debaixo de um copo onde ficamos livres para zumbir quanto quisermos, para bater nossas asas quebradas nas paredes somente pelo tempo que o oxigênio durar. O Setor 45 me deixou livre para fazer o que eu quiser; recebemos autonomia e autoridade para revisar nossa infraestrutura sem qualquer interferência. Todos os demais lugares – e todas as demais pessoas – estão fingindo que nada no mundo mudou. Nossa revolução aconteceu em um vácuo. Nossa vitória subsequente foi reduzida a algo tão pequeno que talvez nem mesmo exista.

Jogos psicológicos.

Castle sempre dá as caras, traz conselhos. Foi sugestão dele que eu fosse proativa – que me fortalecesse para controlar a situação. Em vez de simplesmente esperar ansiosa e na defensiva, eu deveria agir, ele disse. Deveria marcar presença. Reivindicar meu poder, ele disse. Ocupar um lugar na mesa de negociação. E tentar formar alianças antes de dar início a ataques. Manter contato com os 5 outros comandantes supremos espalhados pelo mundo.

Afinal, eu posso falar pela América do Norte, mas e o resto do mundo? E a América do Sul? Europa? Ásia? África? Oceania?

Promova uma conferência entre líderes internacionais, ele disse. Converse.

Busque primeiro a paz, ele disse.

– Eles devem estar morrendo de curiosidade – Castle me falou. – Uma menina de dezessete anos assumindo o controle da América do Norte? Uma adolescente que mata Anderson e se declara governante deste continente? Senhorita Ferrars, você precisa saber que possui um enorme poder neste momento! Use-o a seu favor!

– Eu? – repliquei impressionada. – Que poder tenho eu?

Castle suspirou.

– Certamente, é muito corajosa para a sua idade, senhorita Ferrars, mas sinto por ver sua juventude tão intrinsicamente ligada à inexperiência. Vou tentar colocar de maneira clara: você tem uma força sobre-humana, uma pele quase invencível, um toque letal, só dezessete anos e, sozinha, derrubou o déspota desta nação. E ainda assim duvida que pode ser capaz de intimidar o mundo?

Suas palavras me fizeram estremecer.

– Velhos hábitos, Castle – respondi baixinho. – Hábitos ruins. Você está certo, obviamente. É claro que está certo.

Ele me olhou diretamente nos olhos.

– Precisa entender que o silêncio coletivo e unânime de seus inimigos não é nenhuma coincidência. Eles certamente estão em contato uns com os outros, certamente concordaram em adotar essa abordagem. Porque estão esperando para ver o que você fará a seguir. – Castle balançou a cabeça. – Estão aguardando seu próximo movimento, senhorita Ferrars. E imploro que faça um bom movimento.

Então, estou aprendendo.

Fiz o que ele sugeriu e 3 dias atrás enviei uma nota por Delalieu e fiz contato com os 5 outros comandantes supremos do Restabelecimento. Convidei-os para um encontro aqui, no Setor 45, em uma conferência de líderes internacionais no próximo mês.

RESTAURA-ME

Exatamente 15 minutos antes de Kenji entrar em meu quarto, eu havia recebido a primeira resposta.

A Oceania concordou.

Mas não sei direito o que isso significa.

Warner

Ultimamente, não tenho sido eu mesmo.

A verdade é que não sou eu mesmo há o que parece ser um bom tempo, tanto que comecei a me perguntar se eu, em algum momento, soube quem fui. Sem piscar, encaro o espelho enquanto o chiado da máquina de raspar cabelos ecoa pelo cômodo. Meu rosto só está levemente refletido na minha direção, mas é o bastante para eu perceber que perdi peso. Minhas bochechas estão afundadas; meus olhos, maiores; as maçãs do rosto, mais pronunciadas. Meus movimentos são ao mesmo tempo lúgubres e mecânicos enquanto raspo meus próprios cabelos, enquanto o que restava de minha vaidade cai aos meus pés.

Meu pai está morto.

Fecho os olhos, preparando-me para o desagradável peso no peito, a máquina ainda chiando em meu punho fechado.

Meu pai está morto.

Já se passaram pouco mais de duas semanas desde que ele foi assassinado com dois tiros na testa por alguém que eu amo. Ela estava me fazendo uma gentileza ao matá-lo. Foi mais corajosa que eu fui durante toda a vida, apertou um gatilho que eu nunca consegui apertar. Ele era um monstro. Merecia algo ainda pior.

E ainda assim...

Essa dor.

Respiro com dificuldade e forço meus olhos a se abrirem, grato pela primeira vez por estar sozinho; grato, de alguma maneira, pela oportunidade de extirpar alguma coisa, qualquer coisa, que seja parte da minha pele. Existe uma estranha catarse no que estou fazendo.

Minha mãe está morta, penso, enquanto deslizo a lâmina por meu crânio. *Meu pai está morto*, penso, enquanto os fios caem no chão. Tudo o que fui, tudo o que fiz, tudo o que sou foi forjado pelas ações e inações deles.

Quem sou eu, indago, na ausência dos dois?

Cabeça raspada, máquina desligada, passo a mão pelo limite da minha vaidade e inclino o corpo, ainda tentando vislumbrar o homem que me tornei. Sinto-me velho e instável, coração e mente em guerra. As últimas palavras que disse a meu pai...

– Oi.

Meu coração acelera e dou meia-volta; imediatamente finjo indiferença.

– Oi – respondo, forçando minhas mãos a se acalmarem, a permanecerem estáveis enquanto espano os fios de cabelo caídos em meus ombros.

Ela me observa com olhos enormes, lindos e preocupados.

Lembro-me de sorrir.

– Como fiquei? Espero que não esteja horrível demais.

– Aaron – fala baixinho. – Está tudo bem com você?

– Tudo certo – respondo, e olho outra vez para o espelho. Passo a mão pelos míseros centímetros de fios macios e espetados que me restaram e penso em como o corte me conferiu uma aparência mais durona, além de fria, do que antes. – Mas confesso que, sinceramente, não me reconheço – acrescento, tentando rir. Estou parado no meio do banheiro, usando apenas uma cueca boxer. Meu corpo nunca esteve tão magro, a linha marcada dos músculos nunca foram tão definidas; e a aparência terrível do meu físico agora está combinando com o corte de cabelo grosseiro de uma maneira que parece quase bárbara, tão diferente de mim que preciso desviar o olhar.

Juliette agora está bem diante de mim.

Suas mãos descansam em meus quadris e me puxam para a frente; tropeço um pouco para acompanhá-la.

– O que está fazendo? – começo a falar, mas quando nossos olhos se encontram, deparo-me com doçura e preocupação. Alguma coisa derrete dentro de mim. Meus ombros relaxam e eu a puxo para perto, respirando fundo durante meus movimentos.

– Quando vamos falar sobre esse assunto? – ela diz, encostada em meu peito. – Sobre tudo? Tudo o que aconteceu...

Estremeço.

– Aaron.

– Eu estou bem – minto para ela. – É só cabelo.

– Você sabe que não é disso que estou falando.

Desvio o olhar. Fito o vazio. Ficamos em silêncio, os dois, por um instante.

É Juliette quem, finalmente, rompe esse silêncio.

– Você está bravo comigo? – sussurra. – Por atirar nele?

Meu corpo fica paralisado.

Os olhos dela, arregalados.

RESTAURA-ME

– Não... *não* – respondo, pronunciando as palavras rápido demais, mas com sinceridade. – Não, é claro que não. Não se trata disso.

Juliette suspira.

– Não sei se você sabe, mas é normal ficar de luto pela perda do pai, mesmo que ele tenha sido uma pessoa terrível. Sabe? – Ela olha nos meus olhos. – Você não é um robô.

Engulo o nó se formando em minha garganta e, com delicadeza, desvencilho-me de seus braços. Beijo a bochecha dela e fico ali parado, contra sua pele, só por um segundo.

– Preciso tomar banho.

Ela parece inconsolável e confusa, mas não sei o que mais fazer. Adoro sua companhia, verdade seja dita, mas agora me sinto desesperado por um momento de solidão e não sei de que outra forma consegui-lo.

Então, tomo uma chuveirada. Tomo banhos de banheira. Faço longas caminhadas.

Faço muito isso.

Quando finalmente vou para a cama, ela já está dormindo.

Quero estender a mão em sua direção, puxar seu corpo macio e quente para perto do meu, mas estou paralisado. Esse sofrimento horrível faz que eu me sinta cúmplice na escuridão. Tenho medo de que a minha tristeza seja interpretada como um aval das escolhas dele – da sua própria existência – e, quanto a esse assunto, não quero ser mal interpretado, então não posso admitir que sinto dor por ele, que me importo com a perda desse homem tão monstruo-so que me criou. E, na ausência de uma ação saudável, continuo inerte, uma pedra senciente, resultante da morte de meu pai.

Você está bravo comigo? Por atirar nele?

Eu o odiava.

Eu o odiava com uma intensidade violenta que nunca mais vol-tei a sentir. Mas o fogo do verdadeiro ódio, percebo, não pode exis-tir sem o oxigênio da afeição. Eu não sentiria tanta dor ou tanto ódio se não me importasse.

E isso, minha afeição indesejada por meu pai, sempre foi mi-nha maior fraqueza. Então fico deitado aqui, cozinhando em fogo lento uma dor sobre a qual nunca posso falar, enquanto o arrepen-dimento corrói meu coração.

Sou órfão.

— Aaron? — ela sussurra, e sou arrastado de volta para o presente.

— Sim, meu amor?

Juliette se movimenta sonolenta, ajeita-se de lado e cutuca meu braço com a cabeça. Não consigo conter o sorriso enquan-to acomodo o corpo para abrir espaço para ela se aconchegar em mim. Juliette rapidamente preenche o vazio, encostando o rosto em meu pescoço e envolvendo o braço em minha cintura. Meus olhos se fecham como se em oração. Meu coração volta a bater.

— Sinto sua falta — ela diz em um sussurro que quase não con-sigo captar.

— Estou bem aqui — respondo, tocando com carinho sua boche-cha. — Estou bem aqui, meu amor.

RESTAURA-ME

Mas ela faz que não com a cabeça. Mesmo enquanto a puxo mais para perto de mim, mesmo enquanto volta a dormir, ela faz que não.

E eu me pergunto se não está errada.

Juliette

Estou tomando café da manhã desacompanhada – sozinha, mas não solitária.

O salão do café está repleto de rostos familiares, todos nós botando o papo em dia a respeito de alguma coisa: sono, trabalho, conversas não concluídas. Os níveis de energia aqui sempre dependem da quantidade de cafeína que consumimos e, nesse momento, tudo ainda está bem silencioso.

Volto minha atenção para Brendan, que está bebericando do mesmo copo de café a manhã toda, e ele acena para mim. Aceno de volta. É o único entre nós que realmente não precisa de cafeína. Seu dom de criar eletricidade também funciona como um gerador reserva para todo o seu corpo. Ele é a exuberância personificada. Aliás, seus cabelos totalmente brancos e olhos azuis da cor do gelo parecem emanar uma energia própria, mesmo estando do outro lado da sala. Começo a pensar que, com o copo de café, Brendan está tentando manter as aparências em grande parte por solidariedade a Winston, que parece não conseguir sobreviver sem a bebida. Os dois se tornaram inseparáveis ultimamente – embora Winston às vezes se ressinta da vivacidade natural de Brendan.

RESTAURA-ME

Eles já passaram por muita coisa juntos. Todos passamos.

Brendan e Winston estão sentados com Alia, que mantém seu caderno de desenho aberto ao lado, sem dúvida esboçando alguma ideia nova e impressionante para nos ajudar na batalha. Estou cansada demais para sair do lugar, senão me levantaria para me unir ao grupo. Então, em vez disso, apoio o queixo em uma das mãos e estudo o rosto de cada um de meus amigos, sentindo gratidão. Porém, as cicatrizes no rosto de Brendan e no de Winston me levam de volta a um momento que eu preferiria esquecer – de volta a um momento em que pensamos tê-los perdido. Quando perdemos outros dois. E de repente meus pensamentos são pesados demais para o café da manhã. Então desvio o olhar. Tamborilo os dedos na mesa.

Era para eu encontrar Kenji no café da manhã – é assim que começamos nossos dias de trabalho –, e esse é o único motivo pelo qual ainda não peguei meu prato de comida. Infelizmente, seu atraso já começa a fazer meu estômago roncar. Todos na sala já estão atacando suas pilhas de panquecas macias que, por sinal, parecem deliciosas. Tudo é tentador: os pequenos frascos de *maple syrup*, os montes perfumados de batatas, as tigelinhas de frutas frescas. No mínimo, matar Anderson e assumir o Setor 45 nos trouxe opções muito melhores de café da manhã. Mas acho que talvez sejamos os únicos que apreciam essa melhoria.

Warner nunca toma seu café conosco. Basicamente, ele nunca para de trabalhar, nem mesmo para comer. O café da manhã é só mais uma reunião para ele, e o toma habitualmente com Delalieu, os dois sozinhos, e mesmo assim não sei se ele come alguma coisa. Warner parece nunca sentir prazer com os alimentos. Para ele, comida é combustível – necessária e, na maior parte do tempo, um estorvo –, algo de que seu corpo precisa para funcionar. Certa vez, quando estava intensamente envolvido em um trabalho burocrático durante o jantar, coloquei um biscoito em um prato à sua frente, só para ver o que acontecia. Ele olhou para mim, olhou outra vez para seus papéis, sussurrou um discreto "obrigado" e comeu o biscoito com garfo e faca. Sequer pareceu desfrutar do sabor. Desnecessário dizer que isso o torna o exato oposto de Kenji, que ama devorar tudo o tempo todo e que depois me confessou ter sentido vontade de chorar ao ver Warner comendo o biscoito.

Por falar em Kenji, o fato de ele ter furado comigo hoje de manhã é bastante estranho, então começo a me preocupar. Estou prestes a olhar o relógio pela terceira vez quando, de repente, Adam surge ao lado da minha mesa, parecendo desconfortável.

– Oi – cumprimento-o um pouco alto demais. – Está… tudo bem?

Adam e eu interagimos algumas vezes nas últimas duas semanas, mas sempre por acaso. Claro que é incomum vê-lo parado de propósito na minha frente, então, por um momento, fico tão surpresa que quase não percebo o óbvio.

Sua aparência está péssima.

Desleixado. Abatido. Visivelmente exausto. Aliás, se não o conhecesse, juraria que andou chorando. Não pelo fim do nosso relacionamento, espero.

Mesmo assim, antigos impulsos me atormentam, mexendo com sentimentos profundos.

Falamos ao mesmo tempo:

– Você está bem…? – pergunto.

– Castle quer falar com você – ele diz.

— Castle mandou *você* vir me procurar? – indago, deixando de lado os sentimentos.

Adam dá de ombros.

— Imagino que eu tenha passado pela sala dele bem na hora certa.

— Ah, entendi – tento sorrir. Castle está sempre tentando melhorar minha relação com Adam; ele não gosta de tensão. – Ele falou se quer me ver agora?

— É. – Adam enfia as mãos nos bolsos. – Agorinha mesmo.

— Tudo bem – respondo, e a situação toda parece desconcertante. Adam fica ali parado enquanto reúno minhas coisas, e quero dizer-lhe para ir embora, para parar de me encarar, que isso é estranho, que terminamos há uma eternidade e que foi *estranho* e que você deixou a situação *tão estranha*, mas então percebo que ele não está me encarando. Está olhando para o chão, como se estivesse preso ou perdido em algum lugar da sua própria cabeça.

— Ei... Você está bem? – pergunto outra vez, agora com mais delicadeza.

Espantado, ele ergue o olhar.

— O quê? – gagueja. – O que, é... ah... eu, sim, estou bem. Ei, você sabe, é... – Ele limpa a garganta, olha em volta. – Você, é... hum...

— Eu o quê?

Adam fica irrequieto, percorrendo outra vez a sala com o olhar.

— Warner nunca aparece aqui no café da manhã, né?

Minhas sobrancelhas se arqueiam até invadirem a testa.

— Você está procurando por Warner?

— O quê? Não. Eu só... só fiquei curioso. Ele nunca está aqui. Sabe? É esquisito.

Encaro-o.

Ele não diz nada.

– Não é tão esquisito assim – respondo lentamente, estudando seu rosto. – Warner não tem tempo para tomar café com a gente. Está sempre trabalhando.

– Ah! – exclama Adam, e a palavra parece deixá-lo sem ar. – Que pena.

– É? – Franzo a testa.

Mas Adam parece não me ouvir. Ele chama James, que está devolvendo a bandeja do café da manhã. Os dois se encontram no meio da sala e depois desaparecem.

Não tenho ideia do que fazem o dia todo. Nunca perguntei.

O mistério da ausência de Kenji é solucionado assim que passo pela porta de Castle: os dois estão ali, pensando juntos.

Bato à porta em um gesto de pura educação.

– Olá – cumprimento-os. – Queriam me ver?

– Sim, sim, senhorita Ferrars – responde um Castle ansioso. Levanta-se e gesticula, convidando-me para entrar. – Sente-se, por favor. E, por gentileza… – Aponta para algo atrás de mim. – Feche a porta.

No mesmo instante, fico nervosa.

Dou um passo com cuidado para dentro do escritório improvisado de Castle e observo Kenji, cujo rosto apático não ajuda a aliviar meus medos.

– O que está acontecendo? – pergunto. Em seguida, falo apenas para Kenji: – Por que não foi tomar café da manhã?

Castle gesticula para que eu me sente.

Faço justamente isso.

28

— Senhorita Ferrars — fala com urgência. — Recebeu as notícias da Oceania?

— Perdão?

— A resposta. Recebeu sua primeira resposta, não recebeu?

— Sim, recebi — confirmo lentamente. — Mas ninguém deveria saber sobre isso... Eu planejava contar a Kenji durante o café da manhã de hoje.

— Bobagem — Castle me interrompe. — Todo mundo sabe. O senhor Warner certamente sabe. Assim como o Tenente Delalieu.

— O quê? — Olho para Kenji, que dá de ombros. — Como isso é possível?

— Não fique assim tão em choque, senhorita Ferrars. Obviamente, toda a sua correspondência é monitorada.

Meus olhos se arregalam.

— Como é que é?

Castle faz um gesto frustrado com a mão.

— Tempo é essencial, então, se puder, eu preferiria...

— Tempo é essencial *para quê*? — questiono, irritada. — Como posso ajudar se nem sei do que estão falando?

Castle aperta a ponte do nariz.

— Kenji — fala abruptamente —, pode nos deixar a sós, por favor?

— Claro. — Kenji fica rapidamente em pé e simula uma saudação de deboche. Vai andando a caminho da porta.

— Espere — peço, agarrando seu braço. — O que está acontecendo?

— Não tenho ideia, filha. — Ele ri e solta o braço. — Essa conversa não me diz respeito. Castle me chamou aqui mais cedo para conversar sobre vacas.

— *Vacas?*

– Sim, você sabe... – Arqueia a sobrancelha. – Gado. Ele vem me pedindo para fazer o reconhecimento de várias centenas de acres de fazendas que o Restabelecimento tem mantido escondidas. Muitas e muitas vacas.

– Que empolgante.

– Na verdade, é sim. – Seus olhos se iluminam. – O metano facilita muito o trabalho de rastreamento. O que nos leva a questionar por que não fizeram nada pra evitar...

– *Metano?* – indago, confusa. – Isso não é um gás?

– Percebo que você não sabe muito sobre estrume de vaca.

Ignoro o comentário dele. Em vez disso, digo:

– Então, foi por isso que você não foi tomar café hoje cedo? Porque estava analisando cocô de vaca?

– Basicamente isso.

– Bem, pelo menos isso explica o cheiro.

Kenji demora um instante para entender meu gracejo, mas, quando o faz, estreita os olhos. Encosta um dedo em minha testa.

– Você vai direto para o inferno, sabia?

Abro um sorriso enorme.

– A gente se vê mais tarde? Ainda quero fazer aquela nossa caminhada matinal.

Ele bufa, sem se comprometer.

– Qual é? – digo. – Dessa vez vai ser divertido. Garanto.

– Ah, sim, superdivertido. – Kenji revira os olhos enquanto dá meia-volta e lança mais uma saudação para Castle. – Até mais tarde, senhor.

Castle assente para se despedir, mantendo um sorriso radiante no rosto.

RESTAURA-ME

Kenji leva um minuto para finalmente passar pela porta e fechá-la, mas, nesse minuto, o rosto de Castle se transforma. O sorriso tranquilo e os olhos animados desaparecem. Agora que ele e eu estamos totalmente sozinhos, parece um pouco abatido, um pouco mais sério. Talvez até... com medo?

E vai direto ao ponto.

– Quando a resposta chegou, o que dizia? Percebeu algo fora de comum na mensagem?

– Não. – Franzo a testa. – Não sei. Se todas as minhas correspondências estão sendo monitoradas, você já não teria a resposta para essa pergunta?

– É claro que não. Não sou eu quem monitora suas correspondências.

– Quem faz isso, então? Warner?

Castle apenas olha para mim.

– Senhorita Ferrars, há algo extremamente incomum nessa correspondência. – Hesita. – Especialmente sendo sua primeira e, até agora, única resposta.

– Certo – falo, confusa. – O que tem de incomum nela?

Castle olha para as próprias mãos. Para a parede.

– Quanto sabe sobre a Oceania?

– Muito pouco.

– Pouco quanto?

Dou de ombros.

– Consigo apontar no mapa.

– Mas nunca esteve lá?

– Está falando sério? – Lanço um olhar incrédulo para ele. – É óbvio que não. Nunca estive em lugar nenhum, lembra? Meus pais me tiraram da escola. Entregaram-me ao sistema. No fim, me jogaram em um hospício.

Castle respira fundo. Fecha os olhos ao dizer com todo o cuidado do mundo:

— Não havia mesmo nada fora do comum na mensagem do comandante supremo da Oceania?

— Não — respondo. — Acho que não.

— Você acha que não?

— Talvez fosse um pouco informal? Mas não me pareceu...

— Informal como?

Desvio o olhar para tentar lembrar.

— A mensagem era realmente curta — conto. — Dizia *mal posso esperar para vê-la*, sem assinatura nem nada.

— Mal posso esperar para vê-la? — De repente, Castle parece confuso.

Faço um gesto de confirmação.

— Não era mal posso esperar para *encontrá-la*, mas para *vê-la*? — questiona.

Confirmo outra vez.

— Como disse, um pouco informal. Mas pelo menos era educado. O que me pareceu um sinal muito positivo, considerando tudo.

Castle suspira pesadamente enquanto gira na cadeira. Agora está encarando a parede, dedos reunidos sob o queixo. Estou estudando os ângulos pronunciados de seu perfil quando ele fala baixinho:

— Senhorita Ferrars, o que exatamente o senhor Warner lhe contou sobre o Restabelecimento?

Warner

Estou sentado sozinho na sala de conferências, passando a mão distraidamente por meu novo corte de cabelo, quando Delalieu chega. Traz um carrinho de café e o sorriso tépido e trêmulo no qual aprendi a me apoiar. Nos últimos tempos, nossos dias de trabalho têm sido mais corridos do que nunca. Por sorte, jamais usamos nosso tempo juntos para discutir os detalhes desconcertantes dos eventos recentes, e duvido que em algum momento passaremos a fazê-lo.

Sinto uma espécie de gratidão por as coisas se manterem assim.

Aqui, com Delalieu, tenho um espaço seguro onde posso fingir que as coisas mudaram muito pouco na minha vida.

Continuo sendo o comandante-chefe e regente dos soldados do Setor 45; e continua sendo minha obrigação organizar e liderar aqueles que nos ajudarão a enfrentar o resto do Restabelecimento. E, com esse papel, também vem a responsabilidade. Temos muitas coisas a reestruturar enquanto coordenamos nossos próximos passos; Delalieu tem se mostrado fundamental para esses esforços.

– Bom dia, senhor.

Faço um gesto para cumprimentá-lo enquanto serve uma xícara de café para cada um de nós. Um tenente na posição dele não precisaria servir seu próprio café da manhã, mas nós dois preferimos a privacidade.

Tomo um gole do líquido preto – recentemente, aprendi a desfrutar de seu toque amargo – e solto o corpo na cadeira.

– Alguma informação nova?

Delalieu pigarreia.

– Sim, senhor – confirma, apoiando apressadamente a xícara no pires e derrubando um pouco de café com o movimento. – Esta manhã recebemos algumas informações, senhor.

Inclino a cabeça na direção dele.

– A construção da nova estação de comando está correndo bem. Esperamos concluir todos os detalhes nas próximas duas semanas, mas os aposentos privados já mudarão amanhã.

– Ótimo. – Nossa nova equipe, supervisionada por Juliette, agora é composta por muitas pessoas, com inúmeros departamentos para administrar e – à exceção de Castle, que criou um pequeno escritório para si no andar superior – até o momento todos estão usando minhas instalações pessoais de treinamento como quartel-general central. Embora, a princípio, essa tenha parecido ser uma ideia prática, só é possível ter acesso às minhas instalações de treinamento depois de passar por meus aposentos pessoais. Agora que o grupo vive andando livremente pela base, com frequência entram e saem dos meus aposentos sem sequer serem anunciados.

É evidente que essa situação está me deixando louco.

– O que mais?

Delalieu bate o olho em sua lista e responde:

– Finalmente conseguimos proteger os arquivos do seu pai, senhor. Demoramos todo esse tempo para localizar e reaver os lotes de documentos, mas deixamos as caixas no seu quarto, senhor, para

RESTAURA-ME

que possa abri-las quando quiser. Pensei que... – Ele pigarreia. – Pensei que talvez quisesse ver as últimas propriedades pessoais dele antes que sejam herdadas por nossa nova comandante suprema.

Um terror pesado e gelado se espalha por meu corpo.

– Receio que sejam muitos documentos – Delalieu prossegue. – Todos os registros diários dele, todos os relatórios por ele produzidos. Conseguimos encontrar até mesmo alguns diários pessoais. – Delalieu hesita. E então, em um tom que só eu seria capaz de decifrar, conclui: – Espero que as notas dele lhe sejam úteis de alguma forma.

Ergo o rosto e olho nos olhos de Delalieu. Percebo tensão ali. Preocupação.

– Obrigado – agradeço baixinho. – Eu tinha quase me esquecido.

Um silêncio desconfortável se instala e, por um instante, nenhum de nós sabe o que dizer. Ainda não discutimos esse assunto, a morte de meu pai. A morte do genro de Delalieu. Do marido horrível da sua finada filha, minha mãe. Nunca conversamos sobre o fato de Delalieu ser meu avô. De ele ter passado a ser a única figura paterna que me restou neste mundo.

Não é isso o que fazemos.

Por isso, é com uma voz hesitante e nada natural que ele tenta dar continuidade à conversa.

– A Oceania, como você certamente ouviu falar, senhor, afirmou que participaria de um encontro organizado por nossa nova senhora, nossa Senhora Suprema...

Assinto.

– Mas os outros não vão responder antes de conversarem com o senhor – diz, as palavras agora saindo apressadas.

Ao ouvir isso, meus olhos ficam perceptivelmente arregalados.

— Eles são… — Delalieu pigarreia outra vez. — Bem, senhor, como o senhor sabe, são todos amigos da família e eles… bem, eles…

— Sim — sussurro. — Claro.

Desvio o olhar, encaro a parede. De repente, a frustração parece fazer meu maxilar travar. No fundo, eu já esperava que isso fosse acontecer. Mas, depois de duas semanas de silêncio, realmente comecei a ter esperança de que continuassem se fingindo de mortos. Não recebemos nenhuma comunicação desses antigos amigos de meu pai, nenhuma oferta de condolências, nenhuma rosa branca, nenhum tipo de compaixão. Nenhuma correspondência, como costumávamos fazer diariamente, por parte das famílias que conheci quando criança, famílias responsáveis pelo inferno em que vivemos agora. Pensei que, felizmente, com todo prazer, tivesse sido excluído desse grupo.

Mas parece que não.

Parece que traição não é um crime grave o suficiente para alguém ser deixado em paz. Parece que as várias missivas diárias de meu pai expondo minha "obsessão grotesca por um experimento" não foram suficientes para me excluir do grupo. Ele adorava reclamar em voz alta, meu pai, adorava dividir seus muitos desgostos e desaprovações com seus velhos amigos, as únicas pessoas vivas que o conheciam pessoalmente. E todos os dias me humilhava bem diante daqueles que conhecíamos. Fazia meu mundo, meus pensamentos e meus sentimentos parecerem pequenos. Patético. E todos os dias eu contava as cartas se empilhando em minha caixa de correio, ladainhas enormes de seus velhos amigos implorando para que eu *usasse a razão*, conforme eles definiam. Para que eu me lembrasse de quem realmente era. Para deixar de constranger minha família. Para ouvir meu pai. Para crescer, ser homem e parar de chorar por minha mãe doente.

Não, esses laços são profundos demais.

Fecho os olhos bem apertado para afastar a sequência de rostos, lembranças da minha infância, enquanto peço:

— Diga a eles que entrarei em contato.

— Não será necessário, senhor — Delalieu afirma.

— Perdão?

— Os filhos de Ibrahim já estão a caminho.

Acontece muito rápido: uma paralisia repentina e breve dos meus membros.

— O que quer dizer com isso? — pergunto, já quase no limite, prestes a perder a calma. — A caminho de onde? Daqui?

Delalieu confirma com um gesto.

Uma onda de calor se espalha tão rapidamente por meu corpo que sequer percebo que estou de pé antes de ter que escorar as mãos na mesa em busca de apoio.

— Como se *atrevem*? — prossigo, de alguma forma ainda conseguindo me manter no limite da compostura. — O completo desprezo deles... Essa mania insuportável de acharem que têm o direito de fazer qualquer coisa...

— Sim, senhor. Eu entendo, senhor — Delalieu afirma, agora também parecendo aterrorizado. — É só que... como sabe... é o jeito de agir das famílias supremas, senhor. Uma tradição que vem de longa data. Uma recusa de minha parte teria sido interpretada como um ato declarado de hostilidade... E a Senhora Suprema me instruiu a ser diplomático enquanto for possível, então pensei que... Eu... Eu pensei que... Ah, sinto muito, muito mesmo, senhor...

— Ela não sabe com quem está lidando — digo bruscamente. — Não existe diplomacia com essa gente. Nossa nova comandante suprema não teria como saber, mas você... — Agora adoto um tom mais de aborrecimento do que de raiva. — Você devia ter imaginado. Valeria a pena enfrentar uma guerra para evitar isso.

Não ergo o olhar para mirá-lo diretamente quando ele diz, com a voz trêmula:

— Sinto muito. Sinto muito mesmo, senhor.

Uma tradição de longa data, sim, de fato.

O direito de ir e vir foi uma prática acordada há muito tempo. As famílias supremas sempre foram bem-vindas nas terras das demais, em qualquer momento, sem a necessidade de um convite. Enquanto o movimento era novo e os filhos eram jovens, nossas famílias se agarraram a esses princípios. E agora essas famílias — e seus filhos — governam o mundo.

Essa foi a minha vida durante muito tempo. Na terça-feira, a criançada reunida na Europa; na sexta, um jantar na América do Sul. Nossos pais eram loucos, todos eles.

Os únicos *amigos* que conheci tinham famílias ainda mais loucas que a minha. Não quero voltar a ver nenhum deles, nunca mais.

E ainda assim...

Meu Deus, preciso avisar Juliette.

— Quanto a... Quanto à questão dos civis... — Delalieu continua tagarelando. — Andei conversando com Castle, conforme... conforme seu pedido, senhor, sobre como proceder durante a transição para fora dos... para fora dos complexos...

Mas o restante da reunião da manhã passa como um borrão.

RESTAURA-ME

Quando finalmente consigo me desprender da sombra de Delalieu, vou direto ao meu alojamento. Juliette costuma estar aqui a essa hora do dia, portanto, espero encontrá-la para poder avisá-la antes que seja tarde demais.

Logo sou interceptado.

– Ah, hum... oi...

Distraído, ergo o rosto e, no mesmo instante, paro onde estou. Meus olhos ficam ligeiramente arregalados.

– Kent – constato em voz baixa.

Uma breve avaliação é tudo de que preciso para saber que ele não está nada bem. Aliás, sua aparência está terrível. Mais magro do que nunca; olheiras escuras e enormes. Totalmente acabado.

E me pergunto se ele me vê da mesma forma.

– Estive pensando... – diz e vira o rosto, um semblante tenso. Pigarreia. – Estive... – Pigarreia outra vez. – Estive pensando se poderíamos conversar.

Sinto meu peito apertar. Observo-o por um momento, registrando seus ombros tensos, os cabelos desgrenhados, as unhas roídas. Kent vê que o estou encarando e rapidamente enfia as mãos nos bolsos. Quase não consegue me olhar nos olhos.

– Conversar – consigo repetir.

Ele assente.

Expiro silenciosamente, lentamente. Não trocamos uma palavra sequer desde que descobri que éramos irmãos, há quase três semanas. Pensei que a implosão emocional daquela noite tivesse terminado tão bem quanto se poderia esperar, mas muita coisa aconteceu desde então. Não tivemos a oportunidade de reabrir essa ferida.

– Conversar – repito mais uma vez. – É claro.

Ele engole em seco. Olha para o chão.

– Legal.

E de repente sou levado a fazer a pergunta que deixa a nós dois desconfortáveis:

– Você está bem?

Impressionado, ele ergue o rosto. Seus olhos azuis estão arredondados, avermelhados. Seu pomo de adão mexe na garganta.

– Não sei com quem mais falar sobre esse assunto – sussurra. – Não sei quem mais entenderia.

E eu entendo. Imediatamente.

Eu entendo.

Entendo quando vejo seus olhos abruptamente vidrados, tomados por emoção; quando vejo seus ombros tremerem, mesmo enquanto ele tenta se manter imóvel.

Sinto meus próprios ossos sacudirem.

– É claro – digo, surpreendendo a mim mesmo. – Venha comigo.

Juliette

Hoje é mais um dia frio, daqueles em que todas as ruínas cinza e cobertas de neve mostram sua decadência. Acordo todas as manhãs na esperança de encontrar pelo menos um raio de sol, mas o ar gelado permanece implacável ao afundar os dentes em nossa carne. Finalmente deixamos para trás o pior do inverno, mas até mesmo essas primeiras semanas de março parecem desumanamente congelantes. Ajeito meu casaco em volta do pescoço e nele busco algum calor.

Kenji e eu estamos no que se tornou nossa caminhada diária pelas extensões de terra esquecidas em volta do Setor 45. É ao mesmo tempo estranho e libertador poder andar tranquilamente ao ar livre. Estranho porque não posso deixar a base sem uma pequena tropa para me proteger, e libertador porque é a primeira vez que sou capaz de me familiarizar com nossa terra. Nunca tive a oportunidade de andar calmamente por esses complexos; nunca tive a oportunidade de ver, em primeira mão, o que exatamente havia acontecido com esse mundo. E agora sou capaz de vagar livremente, sem ser interrogada...

Bem, mais ou menos.

Olho por sobre o ombro para os seis soldados acompanhando cada um de nossos movimentos, armas automáticas pressionadas contra o peito enquanto marcham. A verdade é que ninguém sabe o que fazer comigo ainda; Anderson utilizava um sistema muito diferente na posição de comandante supremo – nunca mostrou o rosto a ninguém, exceto àqueles que estava prestes a matar, e nunca se deslocou a lugar algum sem sua Guarda Suprema. Mas eu não tenho regras para nada disso e, até decidir como exatamente quero governar, minha situação é a seguinte:

Preciso ter babás me acompanhando toda vez que coloco os pés para fora.

Tentei explicar que essa proteção é desnecessária; tentei lembrar a todos do meu toque literalmente letal, da minha força sobre-humana, da minha invencibilidade funcional...

– Mas seria muito útil aos soldados se você pelo menos mantivesse o protocolo – Warner me explicou. – Vivemos de acordo com regras, regulamentos e disciplina constantes no meio militar, e os soldados precisam de um sistema do qual depender o tempo todo. Faça isso por eles – pediu. – Mantenha o fingimento. Não podemos mudar tudo de uma só vez, meu amor. Seria desorientador demais.

Então, aqui estou eu.

Sendo seguida.

Warner tem sido meu guia constante nessas últimas semanas. Tem me ensinado todos os dias sobre as muitas coisas que seu pai fazia e sobre tudo aquilo pelo que ele próprio é responsável. Há um número infinito de atividades que Warner precisa cumprir todos os dias para cuidar de seu setor, isso sem mencionar a bizarra – e

RESTAURA-ME

aparentemente infinita – lista de obrigações que eu tenho de cumprir para liderar todo um continente.

Estaria mentindo se não dissesse que, às vezes, tudo isso parece impossível.

Tive 1 dia, só 1 dia, para respirar e aproveitar o alívio depois de ter derrubado Anderson e tomado o controle do Setor 45. 1 dia para dormir, 1 dia para sorrir, 1 dia para me dar ao luxo de imaginar um mundo melhor.

Foi no final do Dia 2 que encontrei um Delalieu aparentemente muito nervoso parado do outro lado da minha porta.

Ele parecia frenético.

– Senhora Suprema – falou, com um sorriso ensandecido no rosto. – Imagino que deva estar sobrecarregada nesses últimos tempos. São tantas coisas para fazer! – Baixou o olhar. Balançou as mãos. – Mas receio que... que seja... acho que...

– O que foi? – indaguei. – Algum problema?

– Bem, senhora... Eu não queria incomodá-la... A senhora passou por tanta coisa e precisava de tempo para se ajustar...

Ele olhou para a parede.

Eu esperei.

– Perdoe-me – prosseguiu. – É só que... quase trinta e seis horas se passaram desde que assumiu o controle do continente e a senhora ainda não visitou seu quartel nem uma vez – ele expôs, todo apressado. – E já recebeu tantas cartas que nem sei mais onde guardá-las...

– *O quê?*

Nesse momento, ele congelou. Finalmente olhou-me nos olhos.

– O que quer dizer com essa história de *meu quartel?* Eu tenho *um quartel?*

Estupefato, Delalieu piscou repetidamente.

– É claro que tem, senhora. O comandante supremo conta com seu próprio quartel em cada setor do continente. Temos toda uma ala aqui dedicada aos seus escritórios. É onde o falecido comandante supremo Anderson costumava ficar sempre que visitava nossa base. E todos sabem que a senhora transformou o Setor 45 em sua residência permanente, então é para cá que enviam todas as suas correspondências, sejam elas físicas ou digitais. É onde os *briefings* produzidos pelo sistema de inteligência serão entregues todas as manhãs. É para onde outros líderes de setores enviam seus relatórios diários...

– Você não pode estar falando sério – retruquei, espantada.

– Seriíssimo, senhora. – Delalieu parecia desesperado. – Preocupo-me com a mensagem que a senhora possa estar transmitindo ao ignorar todas as correspondências nesse estágio inicial de seu trabalho. – Ele desviou o olhar. – Perdoe-me, eu não quis ir longe demais. Eu só... Eu sei que a senhora gostaria de fazer um esforço para fortalecer suas relações internas... Mas temo as consequências que a senhora pode vir a enfrentar por não respeitar tantos acordos continentais...

– Não, não, claro. Obrigada, Delalieu – respondi, com a cabeça confusa. – Obrigada por me avisar. Fico muito... Fico muito grata por você intervir. Eu não tinha a menor ideia de que isso estava acontecendo... – Naquele momento, bati a mão na testa. – Mas, talvez amanhã cedo? Amanhã cedo você poderia me encontrar depois da caminhada matinal e me mostrar onde fica esse tal quartel?

– É claro que sim – respondeu, com uma leve reverência. – Será um prazer, Senhora Suprema.

– Obrigada, tenente.

RESTAURA-ME

— Sem problemas, senhora. – Ele pareceu tão aliviado. – Tenha uma noite agradável.

Atrapalhei-me ao me despedir dele, tropeçando em meus próprios pés, tamanho o meu entorpecimento.

Pouca coisa mudou.

Meus tênis batem no concreto, tocam uns nos outros no momento em que me espanto e me arrasto de volta ao presente. Dou um passo mais determinado para a frente, dessa vez me preparando para mais um golpe repentino e gelado de vento. Kenji me lança um olhar cheio de ansiedade. Olho em sua direção, mas sem realmente prestar atenção nele. Na verdade, estou concentrada no que há atrás dele, estreitando meus olhos para nada em particular. Minha mente segue seu curso, zumbindo no mesmo tom do vento.

— Está tudo bem, mocinha?

Ergo a vista, olhando de soslaio para Kenji.

— Estou bem, sim.

— Nossa, que convincente!

Consigo sorrir e franzir a testa ao mesmo tempo.

— Então... – Kenji diz, exalando a palavra. – Sobre o que Castle queria conversar com você?

Desvio o rosto, imediatamente irritada.

— Não sei. Castle anda meio esquisito.

Minhas palavras atraem a atenção de Kenji. Castle é como um pai para ele – certamente, se tivesse que escolher entre Castle e mim, escolheria Castle –, e Kenji claramente expõe sua lealdade ao dizer:

— Como assim? Que história é essa de Castle andar meio esquisito? Ele me pareceu normal hoje cedo.

Dou de ombros.

— Ele só me deu a impressão de ter ficado muito paranoico de uma hora para a outra. E falou algumas coisas sobre Warner que só... — Interrompo a mim mesma. Balanço a cabeça. — Não sei.

Kenji para de andar.

— Espere. Que coisas são essas que ele falou sobre Warner?

Ainda irritada, dou de ombros outra vez.

— Castle acha que Warner está escondendo coisas de mim. Tipo, não exatamente escondendo coisas de mim... Mas parece que há muita coisa sobre ele que eu desconheço. Então, falei: "Ora, se você sabe tanto sobre Warner, por que não me conta o que preciso saber a respeito dele?". E Castle respondeu: "Não, blá-blá-blá, o próprio senhor Warner deve contar a você, blá-blá-blá". — Reviro os olhos. — Basicamente, ele me disse que é estranho eu não saber muito sobre o passado de Warner. Mas isso nem é verdade — continuo, agora olhando diretamente para Kenji. — Sei de muita coisa do passado de Warner.

— Tipo?

— Tipo, por onde começar? Sei tudo a respeito da mãe dele.

Kenji dá risada.

— Você não sabe coisa nenhuma sobre a mãe dele.

— É claro que sei.

— Até parece, J. Você não sabe nem o nome da mulher.

As palavras dele me fazem hesitar. Busco a informação em minha mente, Warner certamente citou o nome da sua mãe em algum momento...

e não encontro a resposta.

RESTAURA-ME

Sentindo-me diminuída, olho outra vez para Kenji.

– Ela se chamava Leila – ele conta. – Leila Warner. E eu só sei disso porque Castle faz suas pesquisas. Tínhamos arquivos de todas as pessoas de interesse lá em Ponto Ômega. Mesmo assim, eu nunca soube que ela tinha poderes que a fizeram adoecer. Anderson foi muito bom em esconder essas informações.

– Ah – é tudo que consigo dizer.

– Então era por isso que Castle estava agindo esquisito? – Kenji quer saber. – Porque ele ressaltou, corretamente, diga-se de passagem, que você não sabe nada sobre a vida do seu namorado.

– Não seja cruel – peço baixinho. – Eu sei de algumas coisas.

Mas a verdade é que realmente não sei muito.

O que Castle me falou hoje cedo de fato me incomodou. Estaria mentindo se dissesse que não pensei o tempo todo sobre como era a vida de Warner antes de nos conhecermos. Aliás, com frequência penso naquele dia – aquele dia horrível, terrível –, em uma bela casinha azul em Sycamore, a casa onde Anderson atirou em meu peito.

Estávamos totalmente sozinhos, Anderson e eu.

Nunca contei a Warner o que seu pai me falou naquele dia, mas também não me esqueci de suas palavras. Em vez disso, tentei ignorá-las, tentei me convencer de que Anderson estava investindo em joguinhos psicológicos para me confundir e me imobilizar. Porém, independentemente de quantas vezes eu tenha repassado essa conversa em minha cabeça – tentando desesperadamente diminuí-la e ignorá-la –, nunca fui capaz de afastar a sensação de que, talvez, só talvez, nem tudo fosse provocação. Talvez Anderson estivesse me revelando a verdade.

Ainda consigo ver o sorriso em seu rosto enquanto pronunciava as palavras. Ainda consigo ouvir a cadência em sua voz. Estava se divertindo. Atormentando-me.

Ele contou a você quantos outros soldados queriam assumir o controle do Setor 45? Quantos excelentes candidatos tínhamos para escolher? Ele só tinha dezoito anos!

Ele alguma vez contou a você o que teve de fazer para provar seu valor?

Meu coração acelera quando lembro. Fecho os olhos, meus pulmões queimando...

Ele alguma vez contou pelo que eu o fiz passar para merecer o que tem?

Não.

Suspeito que ele tenha preferido não citar essa parte, ou estou errado? Aposto que não quis contar essa parte de seu passado, não é?

Não.

Ele nunca contou. E eu nunca perguntei.

Acho que nunca quis e continuo sem querer saber.

Não se preocupe, Anderson me disse na ocasião. *Eu não vou estragar a graça para você. Melhor deixar ele mesmo compartilhar esses detalhes.*

E agora, hoje pela manhã, ouço a mesma frase da boca de Castle.

— Não, senhorita Ferrars — ele falou, recusando-se a olhar em meus olhos. — Não, não. Contar seria me intrometer em um espaço que não me cabe. O senhor Warner quer ser aquele que vai lhe contar as histórias de sua vida. Não eu.

— Não estou entendendo — respondi, frustrada. — Qual é a relevância disso? Por que de uma hora para a outra você passou a se

RESTAURA-ME

preocupar com o passado de Warner? E o que isso tem a ver com a resposta da Oceania?

– Warner conhece esses outros comandantes. Ele conhece as outras famílias supremas. Sabe como o Restabelecimento funciona internamente. E ainda tem muita coisa a lhe revelar. – Castle sacudiu a cabeça. – A resposta da Oceania é extremamente incomum, senhorita Ferrars, pelo simples fato de ser a única que a senhorita recebeu. Tenho certeza de que os movimentos desses comandantes não são apenas coordenados, mas também intencionais, e começo a me sentir mais preocupado a cada instante com a possibilidade de realmente existir *outra* mensagem implícita naquela correspondência, uma mensagem que ainda estou tentando traduzir.

Naquele momento, eu senti. Senti minha temperatura subindo, meu maxilar tensionando conforme a raiva tomava conta de mim.

– Mas foi você quem disse para entrar em contato com todos os comandantes supremos! Foi ideia sua! E agora está com medo da resposta de um deles? O que…

E então, imediatamente, entendi o que estava acontecendo.

Minhas palavras saíram leves e atordoadas quando voltei a falar:

– Ah, meu Deus, você pensou que eu não receberia resposta alguma, não é?

Castle engoliu em seco. Não falou nada.

– *Você pensou que ninguém responderia?* – insisti, minha voz mais aguda a cada sílaba.

– Senhorita Ferrars, a senhorita precisa entender que…

– Por que está fazendo joguinhos comigo, Castle? – Fechei as mãos em punhos. – Aonde quer chegar com isso?

– Não estou fazendo joguinhos com a senhorita – ele respondeu, as palavras saindo apressadas. – Eu só… pensei que… –

gaguejou, gesticulando intensamente. – Foi um exercício. Uma experiência…

Senti golpes de calor acendendo como fogo atrás dos meus olhos. A raiva entalou em minha garganta, vibrou ao longo da minha espinha. Eu podia sentir a ira ganhando força em meu interior e precisei reunir todas as minhas forças para domá-la.

– Eu não sou mais experiência de ninguém – retruquei. – E preciso saber que droga está acontecendo.

– A senhorita deve conversar com o senhor Warner – afirmou. – Ele vai explicar tudo. Você ainda tem muito a descobrir sobre este mundo e sobre o Restabelecimento, e o tempo é um fator essencial. – Olhou-me nos olhos. – A senhorita precisa estar preparada para o que está por vir. Precisa saber mais e precisa saber já. Antes que os problemas se intensifiquem.

Desviei o olhar, as mãos tremendo com o acúmulo de energia não extravasada. Eu queria – eu precisava – quebrar alguma coisa. Qualquer coisa. Em vez disso, falei:

– Quanta bobagem, Castle! Quanta bobagem!

E ele parecia o homem mais triste do mundo quando falou:

– Eu sei.

Desde então, estou andando de um lado para o outro com uma dor de cabeça insuportável.

E não me sinto melhor quando Kenji cutuca meu ombro, trazendo-me de volta à realidade para anunciar:

– Eu já disse isso antes e vou repetir: vocês dois têm um relacionamento estranho.

RESTAURA-ME

— Não, não temos — retruco, e as palavras saem como um reflexo, petulantes.

— Sim — Kenji rebate. — Vocês têm, sim.

Ele sai andando, deixando-me sozinha nas ruas abandonadas, saudando-me com um chapéu imaginário enquanto se distancia.

Jogo um dos meus sapatos nele.

O esforço, todavia, é inútil; Kenji pega o sapato no ar. Agora está me esperando, dez passos à frente, com o calçado na mão enquanto vou saltando numa perna só em sua direção. Não preciso me virar para ver o sorriso no rosto dos soldados atrás de nós. Tenho certeza de que todos me acham uma piada como comandante suprema. E por que não achariam?

Mais de duas semanas se passaram e continuo me sentindo perdida.

Parcialmente paralisada.

Não tenho orgulho da minha incapacidade de liderar as pessoas; não me orgulho da revelação de que, no fim das contas, não sou inteligente o bastante, rápida o bastante ou perspicaz o bastante para governar o mundo. Não tenho orgulho de, nos meus piores momentos, olhar para tudo o que tenho a fazer em um único dia e me impressionar, espantada, com como Anderson era organizado. Como era habilidoso. Como era terrivelmente talentoso.

Não tenho orgulho de pensar isso.

Ou de, nas horas mais silenciosas e solitárias da manhã, ficar deitada, acordada, ao lado do filho de Anderson, um homem torturado até quase a morte, e desejar que o pai ressuscitasse e levasse consigo a carga que tirei de seus ombros.

Então surge esse pensamento, o tempo todo, o tempo todo:

Que talvez eu tenha cometido um erro.

— Olá-á? Terra chamando princesa?

Confusa, ergo o olhar. Hoje·estou mesmo perdida em pensamentos:

— Você falou alguma coisa?

Kenji balança a cabeça enquanto me devolve o sapato. Ainda estou me esforçando para calçá-lo, quando ele diz:

— Então você me forçou a sair para caminhar nessa terra horrível e congelada de merda só para me ignorar?

Arqueio uma única sobrancelha para ele.

Ele arqueia as duas em resposta, esperando, ansioso.

— Qual é, J? Isto aqui... — E aponta para o meu rosto. — Isto é mais do que toda a carga de esquisitice que você recebeu de Castle hoje de manhã. — Ele inclina a cabeça na minha direção e percebo uma preocupação sincera em seus olhos quando indaga: — E então? O que está acontecendo?

Suspiro, e a expiração faz meu corpo enfraquecer.

A senhorita deve conversar com o senhor Warner. Ele vai explicar tudo.

Mas Warner não é exatamente conhecido por suas habilidades comunicativas. Não gosta de conversa fiada. Não divide detalhes de sua vida. Não fala de coisas *pessoais*. Sei que me ama — posso sentir em cada interação quanto se importa comigo —, mas, mesmo assim, só me ofereceu informações vagas sobre sua vida. Warner é um cofre ao qual só tenho acesso ocasionalmente, e com frequência me pergunto quanto ainda me resta descobrir sobre ele. Às vezes, isso me assusta.

— Eu só estou... Não sei — finalmente respondo. — Estou muito cansada. Estou com muita coisa na cabeça.

— Teve uma noite difícil?

Encaro Kenji, protegendo o rosto dos raios gelados do sol.

RESTAURA-ME

— Se quer saber, eu quase nem durmo mais — admito. — Acordo às quatro da manhã todos os dias e ainda não consegui ler as correspondências *da semana passada*. Não é uma loucura?

Surpreso, Kenji me olha de soslaio.

— E tenho que aprovar um milhão de coisas todos os dias. Aprovar isso, aprovar aquilo. E muitas coisas nem são assim tão importantes — relato. — São coisinhas ridículas, como, como… — Puxo uma folha de papel amassada do bolso e sacudo-a na direção do céu. "Como essa bobagem aqui: o Setor 418 quer aumentar o horário do almoço de uma hora para uma hora e três minutos e precisam da minha aprovação. Três minutos? Quem se *importa* com isso?

Kenji tenta disfarçar um sorriso; enfia as mãos nos bolsos.

— Todos os dias. O dia todo. Não consigo fazer nada *de verdade*. Pensei que eu fosse fazer algo realmente relevante, sabe? Pensei que seria capaz de, sei lá, unificar os setores e promover a paz ou algo assim. Em vez disso, passo o dia todo tentando evitar Delalieu, que aparece na minha frente a cada cinco minutos porque precisa que eu assine alguma coisa. *E estou falando só das correspondências.*

Aparentemente, não consigo mais parar de falar, por fim confessando a Kenji todas as coisas que sinto nunca poder dividir com Warner por medo de decepcioná-lo. É libertador, mas também parece perigoso. Como se talvez eu não devesse contar a ninguém que me sinto assim, nem mesmo a Kenji.

Então hesito, espero um sinal.

Ele não está mais olhando para mim, mas ainda parece me ouvir. Sustenta a cabeça inclinada e um sorriso na boca quando, depois de um instante, pergunta:

— Isso é tudo?

Nego com a cabeça com veemência, aliviada e grata por poder continuar reclamando:

— Eu tenho que registrar tudo, o tempo todo. Tenho que preencher relatórios, ler relatórios, arquivar relatórios. Existem quinhentos e cinquenta e quatro outros setores na América do Norte, Kenji. *Quinhentos e cinquenta e quatro.* — Encaro-o. — Isso quer dizer que preciso ler quinhentos e cinquenta e quatro relatórios todo santo dia.

Impassível, ele também me encara.

— Quinhentos e cinquenta e quatro!

Cruza os braços.

— Cada relatório tem dez páginas!

— Aham.

— Posso contar um segredo?

— Manda.

— Esse trabalho é um saco.

Agora Kenji ri alto. Mesmo assim, não diz nada.

— O que foi? — pergunto. — Em que está pensando?

Ele bagunça meus cabelos e diz:

— Ah, J.

Afasto a cabeça da mão dele.

— Isso é tudo o que recebo? Só um "ah, J" e nada mais?

Kenji dá de ombros.

— *O que foi?* — exijo saber.

— Sei lá — responde, um pouco constrangido com suas palavras. — Você pensou que seria… fácil?

— Não — falo baixinho. — Só pensei que seria melhor do que isso.

— Melhor em que sentido?

— Acho que… Quer dizer, pensei que seria… mais legal?

— Pensou que estaria matando um monte de caras malvados agora? Fazendo política na base da porrada? Como se fosse só matar Anderson e então, de repente, tchã-rã, paz mundial?

Não consigo encará-lo porque estou mentindo, mentindo muito, quando digo:

— Não, é claro que não. Não pensei que seria assim.

Kenji suspira.

— É por isso que Castle sempre se mostrou tão apreensivo, sabia? Em Ponto Ômega, o negócio era ser devagar e constante. Era uma questão de esperar o momento certo. De conhecer nossos pontos fortes… e também nossos pontos fracos. Havia muita coisa acontecendo em nossas vidas, mas sempre soubemos, e Castle sempre falou que não podíamos derrubar Anderson antes de nos sentirmos prontos para sermos líderes. Foi por isso que não o matei quando tive a oportunidade. Nem mesmo quando ele já estava quase morto e parado bem diante de mim. — Kenji fica em silêncio por um instante. — Simplesmente não era a hora certa.

— Então… Você acha que cometi um erro?

Kenji franze a testa, ou quase isso. Desvia o rosto. Olha para mim novamente, deixa um breve sorriso brotar, mas só de um lado da boca.

— Bem, acho você ótima.

— Mas acha que cometi um erro.

Ele dá de ombros com um movimento lento e exagerado.

— Não, eu não disse isso. Só acho que precisa de um pouco mais de treinamento, entende? Acho que o hospício não a preparou para esse trabalho.

Estreito meus olhos na direção dele.

Ele ri.

– Olha, você é boa com as pessoas. Você fala bem. Mas esse trabalho vem acompanhado de muita burocracia e também de um monte de besteiras. E de muitas ocasiões em que precisa se fazer de boazinha. Muito puxa-saquismo. Veja bem, o que estamos tentando fazer agora mesmo? Estamos tentando ser legais. Certo? Estamos tentando, tipo, assumir o controle, mas sem provocar uma completa anarquia. Estamos tentando *não* entrar em guerra neste momento, certo?

Não respondo rápido o bastante e ele cutuca meu ombro.

– Certo? – insiste. – Não é esse o objetivo? Manter a paz por enquanto? Apostar na diplomacia antes de explodirmos a merda toda?

– Sim, certo – apresso-me em responder. – Sim. Evitar uma guerra. Evitar mortes. Fazer papel de bonzinhos.

– Está bem – diz, desviando o olhar. – Então você precisa se controlar, mocinha. Porque, sabe o que acontece se começar a perder o controle agora? O Restabelecimento vai comê-la viva. E é precisamente isso o que eles querem. Aliás, provavelmente é o que esperam... Esperam que você destrua sozinha toda essa merda para eles. Então, não pode deixá-los perceber isso. Não pode deixar as fissuras aparecerem.

Encaro-o, sentindo-me de repente assustada.

Ele passa um braço pelos meus ombros.

– Você não pode se estressar assim por causa de um trabalho burocrático. – Ele nega com a cabeça. – Todo mundo está de olho em você agora. Todos estão esperando para ver o que está por vir. Ou entraremos em guerra com os outros setores... Quer dizer, com o resto do mundo... Ou conseguimos manter o controle e negociar. Você precisa se manter *calma*, J. Mantenha-se calma.

RESTAURA-ME

Mas não sei o que dizer.

Porque a verdade é que ele está certo. Encontro-me em uma situação tão complicada que nem sei por onde começar. Nem me formei no colegial. E agora esperam que eu tenha toda uma vida de conhecimentos em relações internacionais?

Warner foi projetado para essa vida. Tudo o que faz, tudo o que é, emana...

Ele foi feito para liderar.

Já eu?

Meu Deus, no que foi que me meti?, reflito.

Onde eu estava com a cabeça quando pensei que seria capaz de governar um continente inteiro? Por que me permiti imaginar que uma capacidade sobrenatural de matar coisas com a minha pele de repente me traria um conhecimento abrangente em ciências políticas?

Fecho os punhos com força excessiva e...

dor, dor pura

... enquanto minhas unhas cravam a carne.

Como eu achava que as pessoas governavam o mundo? Imaginei mesmo que seria tão simples? Que eu poderia controlar todo o tecido social a partir do conforto do quarto do meu namorado?

Só agora começo a perceber a amplitude dessa teia delicada, intrincada, composta por pessoas, posições e poderes já existentes. Eu disse que aceitava a tarefa. Eu, uma ninguém de 17 anos e com pouquíssima experiência de vida; eu me voluntariei para essa posição. E agora, basicamente do dia para a noite, tenho que acompanhar o ritmo por ela imposto. E não tenho a *menor* ideia do que estou fazendo.

E o que acontece se eu não aprender a administrar essas muitas relações? Se eu, pelo menos, não fingir ter uma vaga ideia de como vou governar o mundo?

O resto dele poderia facilmente me destruir.

E às vezes não tenho certeza de que sairei viva dessa situação.

Warner

— Como está James?

Sou eu quem quebra o silêncio. É uma sensação estranha. Nova para mim.

Kent assente em resposta, seus olhos focados nas próprias mãos, unidas à sua frente. Estamos no telhado, cercados por frio e concreto, sentados um ao lado do outro em um canto silencioso para o qual às vezes me retiro. Daqui consigo ver todo o setor. O oceano no horizonte. O sol do meio-dia se movimentando preguiçosamente no alto do céu. Civis parecendo soldadinhos de brinquedo marchando de um lado para o outro.

— James está bem — Kent, enfim, responde. Sua voz sai tensa. Ele veste apenas uma camiseta e parece não se incomodar com o frio cortante. Respira fundo. — Quero dizer... ele está bem, entende? Está ótimo. Superbem.

Faço que sim com a cabeça.

Kent ergue o rosto, solta uma espécie de risada nervosa e curta, e desvia o olhar.

— Isso é loucura? — indaga. — Nós somos loucos?

Ficamos um minuto em silêncio, enquanto o vento sopra com mais força do que antes.

– Não sei – respondo, por fim.

Kent bate o punho na perna. Solta o ar pelo nariz.

– Sabe, eu nunca disse isso a você. Antes. – Ergue o rosto, mas não me olha nos olhos. – Naquela noite. Eu não falei, mas queria que soubesse que aquilo significou muito para mim. O que você disse.

Aperto os olhos em direção ao horizonte.

É algo realmente impossível de se fazer, desculpar-se por tentar matar alguém. Mesmo assim, eu tentei. Disse a ele que entendia o que fizera na época. Sua dor. Sua raiva. Suas ações. Disse que ele tinha sobrevivido à criação dada por nosso pai e se tornado uma pessoa muito melhor do que eu jamais seria.

– Eram palavras sinceras – reafirmo.

Kent agora bate o punho fechado na boca. Pigarreia.

– Sabe, eu também sinto muito. – Sua voz sai rouca. – As coisas deram muito errado. Tudo. Está uma bagunça.

– Sim – concordo. – É verdade.

– Então, o que fazer agora? – Kent finalmente se vira para olhar para mim, mas ainda não estou pronto para encará-lo. – Como... como podemos consertar isso? Será que dá para consertar? As coisas foram longe demais?

Passo a mão por meus cabelos recém-raspados.

– Não sei – respondo baixo. – Mas gostaria de consertar.

– É?

Confirmo, acenando com a cabeça.

Kent assente várias vezes ao meu lado.

– Ainda não me sinto preparado para contar a James.

Surpreso, hesito.

RESTAURA-ME

– Ah, é?

– Não por sua causa – apressa-se em explicar. – Não é com você que me preocupo. É que... explicar sobre *você* implica explicar uma coisa muito, muito maior. E não sei como contar que o pai dele era um monstro. Por enquanto, não. Eu realmente achava que James nunca fosse precisar saber.

Ao ouvir suas palavras, ergo o olhar.

– James não sabe? De nada?

Kent nega com a cabeça.

– Ele era muito pequeno quando nossa mãe morreu e eu sempre consegui mantê-lo longe quando nosso pai aparecia. Ele acha que nossos pais morreram em um acidente de avião.

– Impressionante – digo. – É muita generosidade de sua parte.

Ouço a voz de Kent falhar quando ele volta a falar:

– Meu Deus, por que fico tão transtornado por causa dele? Por que *me importo*?

– Não sei – admito, negando com a cabeça. – Estou tendo o mesmo problema.

– Ah, é?

Assinto.

Kent solta a cabeça nas mãos.

– Ele fodeu mesmo com a nossa cabeça, cara.

– Sim, é verdade.

Ouço Kent fungar duas vezes, duas duras tentativas de manter suas emoções sob controle, e, ainda assim, invejo sua capacidade de ser tão aberto sobre seus sentimentos. Puxo um lenço do bolso interno da jaqueta e o entrego a ele.

– Obrigado – agradece, com a garganta apertada.

Assinto novamente.

– Então, hum... O que rolou com o seu cabelo?

Fico tão surpreso com a pergunta que quase tremo. Considero de verdade a hipótese de contar a história toda a Kent, mas tenho medo que me pergunte por que deixei Kenji tocar em meus cabelos, e então eu teria de explicar os inúmeros pedidos de Juliette para que eu me tornasse amigo daquele idiota. E não acho que Juliette seja um assunto seguro para nós dois ainda. Então, apenas respondo:

– Um pequeno acidente.

Kent arqueia as sobrancelhas. Dá risada.

– Entendi.

Surpreso, olho em sua direção.

Ele fala:

– Tudo bem, sabe.

– O quê?

Kent agora está sentado com a coluna ereta, encarando a luz do sol. Começo a ver sombras de meu pai em seu rosto. Sombras de mim mesmo.

– Você e Juliette – esclarece.

As palavras me fazem congelar.

Ele me encara.

– Sério, tudo bem.

Atordoado, não consigo me segurar e acabo dizendo:

– Não sei se estaria tudo bem se fosse comigo, se nossos papéis fossem inversos.

Kent oferece um sorriso, mas parece triste.

– Eu fui um grande idiota com ela no final – admite. – Então, acho que recebi o que merecia. Mas não foi por causa dela, sabe? Nada daquilo. Nada foi culpa dela. – Ele me olha de soslaio. – Para ser sincero com você, eu vinha afundando já há algum tempo. Estava realmente infeliz e muito estressado e então... – Ele dá de ombros, desvia o olhar. – Para ser honesto, descobrir que você é meu irmão quase me matou.

Mais uma vez surpreso, pisco os olhos.

– Pois é. – Ele ri, balançando a cabeça. – Sei que parece estranho agora, mas na época eu só... Sei lá, cara, pensei que você fosse um sociopata. Fiquei muito preocupado com a possibilidade de você descobrir que éramos irmãos e, quer dizer... Sei lá... Pensei que você tentaria me matar ou algo assim.

Ele hesita. Olha para mim.

Aguarda.

E só então percebo – mais uma vez, surpreso – que ele quer que eu negue sua suspeita. Quer que eu diga que não era nada disso.

Mas posso entender sua preocupação. Então, respondo:

– Bem, eu tentei matá-lo uma vez, não tentei?

Kent arregala os olhos.

– É cedo demais para fazer piada com isso, cara. Essa merda ainda não tem graça.

Desvio o olhar ao dizer:

– Eu não estava tentando ser engraçado.

Posso sentir os olhos de Kent sobre mim, estudando-me, acho que tentando me entender ou entender minhas palavras. Talvez as duas coisas. Mas é difícil saber o que se passa em sua cabeça. É frustrante ter um dom sobrenatural que me permite saber as emoções de todos, exceto as dele. Isso faz que eu me sinta fora de prumo perto de Kent. Como se eu tivesse perdido a visão ou algo assim.

Por fim, ele suspira.

Parece que passei em um teste.

– Enfim – diz, mas agora soa um tanto incerto –, eu tinha certeza de que você viria atrás de mim. E só o que conseguia pensar era que, se eu morresse, James morreria. Eu sou tudo o que ele tem no mundo, entende? Se você me matasse, você o mataria. – Olha para suas mãos. – Passei a não dormir mais à noite. Parei de comer. Estava ficando louco. Não conseguia mais aguentar nada daquilo, e você estava, tipo… vivendo com a gente? E então tudo o que aconteceu com Juliette… Eu só… Sei lá… – Suspira demorada e tremulamente. – Fui um idiota. Acabei descontando tudo nela. Culpei-a por tudo. Por eu ter me afastado das únicas coisas que acreditava serem certas na minha vida. É tudo culpa minha, na verdade. Questões pessoais do passado. Eu ainda tenho muita coisa para resolver – enfim, admite. – Tenho problemas com a ideia de as pessoas me deixarem para trás.

Por um momento, fico sem palavras.

Nunca imaginei que Kent seria capaz de reunir pensamentos tão complexos. Minha capacidade de perceber emoções e sua capacidade de anular dons sobrenaturais sem dúvida nos tornam uma dupla muito peculiar. Sempre fui forçado a concluir que ele era desprovido de pensamentos e emoções. No fim das contas, Kent é muito mais emocionalmente preparado do que eu poderia esperar. E sincero, também.

Contudo, é estranho ver alguém com o mesmo DNA que eu falando tão abertamente. Admitindo em voz alta seus medos e limitações. É franco demais, como olhar direto para o sol. Preciso desviar o olhar.

Por fim, digo apenas:

– Eu entendo.

RESTAURA-ME

Kent pigarreia.

– Então... sim – ele diz. – Acho que só queria dizer que Juliette estava certa. No fim das contas, nós dois acabamos nos afastando. Tudo isso – aponta para nós dois – me fez perceber muitas coisas. E ela estava certa. Sempre vivi desesperado por alguma coisa, algum tipo de amor ou afeição ou *alguma coisa*. Não sei... – Nega com a cabeça. – Acho que eu queria acreditar que ela e eu tínhamos algo que, na verdade, não tínhamos. Eu estava numa sintonia diferente. Caramba, eu era uma pessoa diferente. Mas agora sei quais são as minhas prioridades.

Fito-o com uma pergunta nos olhos.

– Minha família – esclarece, olhando-me nos olhos. – É só o que me importa agora.

Juliette

Estamos voltando lentamente à base.

Não tenho pressa de encontrar Warner e enfrentar o que provavelmente será uma conversa complicada e estressante, então me dou o direito de demorar o tempo necessário. Passo pelos destroços da guerra e pelos escombros cinza dos complexos conforme deixamos para trás um território não regulamentado e os resquícios borrados que o passado produziu. Sempre fico triste quando nossa caminhada se aproxima do fim; sinto uma enorme saudade das casas que pareciam ter saído todas de uma forma, das cercas de madeira, das lojinhas tampadas com tábuas e dos bancos e construções velhos e abandonados que compunham a paisagem das ruas tomadas pela grama irregular. Gostaria de encontrar um jeito de fazer tudo isso voltar a existir.

Respiro fundo e saboreio o ar frio que queima meus pulmões. O vento me envolve, puxando e empurrando e dançando, chicoteando freneticamente meus cabelos, e nele me perco, abro a boca para inalá-lo. Estou prestes a sorrir quando Kenji lança um olhar sombrio em minha direção, fazendo-me tremer, fazendo-me pedir desculpas com os olhos.

RESTAURA-ME

Meu pedido de desculpas desanimado pouco faz para aplacá-lo.

Forço-o a fazer outro desvio a caminho do mar, que costuma ser minha parte preferida da nossa caminhada. Kenji, por sua vez, detesta essa parte do trajeto – assim como seus coturnos, um dos quais agora se afunda na lama que no passado era areia limpa.

– Ainda não consigo acreditar que você goste de olhar para essa água nojenta, infestada de urina e...

– Não está exatamente infestada – destaco. – Castle diz que, definitivamente, há mais água que xixi.

Kenji só consegue me lançar um olhar fulminante.

Continua resmungando em voz baixa, reclamando que seus coturnos estão ensopados de "água de mijo", como gosta de chamar, enquanto entramos na rua principal. Fico feliz em ignorá-lo, permaneço decidida a aproveitar os últimos momentos de paz – afinal, é uma das poucas horas que tenho para mim ultimamente. Olho outra vez para as calçadas rachadas e telhados esburacados de nosso antigo mundo, tentando – e às vezes conseguindo – me lembrar de uma época em que as coisas não eram tão desoladoras.

– Você sente saudade em algum momento? – pergunto a Kenji. – De como as coisas costumavam ser?

Kenji está com o peso do corpo apoiado em apenas um dos pés, limpando alguma sujeira do outro coturno, quando ergue o olhar e franze a testa.

– Não sei exatamente do que você acha que se lembra, J, mas as coisas não eram muito melhores do que estão agora.

– O que quer dizer com isso? – pergunto, apoiando o corpo em um dos velhos postes de luz.

– O que *você* quer dizer com isso? – ele rebate. – Como pode sentir saudade de alguma coisa da sua antiga vida? Pensei que detestasse a vida que levava com seus pais. Pensei que tivesse dito que eles eram horríveis e abusivos.

– Sim, de fato eram – afirmo, virando o rosto. – E não tínhamos muitos bens. Mas há algumas coisas que gosto de lembrar, alguns momentos agradáveis... Antes de o Restabelecimento chegar ao poder. Acho que só sinto saudade das coisinhas que me faziam feliz. – Olho outra vez para ele e sorrio. – Entende?

Ele arqueia uma sobrancelha. Então, decido esclarecer:

– Sabe... o barulho do carrinho de sorvete todas as tardes, ou o carteiro passando na rua. Eu me sentava perto da janela e assistia às pessoas voltando do trabalho para casa ao anoitecer. – Desvio novamente o olhar, nostálgica. – Era gostoso.

– Hum.

– Você não achava?

Os lábios de Kenji se repuxam em um sorriso infeliz enquanto inspeciona sua bota, agora já sem aquela sujeira.

– Não sei, mocinha. Esses carrinhos de sorvete nunca passavam no meu bairro. O mundo do qual me lembro era deteriorado e racista e volátil pra cacete, pronto para ser hostilmente tomado por algum regime de merda. Já estávamos divididos. A conquista foi fácil. – Respira fundo e suspira ao dizer: – Enfim, eu fugi de um orfanato quando tinha oito anos, então não tenho muitas memórias emocionantes ou positivas.

Congelo, surpresa. Preciso de um segundo para encontrar minha voz.

– Você morou em um orfanato?

Kenji assente antes de me oferecer uma risada curta e destituída de humor.

RESTAURA-ME

— Sim. Passei um ano morando nas ruas, cruzando o Estado como um andarilho. Você sabe, antes de termos setores. Até Castle me encontrar.

— O quê? — Meu corpo fica rígido. — Por que você nunca me contou essa história? Convivemos esse tempo todo e... e você nunca falou nada disso...

Ele dá de ombros.

— Chegou a conhecer seus pais? — indago.

Ele assente, mas não olha para mim.

Sinto meu sangue gelar.

— O que aconteceu com eles?

— Não importa.

— É claro que importa — digo, tocando seu cotovelo. — *Kenji*...

— Não tem importância — responde, afastando-se. — Todos nós temos problemas. Todos temos questões pessoais do passado. Precisamos aprender a conviver com elas.

— Não se trata de saber lidar com seu passado — retruco. — Eu só quero saber. Sua vida, seu passado... são importantes para mim.

Por um momento, lembro-me outra vez de Castle — seus olhos, sua urgência — e sua insistência de que há mais coisas que preciso saber também sobre o passado de Warner.

Tenho tanto a descobrir sobre as pessoas com as quais me importo.

Kenji enfim abre um sorriso, mas é um sorriso que o faz parecer cansado. Por fim, suspira. Sobe rapidamente alguns degraus rachados que levam à entrada de uma antiga biblioteca e senta-se no concreto frio. Nossa guarda armada nos espera, mas fora de nosso campo de visão.

Kenji bate a mão no chão a seu lado.

Apresso-me pelos degraus para me sentar.

69

Daqui olhamos para um antigo cruzamento, semáforos velhos e fios de eletricidade destruídos e emaranhados caídos na calçada. E ele diz:

— Então, você sabe que eu sou japonês, não é?

Assinto.

— Bem, onde cresci, as pessoas não estavam habituadas a verem rostos como o meu. Meus pais não nasceram aqui; falavam japonês e um inglês bem ruim. Algumas pessoas não gostavam nada disso. Enfim, morávamos em uma região bem complicada, com muitas pessoas ignorantes. E pouco antes de o Restabelecimento começar sua campanha, prometendo sanar todos os problemas da nossa população ao extinguir culturas e línguas e religiões e todo o resto, as relações raciais estavam em seu pior momento. Havia muita violência no continente como um todo. Comunidades em guerra, matando umas às outras. Se você tivesse a cor errada na hora errada... — ele usa os dedos para simular uma arma e atirar no ar —, as pessoas o faziam desaparecer. Nós evitávamos problemas, sempre que possível. As comunidades asiáticas não sofriam tanto quanto as comunidades negras, por exemplo. Os negros estavam na pior situação. Castle pode contar mais sobre isso a você. Ele tem as histórias mais terríveis. Mas o pior que minha família teve de enfrentar foi, com uma certa frequência, ouvir gente falar merda quando saíamos juntos. Lembro que chegou um momento em que minha mãe nunca mais quis sair de casa.

Sinto meu corpo ficando tenso.

— Mas enfim... — Ele dá de ombros. — Meu pai só... você sabe... ele não conseguia suportar aquele lugar nem ouvir as pessoas falando merda da família dele, entende? Ele ficava realmente furioso. Não que isso acontecesse o tempo todo nem nada assim,

RESTAURA-ME

mas quando *de fato* acontecia, às vezes terminava em discussão, outras vezes não. Não parecia ser o fim do mundo. Mas minha mãe sempre implorava para meu pai ignorar, deixar para lá, mas ele não conseguia. – Seu semblante fica sombrio. – E não o culpo. Certo dia, as coisas terminaram muito mal. Naquela época, todo mundo andava armado, lembra? Os *civis* tinham armas. É uma loucura imaginar algo assim agora, sob o Restabelecimento, mas na época todos andavam armados, tinham suas próprias armas. – Kenji fica em silêncio por um instante. – Meu pai também comprou um revólver. Disse que precisávamos ter aquela arma, por precaução. Para nossa própria segurança. – Kenji não olha para mim ao continuar: – E, quando vieram falar merda de novo, meu pai resolveu ser um pouco corajoso demais. Eles usaram a arma contra ele. Meu pai tomou um tiro. Minha mãe tomou um tiro quando foi tentar acabar com a briga. Eu tinha sete anos.

– Você estava lá? – ofego.

Ele assente.

– Vi tudo acontecer.

Cubro a boca com as duas mãos. Meus olhos ardem com as lágrimas não derramadas.

– Eu nunca contei essa história para ninguém – confessa, franzindo o cenho. – Nem mesmo para Castle.

– O quê? – Baixo as mãos. Estou de olhos arregalados. – Por que não?

Ele nega com a cabeça.

– Não sei – responde baixinho, olhando ao longe. – Quando conheci Castle, tudo ainda era muito recente, entende? Ainda era real demais. Quando ele quis conhecer a minha história, falei que não queria tocar nesse assunto. Nunca. – Kenji olha para mim. – Depois de um tempo, ele parou de perguntar.

Impressionada, só consigo encará-lo. Estou sem palavras.

Kenji vira o rosto. Parece falar consigo mesmo ao dizer:

– É tão estranho contar tudo isso em voz alta. – Ele respira com dureza, fica de pé bruscamente e vira a cabeça para que eu não consiga olhar em seu rosto. Ouço-o fungar alto, 2 vezes. E então ele enfia as mãos nos bolsos para dizer: – Sabe, acho que talvez eu seja o único de nós que não teve problema com o pai. Eu amava meu pai. *Pra caralho.*

Ainda estou pensando na história de Kenji – e em quantas coisas ainda tenho a descobrir sobre ele, sobre Warner, sobre todos aqueles que passei a chamar de amigos – quando a voz de Winston me arrasta de volta ao presente.

– Ainda estamos buscando uma maneira de dividir os quartos – anuncia. – Mas está dando certo. Aliás, estamos um pouco adiantados na programação dos quartos. Warner acelerou o trabalho na asa leste, então podemos começar a mudança amanhã.

Ouço uma breve salva de palmas. Alguém grita animado.

Estamos fazendo um rápido *tour* no nosso novo quartel.

A maior parte do espaço aqui ainda está em construção, então o que mais vemos é uma bagunça barulhenta e empoeirada, mas fico animada ao notar o progresso. Nosso grupo precisava desesperadamente de mais quartos, banheiros, mesas e escritórios. E temos de criar um verdadeiro centro de comando, de onde possamos efetivamente trabalhar. Espero que esse seja o começo de um novo mundo. O mundo no qual sou a comandante suprema.

RESTAURA-ME

Parece loucura.

Por enquanto, os detalhes do que faço e controlo ainda estão sendo esclarecidos. Não desafiaremos os outros setores ou seus líderes até termos uma ideia melhor de quais podem ser nossos aliados, e isso significa que precisaremos de um pouco mais de tempo.

"A destruição do mundo não aconteceu do dia para a noite, portanto, sua salvação também não acontecerá", Castle gosta de dizer, e acho que ele está certo. Precisamos tomar decisões conscientes para avançar, e investir em um esforço para manter a diplomacia pode ser a diferença entre a vida e a morte. Seria muito mais fácil realizar um progresso global se, por exemplo, não fôssemos os únicos trabalhando por uma transformação.

Precisamos forjar alianças.

Contudo, a conversa entre mim e Castle hoje cedo me deixou muito incomodada. Não sei mais o que sentir – ou o que esperar. Só sei que, apesar da máscara de coragem que visto para falar com os civis, não *quero* sair de uma guerra para entrar em outra; não *quero* ter de matar todo mundo que ficar no meu caminho. As pessoas do Setor 45 estão confiando seus entes queridos a mim – inclusive seus filhos e cônjuges, que se tornaram meus soldados – e não quero arriscar mais suas vidas, a não ser que isso se prove absolutamente necessário. Espero me adaptar a essa situação. Espero que exista uma chance, por menor que seja, de alguma cooperação conjunta com os demais setores e os 5 outros comandantes supremos. Algo assim poderia render bons frutos no futuro. E me pergunto se poderíamos conseguir nos unir sem derramar mais sangue.

– Isso é ridículo. E *ingênuo* – Kenji diz.

Ergo o rosto na direção de sua voz, olho em volta. Está conversando com Ian. Ian Sanchez, um cara alto, magro, um pouco convencido, verdade seja dita, mas de bom coração. O único sem superpoderes entre nós. Não que isso tenha importância.

Ian mantém a coluna ereta, os braços cruzados na altura do peito, a cabeça virada para o lado, os olhos voltados para o teto.

– Não me importo com o que você pensa...

– Bem, eu me importo – ouço Castle interromper. – Eu me importo com o que Kenji diz.

– Mas...

– E também me importo com o que você pensa, Ian – Castle prossegue. – Mas precisa entender que, nesse caso especificamente, Kenji está certo. Temos que abordar tudo com muito cuidado. Não há como saber ao certo o que está para acontecer.

Exasperado, Ian suspira.

– Não é isso que estou dizendo. O que estou dizendo é que não entendo por que precisamos de todo este espaço. É desnecessário.

– Espere... Qual é o problema aqui? – questiono, olhando em volta. E então me dirijo a Ian: – Por que você não gosta deste novo espaço?

Lily passa o braço pelos ombros de Ian.

– Ian só está triste – ela comenta, sorrindo. – Não gosta de estragar a festa do pijama.

– O quê? – pergunto, franzindo o cenho.

Kenji dá risada.

Ian fecha a cara.

– Eu só acho que estamos bem onde estamos – explica. – Não sei por que precisamos nos mudar para *tudo isto*. – Ele abre os braços enquanto analisa o espaço cavernoso. – Parece um destino

RESTAURA-ME

tentador. Ninguém se lembra do que aconteceu da última vez em que construímos um enorme esconderijo?

Vejo Castle tremer.

Acho que todos nos lembramos.

O Ponto Ômega, destruído. Bombardeado até se transformar em nada. Décadas de trabalho árduo varridas em um instante.

— Não vai acontecer de novo — garanto, com firmeza. — Além do mais, estamos mais protegidos do que nunca aqui. Temos todo um exército conosco agora. Estamos mais seguros neste prédio do que estaríamos em qualquer outro lugar.

Minhas palavras são recebidas com um coro imediato de apoio, mas ainda assim me pego arrepiada, porque sei que as palavras que acabei de dizer são só parcialmente verdadeiras.

Não tenho como saber o que vai acontecer conosco ou quanto tempo duraremos aqui. O que realmente sei é que precisamos de um novo espaço — e precisamos resolver isso enquanto ainda temos fundos. Ninguém tentou nos boicotar ainda; nenhuma sanção foi imposta pelos demais continentes ou comandantes. Pelo menos, não por enquanto. O que significa que precisamos passar pela fase de reconstrução enquanto ainda temos financiamento.

Mas isso…

Esse espaço enorme dedicado tão somente aos nossos esforços?

Isso é tudo coisa de Warner.

Ele foi capaz de liberar um andar inteiro para nós — o último andar, o 15º do quartel do Setor 45. Foi necessário um esforço hercúleo para transferir e distribuir o equivalente a todo um andar de pessoal, trabalho e móveis para outros departamentos, mas, de alguma maneira, ele conseguiu resolver tudo. Agora o andar está sendo reformado especificamente para atender às nossas necessidades.

Quando tudo estiver concluído, teremos tecnologia de ponta que nos permitirá ter acesso não apenas às pesquisas e segurança de que precisamos, mas também às ferramentas para Winston e Alia continuarem criando novos aparelhos, dispositivos e uniformes de que possamos precisar um dia. Muito embora o Setor 45 já tenha sua ala médica, precisaremos de um local seguro para Sonya e Sara trabalharem, um lugar onde serão capazes de continuar desenvolvendo antídotos e soros que um dia poderão salvar vidas.

Estou prestes a explicar tudo isso quando Delalieu entra na sala.

– Suprema – diz, assentindo em minha direção.

Ao som de sua voz, todos damos meia-volta.

– Sim, tenente?

Um leve tremor permeia sua voz quando ele diz:

– A senhora tem um visitante. Ele está pedindo dez minutos do seu tempo.

– Visitante? – Instintivamente me viro para Kenji, que parece tão confuso quanto eu.

– Sim, senhora – confirma Delalieu. – Ele está esperando no térreo, na sala principal da recepção.

– Mas quem é essa pessoa? – pergunto, preocupada. – De onde ela veio?

– Seu nome é Haider Ibrahim. É o filho do comandante supremo da Ásia.

Sinto meu corpo travar com a apreensão repentina. Não sei se sou tão boa assim em esconder o pânico que se espalha por mim quando digo:

– *Filho do comandante supremo da Ásia?* Ele falou o que o trouxe aqui?

Delalieu nega com a cabeça.

RESTAURA-ME

— Sinto muito, mas o visitante se recusou a dar qualquer detalhe, senhora.

Estou arquejando, a cabeça girando. De repente, só consigo pensar na preocupação de Castle com a Oceania ainda hoje de manhã. O medo em seus olhos. As muitas perguntas que se recusou a responder.

— O que devo dizer a ele, senhora? — Delalieu insiste.

Sinto meu coração acelerar. Fecho os olhos. *Você é a comandante suprema*, digo a mim mesma. *Aja como tal.*

— Senhora?

— Sim, claro. Diga a ele que eu já...

— Senhorita Ferrars. — A voz aguda de Castle atravessa a névoa em meu cérebro. Olho em sua direção. — Senhorita Ferrars — repete, agora com um tom de advertência nos olhos. — Talvez devesse esperar.

— Esperar? — indago. — Esperar o quê?

— Esperar para encontrá-lo só quando o senhor Warner também puder estar presente.

Minha confusão se transforma em raiva.

— Obrigada pela preocupação, Castle, mas eu posso resolver isso sozinha.

— Senhorita Ferrars, imploro para que reconsidere. Por favor — pede, agora com mais urgência na voz. — A senhorita precisa entender... Não estamos falando de um assunto menor. O filho de um comandante supremo... pode significar muito...

— Como eu disse, obrigada por sua preocupação — interrompo-o, minhas bochechas queimando.

Ultimamente, tenho sentido que Castle não tem fé em mim — como se não estivesse torcendo nem um pouco por mim —, o que me faz pensar outra vez na conversa desta manhã. E me leva a questionar se posso acreditar em alguma coisa do que ele diz. Que tipo de aliado ficaria ali parado, expondo minha inépcia diante de todos os presentes? Faço tudo o que está ao meu alcance para não gritar com ele quando prossigo:

— Posso lhe assegurar de que vou me sair bem.

Então, viro-me para Delalieu:

— Tenente, por favor, diga ao nosso visitante que descerei em um momento.

— Sim, senhora.

Ele assente e vai embora.

Infelizmente, minha bravata sai pela porta com Delalieu.

Ignoro Castle enquanto busco o rosto de Kenji na sala; apesar de tudo que falei, não quero enfrentar essa situação sozinha. E Kenji me conhece muito bem.

— Oi, estou aqui. — Ele cruza a sala com apenas alguns poucos passos; em segundos está ao meu lado.

— Você vem comigo, não vem? — sussurro, puxando a manga de sua blusa como se eu fosse uma criança.

Kenji dá risada.

— Estarei onde você precisar de mim, mocinha

Warner

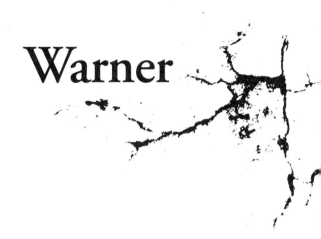

Sinto um enorme medo de me afogar no oceano do meu próprio silêncio.

No tamborilar contínuo que acompanha a quietude, minha mente é cruel comigo. Penso demais. E sinto, talvez muito mais do que deveria. Seria apenas um leve exagero dizer que meu objetivo na vida é vencer a minha mente, as minhas lembranças.

Então, tenho que continuar me empenhando.

Costumava me recolher ao subsolo quando queria um momento de distração. Costumava encontrar conforto em nossas câmaras de simulação, nos programas criados para preparar os soldados para o combate. Porém, como recentemente fizemos um grupo de soldados se mudarem para o subsolo em meio a todo o caos da nova construção, não consigo encontrar alívio. Não tenho escolha senão subir.

Entro no hangar a passos rápidos que ecoam pelo vasto espaço enquanto caminho, quase instintivamente, na direção do helicóptero militar na extremidade da ala direita. Os soldados me veem e se apressam em sair do meu caminho, seus olhos entregando a confusão mesmo enquanto batem continência para mim. Faço um gesto breve na direção deles, sem oferecer explicações enquanto subo na aeronave. Coloco os fones no ouvido e falo baixinho no rádio, avisando aos controladores de tráfego aéreo que tenho intenção de levantar voo, e aperto o cinto no banco da frente. O leitor de retina me identifica automaticamente. Tudo pronto. Ligo o motor e o rugido é ensurdecedor, mesmo com os fones que abafam o ruído. Sinto meu corpo começando a relaxar.

E logo estou no ar.

Meu pai me ensinou a atirar quando eu tinha nove anos. Quando completei dez, ele rasgou a parte traseira da minha perna e me ensinou a suturar meus próprios ferimentos. Quando tinha onze, ele quebrou meu braço e me abandonou na natureza por duas semanas. Aos doze, aprendi a fazer e desarmar minhas próprias bombas. Ele começou a me ensinar a pilotar aeronaves quando completei treze anos.

Meu pai nunca me ensinou a andar de bicicleta. Tive de aprender sozinho.

Quando estou a milhares de pés do chão, o Setor 45 parece um jogo de tabuleiro parcialmente montado. A distância faz o mundo parecer pequeno e transponível, um comprimido fácil de engolir. Mas sei muito bem que essa ideia é ilusória, e é aqui, acima das nuvens, que finalmente entendo Ícaro. Também me sinto tentado a voar perto demais do Sol. É apenas minha incapacidade de não ser prático que me mantém amarrado à Terra. Então, respiro para me acalmar e volto ao trabalho.

Hoje estou fazendo meu voo mais cedo que de costume, por isso as imagens lá embaixo são diferentes daquelas que aprendi a

RESTAURA-ME

esperar todos os dias. Em um dia comum, eu estaria aqui em cima no fim da tarde, verificando os civis que saem do trabalho e trocam seu dinheiro nos Centros de Abastecimento. Em geral, voltam apressados a seus complexos logo em seguida, cansados, levando para casa os produtos básicos recém-adquiridos e a ideia desanimadora de que terão de fazer tudo outra vez no dia seguinte. Agora todos ainda estão no trabalho, deixando a Terra sem as formigas operárias. A paisagem é bizarra e bela quando vista de longe, com o vasto oceano, azul, de tirar o fôlego. Mas conheço muito bem a superfície marcada do nosso mundo.

Essa realidade estranha e triste que meu pai ajudou a criar.

Fecho os olhos com força enquanto minha mão agarra o acelerador. Simplesmente há coisas demais para enfrentar hoje.

Em primeiro lugar, a tranquilizadora ideia de que tenho um irmão cujo coração é tão complicado e problemático quanto o meu.

Em segundo lugar, e talvez o mais desagradável: a chegada iminente de assuntos ligados ao meu passado, e a ansiedade que os acompanha.

Ainda não conversei com Juliette sobre a chegada iminente de nossos convidados e, para ser sincero, nem sei mais se quero falar sobre isso. Nunca discuti muito a minha vida com ela. Nunca contei histórias de meus amigos de infância, seus pais, a história do Restabelecimento e meu papel dentro dele. Nunca tive tempo. Nunca chegou o momento certo. Juliette é comandante suprema já há dezessete dias, e nosso relacionamento tem só dois dias a mais do que isso.

Nós dois andamos ocupados.

E mesmo assim superamos tantas coisas – todas as complicações que surgiram entre nós, toda a distância e a confusão, todos os mal-entendidos. Ela passou tanto tempo sem confiar em mim. Sei que a culpa é só minha pelo que aconteceu entre nós, mas tenho medo de as coisas ruins do passado gerarem em Juliette um instinto de desconfiança em mim; provavelmente, já estou acostumado a isso a essa altura da vida. E tenho certeza de que lhe contar mais sobre a minha vida execrável só vai piorar as coisas logo no início de um relacionamento que quero tão desesperadamente manter. Proteger.

Então, por onde começo?

No ano em que completei dezesseis anos, nossos pais, os comandantes supremos, decidiram que deveríamos nos alternar em atirar uns nos outros. Não para matar, só para ferir. Queriam que soubéssemos qual era a sensação de ser atingido por uma bala. Queriam que entendêssemos o processo de convalescência. Acima de tudo, queriam que soubéssemos que nossos amigos podiam nos atacar a qualquer momento.

Sinto a boca repuxar em um sorriso infeliz.

Suponho que tenha sido uma lição importante. Afinal, agora meu pai está sete palmos abaixo da terra e seus velhos amigos parecem não dar a mínima. Mas o problema naquele dia foi ter sido ensinado por meu pai, um atirador de excelência. Pior ainda: eu já praticava todos os dias há cinco anos – dois anos a mais que os outros – e, como resultado, era mais rápido, mais cruel e mais treinado que meus companheiros. Não hesitei. Atirei em todos antes que eles sequer conseguissem pegar suas armas.

Aquele foi o primeiro dia em que senti, com algum grau de certeza, que meu pai tinha orgulho de mim. Havia passado tanto tempo buscando desesperadamente sua aprovação e, naquele dia, senti que finalmente a conquistara. Ele me olhou como eu sempre quis que me olhasse: como um pai que se importava comigo. Como um pai que via um pouquinho de si em seu filho. Perceber isso me fez ir para a floresta, onde logo vomitei no meio dos arbustos.

Só fui atingido por uma bala uma vez na vida.

A memória ainda me mata de vergonha, mas não me arrependo de tê-la. Eu mereci. Por não entendê-la, por tratá-la mal, por estar perdido e confuso. Mas tenho tentado muito ser um homem diferente; ser, se não mais gentil, no mínimo *melhor*. Não quero perder o amor que consegui conquistar.

Não quero que Juliette saiba do meu passado.

Não quero dividir histórias da minha vida, histórias que só me enojam e revoltam, histórias que maculariam a impressão que ela tem de mim. Não quero que saiba como eu passava meu tempo quando criança. Ela não precisa saber quantas vezes meu pai me forçou a vê-lo arrancar a pele de animais mortos, não precisa saber que ainda sinto a vibração de seus gritos em meus ouvidos enquanto ele me chutava várias e várias vezes porque me atrevia a desviar o olhar. Preferiria não ter de relembrar as horas que passei algemado em um quarto escuro, forçado a ouvir os barulhos fabricados de mulheres e crianças gritando desesperadas por ajuda. Tudo isso era para me tornar mais forte, ele dizia. Era para me ajudar a sobreviver.

Em vez disso, a vida com meu pai só me fez desejar a morte.

Não quero contar a Juliette que sempre soube que meu pai era infiel, que abandonara minha mãe há muito tempo, que eu sempre quis matá-lo, que sonhava que o matava, planejava sua morte, esperava um dia quebrar seu pescoço usando justamente as habilidades que ele próprio me fizera desenvolver.

Não quero contar que falhei. Todas as vezes.

Porque sou fraco.

Não tenho saudade dele. Não tenho saudade da vida dele. Não quero os seus amigos ou o seu impacto em minha alma. Mas, por algum motivo, seus velhos camaradas não vão me dar paz.

Eles estão vindo para cá para pegar o seu quinhão, e receio que dessa vez – como aconteceu em todas as outras vezes – acabarei pagando com meu coração.

Juliette

Kenji e eu estamos no quarto de Warner – que passou também a ser o meu quarto –, parados no meio do cômodo onde fica o guarda-roupa, enquanto lanço roupas na direção dele, tentando decidir o que usar.

– O que acha desta? – indago, jogando uma peça brilhante em sua direção. – Ou desta? – E lanço outra bola de tecido.

– Você não sabe nada sobre roupas, sabe?

Dou meia-volta, inclino a cabeça.

– Ah, desculpa, mas quando foi que tive oportunidade de aprender sobre moda, Kenji? Enquanto crescia sozinha e torturada por pais horríveis? Ah, não... Talvez enquanto apodrecia em um hospício?

Minhas palavras o deixam em silêncio.

– Então, o que acha? – insisto, apontando com o queixo. – Qual?

Ele segura as duas peças que lancei em sua direção e franze a testa.

– Você está me fazendo escolher entre um vestido curto e brilhante e calças de pijama? Bem, digamos que... acho que eu escolheria o vestido? Mas não sei se vai ficar bom com esses tênis surrados que você sempre usa.

– Oh. – Olho para meus tênis. – Bom, não sei. Warner escolheu essas coisas para mim há muito tempo, antes de sequer me conhecer. Só tenho eles – admito, olhando para cima. – Essas roupas são sobras do que recebi logo que cheguei ao Setor 45.

– Por que não usa a roupa que fizeram para você? – Kenji questiona, apoiando o corpo na parede. – O traje novo que Alia e Winston confeccionaram para você?

Nego com a cabeça.

– Eles ainda não concluíram os últimos ajustes. E ainda há manchas de sangue de quando atirei no pai de Warner. Além disso… – Respiro fundo e prossigo: – Eu era diferente. Usava aqueles trajes que me cobriam da cabeça aos pés quando pensava ter de proteger as pessoas da minha pele. Mas agora eu sou diferente. Posso desligar o meu poder. Posso ser… normal. – Tento sorrir. – Portanto, quero me vestir como uma pessoa normal.

– Mas você não é uma pessoa normal.

– Eu sei disso. – Uma onda de calor produzido pela frustração aquece minhas bochechas. – Eu só… acho que gostaria de me vestir como uma pessoa normal. Talvez só por um tempo? Nunca pude agir como alguém da minha idade e só quero me sentir um pouco…

– Eu entendo – Kenji admite, erguendo uma das mãos para me interromper. Olha-me de cima a baixo. E prossegue: – Bem, digamos que, se é isso que está buscando, acho que já está com uma aparência normal agora. Essas roupas funcionam. – E aponta na direção do meu corpo.

Estou usando calça jeans e um suéter rosa. Meus cabelos, presos em um rabo de cavalo alto. Sinto-me à vontade e normal – mas

RESTAURA-ME

também me sinto como uma menina de 17 anos desacompanhada e fingindo ser algo que não é.

– Mas eu supostamente sou a comandante suprema da América do Norte – insisto. – Acha normal eu me vestir assim? Warner sempre está com ternos refinados, sabe? Ou roupas bem legais. Sempre parece tão equilibrado... tão intimidador...

– A propósito, onde ele está? – Kenji me interrompe. – Quero dizer, sei que você não quer ouvir isso, mas concordo com Castle. Warner deveria estar aqui para esse encontro.

Respiro fundo. Tento me manter calma.

– Sei que Warner sabe de tudo, está bem? Sei que ele é o melhor em praticamente tudo, que nasceu para essa vida. O pai dele o preparou para liderar o mundo. Em outra vida, outra realidade? Esse papel deveria ser dele. Sei muito bem disso. Sei, mesmo.

– Mas?

– Mas este *não é* o trabalho de Warner, é? – respondo, furiosa. – É o meu trabalho. E estou tentando não depender dele o tempo todo. Quero tentar fazer algumas coisas sozinhas. Assumir o controle.

Kenji não parece convencido.

– Não sei, J. Acho que talvez essa seja uma daquelas situações em que você ainda devesse contar com a ajuda dele. Warner conhece esse mundo melhor do que a gente e, além do mais, é capaz de dizer quais roupas você deveria usar. – Kenji dá de ombros. – Moda realmente não é minha área de *expertise*.

Pego o vestido curto e brilhante e o examino.

Há pouco mais de duas semanas enfrentei sozinha centenas de soldados. Apertei a garganta de um homem com minhas próprias mãos. Enfiei duas balas na testa de Anderson, e fiz isso sem hesitar ou me arrepender. Mas aqui, diante de um armário cheio de roupas, estou intimidada.

— Talvez eu devesse *mesmo* chamar Warner — admito, olhando por sobre o ombro, na direção de Kenji.

— Exato! — Ele aponta para mim. — Boa ideia.

Mas então,

— Ah, não... Esqueça — contrario a mim mesma. — Está tudo bem. Eu vou me sair bem, não vou? Quero dizer, qual é o problema? O cara é só um descendente, não é? Só o *filho* de um comandante supremo. Não é um comandante supremo de verdade. Certo?

— Ahhh... Tudo isso é assunto de gente grande, J. Os filhos dos comandantes são, tipo, outros Warners. Basicamente, são mercenários. E foram preparados para tomar o lugar de seus pais...

— É... não... eu sem dúvida devo enfrentar sozinha essa situação. — Estou me olhando no espelho agora, arrumando meu rabo de cavalo. — Certo?

Kenji faz uma negativa com a cabeça.

— Sim. Exato — insisto.

— É... bem... não... Acho essa uma péssima ideia.

— Eu sou capaz de fazer *algumas* coisas sozinha, Kenji — esbravejo. — Não sou nenhuma sem noção.

Ele suspira.

— Como quiser, princesa.

Warner

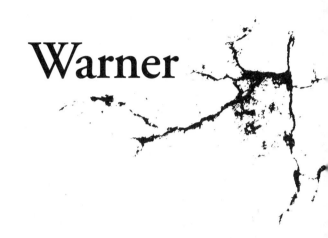

— Senhor Warner... Por favor, senhor Warner, devagar, senhor...

Paro subitamente, dando meia-volta decidido. Castle está me perseguindo pelo corredor, acenando com uma mão frenética na minha direção. Adoto uma expressão moderada para olhá-lo nos olhos.

— Posso ajudá-lo?

— Onde você estava? — pergunta, visivelmente sem ar. — Estive procurando por você em toda parte.

Arqueio uma sobrancelha, lutando contra a necessidade de lhe dizer que meu paradeiro não é da sua conta.

— Tive que dar algumas voltas aéreas.

Castle franze a testa.

— Mas não costuma fazer isso mais no fim da tarde?

Suas palavras quase me fazem sorrir.

— Então você andou me observando...

— Não vamos fazer joguinhos aqui. Você também andou me observando.

Agora realmente sorrio.

— Andei?

– Você subestima demais a minha inteligência.

– Não sei o que pensar de você, Castle.

Ele ri alto.

– Ora, ora, você é um excelente mentiroso.

Desvio o olhar.

– O que você quer comigo?

– Ele chegou. Está aqui agora e ela está com ele e eu tentei contê-la, mas ela se recusou a me ouvir.

Alarmado, viro o rosto.

– Quem está aqui?

Pela primeira vez, vejo a raiva se acender nos olhos de Castle.

– Agora não é hora de se fazer de desentendido comigo, garoto. Haider Ibrahim está aqui. Sim, ele já chegou. E Juliette foi encontrá-lo sozinha, completamente despreparada.

O choque me deixa momentaneamente sem palavras.

– Você ouviu o que eu disse? – Castle quase grita. – Ela tem uma reunião com ele *agora*.

– Como? – indago, voltando a mim. – Como ele já está aqui? Chegou sozinho?

– Senhor Warner, por favor, me escute. Você precisa conversar com ela. Precisa explicar a situação, e precisa explicar agora – ele alerta, agarrando meus ombros. – Eles vieram atrás del…

Castle é lançado para trás, com força.

Grita enquanto se recompõe, os braços e pernas esticados à sua frente, como se tivesse sido levado por um golpe de vento. Continua nessa posição impossível, pairando vários centímetros acima do chão, e me encara, arfando. Lentamente, ele se ajeita. Seus pés enfim tocam o chão.

RESTAURA-ME

— Você usaria meus próprios poderes contra mim? – diz, arquejando. – Eu sou seu *aliado*...

— Nunca – aconselho-o rispidamente –, jamais coloque suas mãos em mim, Castle. Ou da próxima vez posso matá-lo por acidente.

Ele pisca os olhos. E então percebo, posso sentir como se fosse capaz de segurá-la com minhas próprias mãos: pena de mim. Está por toda parte. Horrível. Sufocante.

— Não se atreva a sentir pena de mim – advirto-o.

— Peço desculpas – fala baixinho. – Não queria invadir seu espaço pessoal. Mas precisa entender a urgência da situação. Primeiro, aquela resposta da Oceania... E agora, Haider chega? Isso é só o começo – conjectura, baixando ainda mais a voz. – Eles estão se mobilizando.

— Você está procurando pelo em ovo – rebato, com a voz instável. – A chegada de Haider hoje tem exclusivamente a ver *comigo*. A inevitável infestação do Setor 45 por um enxame de comandantes supremos tem exclusivamente a ver *comigo*. Eu cometi uma traição, lembra? – Balanço a cabeça e saio andando. – Eles só estão meio... irritados.

— Pare – ele pede. – Ouça o que tenho a dizer.

— Não precisa se preocupar com isso, Castle. Eu dou conta.

— Por que não me escuta? – Agora ele está de novo correndo atrás de mim. – Eles vieram para levá-la de volta com eles, garoto! Não podemos deixar isso acontecer!

Eu congelo.

Viro-me para encará-lo. Meus movimentos são lentos, cuidadosos.

— Do que está falando? Levá-la de volta para onde?

Castle não responde. Em vez disso, seu rosto fica inexpressivo. Confuso, olha na minha direção.

— Tenho mil coisas a fazer — continuo, agora impaciente. — Portanto, se puder ser breve e adiantar de que droga está falando...

— Ele nunca contou a você, contou?

— Quem? Contou o quê?

— Seu pai. Ele nunca contou a você. — Castle passa a mão no rosto. De um instante para o outro, parece velho, prestes a morrer. — Meu Deus, ele nunca contou a você.

— Do que está falando? O que foi que ele nunca me contou?

— A verdade — Castle responde. — A verdade sobre a senhorita Ferrars.

Encaro-o, sinto o medo comprimir o meu peito.

Castle balança a cabeça enquanto diz:

— Ele nunca contou de onde ela realmente veio, contou? Nunca contou a verdade sobre os pais dela.

Juliette

— Pare de tremer, J.

Estamos no elevador panorâmico, a caminho de uma das principais áreas de recepção, e não posso deixar de ficar agitada.

Fecho os olhos com bastante força. E tagarelo:

— Meu Deus, eu *sou* uma total sem noção, não sou? O que estou fazendo? Minha aparência não está nem perto de ser profissional…

— Quer saber? Quem se importa com as suas roupas? — Kenji fala. — No fim das contas, tudo é uma questão de atitude. De como você se comporta.

Ergo o olhar na direção do rosto dele, notando mais do que nunca a diferença de altura entre nós.

— Mas eu sou tão baixinha.

— Napoleão também era baixinho.

— Napoleão era horrível — declaro.

— Mas fez muitas coisas, não fez?

Franzo a testa.

Kenji me cutuca com o cotovelo.

— Mesmo assim, talvez fosse melhor não mascar chiclete — aconselha.

– Kenji – chamo-o, ouvindo apenas em parte suas palavras. – Acabo de me dar conta de que nunca conheci nenhum oficial estrangeiro.

– Eu sei. Eu também não – confessa, bagunçando meus cabelos. – Mas vai dar tudo certo. Você só precisa se acalmar. E, a propósito, você está uma graça. Vai se sair bem.

Afasto a mão dele com um tapa.

– Posso não saber muito ainda sobre o que é ser uma comandante suprema, mas sei que não devo estar *uma graça*.

E então, o elevador emite um ruído e a porta se abre.

– Quem foi que disse que você não pode estar uma graça e botar moral ao mesmo tempo? – Ele pisca um olho para mim. – Eu mesmo sou uma graça e boto moral todos os dias.

– Caramba... sabe de uma coisa? Esquece o que eu falei – é a primeira coisa que Kenji me diz. Parece constrangido e me lança um olhar de soslaio ao continuar: – Talvez você *realmente* devesse melhorar seu guarda-roupa.

Eu poderia morrer de vergonha.

Seja lá quem for, sejam quais forem as suas intenções, Haider Ibrahim é a pessoa mais bem-vestida que já encontrei na vida. Ele não *se parece* com ninguém que eu já tenha visto na vida.

Ele se levanta quando entramos na sala – é alto, muito alto – e, no mesmo instante, fico impressionada com sua aparência. Usa uma jaqueta de couro cinza por cima do que imagino ser uma camisa, mas na verdade é uma série de correntes tecidas, atravessando o peito. Sua pele é bem bronzeada e está parcialmente exposta; a parte superior do corpo fica pouco escondida pela camisa

RESTAURA-ME

de correntes. A calça preta afunilada desaparece dentro dos coturnos que vão até a canela, e seus olhos castanho-claros formam um contraste impressionante com a pele bronzeada e são emoldurados por cílios longos e negros.

Agarro meu suéter rosa e nervosamente engulo o meu chiclete.

– Oi – cumprimento-o e começo a acenar, mas Kenji é gentil o bastante para abaixar a minha mão. Pigarreio. – Sou Juliette.

Haider caminha na minha direção com cautela, seus olhos repuxados no que parece ser um semblante de confusão enquanto me avalia. Sinto-me desconfortavelmente constrangida. Extremamente despreparada. E, de repente, uma necessidade desesperadora de usar o banheiro.

– Olá – ele finalmente cumprimenta, mas a palavra soa mais como uma pergunta.

– Podemos ajudá-lo? – pergunto.

– *Tehcheen Arabi?*

– Ah. – Olho para Kenji, depois para Haider. – Hum, você não fala inglês?

Haider arqueia uma única sobrancelha.

– Você só fala inglês?

– Sim? – respondo, sentindo-me mais nervosa do que nunca.

– Que pena. – Ele bufa. Olha em volta. – Estou aqui para ver a comandante suprema. – Sua voz é intensa e profunda, e vem acompanhada de um discreto sotaque.

– Sim, oi, sou eu – respondo com um sorriso no rosto.

Seus olhos ficam arregalados, incapazes de esconder a confusão.

– Você é… – Franze a testa. – A suprema?

– Aham. – Abro um sorriso ainda maior.

Diplomacia, digo a mim mesma. *Diplomacia.*

— Mas a informação que nos chegou foi a de que ela era forte, letal… Aterrorizante…

Faço uma afirmação com a cabeça. Sinto meu rosto esquentar.

— Sim, sou eu mesma. Juliette Ferrars.

Haider inclina a cabeça, seus olhos analisando meu corpo.

— Mas você é tão pequena. — Ainda estou tentando encontrar um jeito de responder a isso quando ele balança a cabeça e diz: — Peço desculpas, eu quis dizer que… que é tão jovem. Mas claro, também é muito pequena.

Meu sorriso já começa a provocar dor no rosto.

— Então foi você – indaga, ainda confuso – quem matou o Supremo Anderson?

Assinto. Dou de ombros.

— Mas…

— Perdão – Kenji entra na conversa. – Você tem um motivo específico para ter vindo aqui?

Haider parece impressionado com a pergunta. Olha para Kenji.

— Quem é esse homem?

— Ele é meu segundo em comando – respondo. – E pode ficar à vontade para responder quando ele falar com você.

— Ah, está bem – Haider afirma com um ar de compreensão nos olhos. Acena para Kenji. – Um membro da sua Guarda Suprema.

— Eu não tenho uma Gua…

— Exatamente – Kenji responde, batendo rapidamente o cotovelo em minhas costelas para me calar. – Perdoe-me por ser um pouco superprotetor. – Sorri. – Tenho certeza de que entende.

— Sim, claro – Haider admite, parecendo solidário.

RESTAURA-ME

— Podemos nos sentar? — convido-o, apontando para os sofás da sala. Ainda estamos parados na entrada e a situação já começa a ficar constrangedora.

— Claro. — Haider me oferece o braço para enfrentar a jornada de quatro metros até os sofás, e lanço um rápido olhar confuso para Kenji.

Ele dá de ombros.

Nós três tomamos nossos assentos; Kenji e eu ficamos de frente para o visitante. Há uma mesa de centro longa de madeira entre nós, e Kenji pressiona o botão minúsculo embaixo dela para chamar o serviço de café e chá.

Haider não para de me encarar. Seu olhar não é nem lisonjeiro nem ameaçador — parece genuinamente confuso. E fico surpresa ao perceber que é *essa* reação que me deixa mais desconfortável. Se seus olhos demonstrassem raiva ou desprezo, talvez eu soubesse melhor como reagir. Em vez disso, ele parece calmo e agradável, mas… surpreso. E não sei o que fazer com isso. Kenji estava certo. Eu queria, mais do que nunca, que Warner estivesse aqui; sua habilidade de perceber emoções me daria uma ideia mais clara de como responder.

Enfim, quebro o silêncio entre nós.

— É realmente um prazer conhecê-lo — digo, esperando soar mais gentil do que realmente me sinto. — Mas eu adoraria saber o que o traz aqui. Afinal, percorreu um longo caminho…

Nesse momento, Haider sorri. A reação traz um toque de calor tão necessário ao seu rosto, fazendo-o parecer mais jovem do que antes.

— Curiosidade — é tudo o que oferece em resposta.

Dou o meu melhor para esconder a ansiedade.

A cada instante fica mais óbvio que ele foi enviado para cá para realizar algum tipo de reconhecimento e levar informações para seu pai. A teoria de Castle estava certa – os comandantes supremos devem estar morrendo de curiosidade para saber quem sou eu. E começo a me perguntar se esses seriam os primeiros dos vários olhos à espreita que virão me visitar.

Nesse momento, o serviço de chá e café chega.

Os homens e mulheres que trabalham no Setor 45 – aqui e nos complexos – andam mais animados do que nunca ultimamente. Há uma injeção de esperança em nosso setor, algo que não existe em nenhum outro lugar do continente, e as duas senhoras que se apressam para dentro da sala com o carrinho de comida não são imunes aos efeitos dos eventos recentes. Lançam sorrisos enormes e calorosos na minha direção e arrumam a porcelana com uma exuberância que não passa despercebida. Noto que Haider observa nossa interação muito de perto, examinando o rosto das mulheres e a maneira à vontade como se movimentam na minha presença. Agradeço-as por seu trabalho, o que deixa meu visitante visivelmente espantado. Com as sobrancelhas erguidas, ajeita-se no sofá, entrelaça as mãos sobre as pernas, um cavalheiro perfeito, totalmente em silêncio até as mulheres saírem.

– Vou aproveitar sua gentileza por algumas semanas – Haider anuncia de repente. – Quero dizer, se isso não for problema.

Franzo o cenho, começo a protestar, mas Kenji me interrompe:

– Claro – diz, abrindo um sorriso enorme. – Fique todo o tempo que desejar. O filho de um comandante supremo é sempre bem-vindo aqui.

– Vocês são muito gentis – elogia, fazendo uma breve reverência com a cabeça.

RESTAURA-ME

Ele então hesita, toca alguma coisa em seu punho e nossa sala em um instante é invadida por pessoas que parecem ser membros de sua comitiva.

Haider se levanta tão rapidamente que quase não percebo seu movimento.

Kenji e eu nos apressamos para também ficar de pé.

— Foi um prazer conhecê-la, Comandante Suprema Ferrars — diz o visitante, dando um passo à frente para apertar minha mão, e fico surpresa com sua coragem. Apesar dos muitos rumores que sei que ouviu a meu respeito, não parece se importar em se aproximar de minha pele. Não que isso tenha importância, obviamente... Já aprendi a ligar e desligar meus poderes sempre que eu quiser. Mas nem todo mundo sabe disso ainda.

De qualquer modo, ele dá um rápido beijo nas costas da minha mão, sorri e faz uma reverência muito discreta.

Consigo abrir um sorriso desajeitado e fazer uma breve reverência.

— Se me disser quantas pessoas trouxe em sua comitiva — Kenji começa a dizer —, posso já ir cuidando das acomodações para...

Surpreso, Haider solta uma gargalhada.

— Ora, não será necessário — afirma. — Eu trouxe minha própria residência.

— Você trouxe... — Kenji franze a testa. — Você trouxe sua própria *residência*?

Haider assente, mas sem olhar para Kenji. Quando volta a falar, dirige-se exclusivamente a mim:

— Espero encontrá-la com o restante da sua guarda hoje no jantar.

— Jantar? — repito, piscando rapidamente os olhos. — Hoje?

— É claro — Kenji apressa-se em dizer. — Esperaremos ansiosamente.

Haider assente.

— Por favor, mande lembranças minhas ao seu Regente Warner. Já se passaram vários meses desde nossa última visita, mas espero ansiosamente vê-lo. Ele já falou sobre mim, é claro? – Um sorriso enorme estampa seu rosto. – Nós nos conhecemos desde a infância.

Impressionada, só consigo assentir. A percepção dos fatos começa a afastar a confusão.

— Sim. Certo. É claro. Tenho certeza de que Warner ficará muito feliz com a oportunidade de vê-lo.

Mais uma afirmação com a cabeça e Haider vai embora.

Kenji e eu ficamos sozinhos.

— Que porra foi…

— Ah – Haider passa a cabeça pela porta. – E, por favor, avise ao seu *chef* que eu não como carne.

— Claro – Kenji confirma, assentindo e sorrindo. – Sim, certamente. Pode deixar.

Warner

Estou sentado no escuro, de costas para a porta do quarto, quando ouço alguém abri-la. Ainda é o meio da tarde, mas estou há tanto tempo sentado aqui, olhando para essas caixas fechadas, que parece que até o Sol se cansou de me observar.

A revelação de Castle me deixou atordoado.

Ainda não confio em Castle – não acredito que fizesse a mínima ideia do que estava falando –, mas, ao fim da conversa, não consegui afastar uma terrível sensação de medo, e meus instintos passaram a implorar uma verificação dos fatos. Eu precisava de tempo para processar as possibilidades. Para ficar sozinho com meus pensamentos. E quando expressei isso a Castle, ele respondeu: "Processe tudo o que quiser, garoto, mas não deixe nada distraí-lo. Juliette não deve se encontrar sozinha com Haider. Alguma coisa não me parece certa nisso, senhor Warner, e você precisa encontrá-los e estar com eles. Agora. Mostre a ela como navegar pelo nosso mundo".

Mas não consegui fazer isso.

Apesar de todos os meus instintos de protegê-la, eu não a limitaria assim. Juliette não pediu minha ajuda hoje. Fez a escolha de não me contar o que estava acontecendo. Minha intromissão abrupta e indesejada só a faria pensar que concordo com Castle, ou seja, que não acredito que ela seja capaz de realizar seu trabalho. E eu *não* concordo com Castle. Na verdade, acho-o um idiota por subestimá--la. Então, voltei para cá, para este quarto, para pensar. Para olhar os segredos não revelados de meu pai. Para esperar a chegada dela.

E agora...

A primeira coisa que Juliette faz é acender a luz.

– Oi – cumprimenta com cautela. – O que está acontecendo?

Respiro fundo e viro-me em sua direção.

– Esses são os arquivos antigos de meu pai – explico, apontando com uma das mãos. – Delalieu reuniu tudo isso para mim. Pensei em dar uma olhada para ver se alguma coisa aqui poderia ser útil.

– Ah, nossa! – exclama, seus olhos iluminam-se ao reconhecê--los. – Eu estava mesmo me perguntando o que seriam essas coisas. – Atravessa o cômodo para se agachar ao lado das caixas, passando cuidadosamente os dedos por elas. – Precisa de ajuda para levá-las ao seu escritório?

Nego com a cabeça.

– Quer que eu ajude a separá-las? – propõe, olhando por cima do ombro. – Eu ficaria feliz em...

– Não – respondo, muito prontamente. Levanto-me, faço um esforço para parecer calmo. – Não, não será necessário.

Juliette arqueia as sobrancelhas.

Tento sorrir.

– Acho que quero passar um tempo sozinho com esses arquivos.

Ao ouvir minhas palavras, ela assente, mas entende tudo errado e seu sorriso compreensivo faz meu peito apertar. Sinto um instin-to, uma sensação gelada esfaqueando meu interior. Ela acha que eu

RESTAURA-ME

quero espaço para enfrentar minha dor. Que mexer nas coisas do meu pai será difícil para mim.

Mas Juliette não sabe. Queria eu mesmo não saber.

— Então... — ela fala enquanto se aproxima da cama, deixando as caixas de lado. — Hoje foi um dia... interessante.

A pressão em meu peito se intensifica.

— Foi?

— Acabo de conhecer um velho amigo seu — conta, soltando o corpo no colchão.

Leva a mão atrás da cabeça para soltar os cabelos, até agora presos em um rabo de cavalo, e suspira.

— Um velho amigo meu? — repito.

Mas, enquanto ela fala, só consigo encará-la, estudar a forma de seu rosto. Não consigo, no presente momento, saber com total certeza se o que Castle me falou é verdade; mas sei que encontrarei nos arquivos de meu pai, nas caixas empilhadas dentro desse quarto, as respostas que procuro.

Mesmo assim, ainda não tenho coragem de olhar.

— Ei — ela chama, acenando para mim. — Você ainda está aí?

— Sim — respondo reflexivamente. Respiro fundo. — Sim, meu amor.

— Então... Você se lembra dele? — ela indaga. — Haider Ibrahim?

— Haider. — Confirmo com um gesto. — Sim, claro. É o filho mais velho do comandante supremo da Ásia. Ele tem uma irmã — falo, mas roboticamente.

— Bem, eu não soube da irmã — ela conta. — Mas Haider está aqui. E vai passar algumas semanas. Vamos todos jantar com ele hoje à noite.

— A pedido dele, certamente.

103

– Sim. – Ela ri. – Como você sabe?

Sorrio. Vagamente.

– Eu me lembro muito bem de Haider.

Juliette fica em silêncio por um instante. Em seguida, conta:

– Ele me revelou que vocês se conhecem desde a infância.

E eu sinto, embora não consiga dar nome a essa sensação, a tensão repentina que se espalha pelo quarto. Só faço um gesto afirmativo.

– Isso é muito tempo – Juliette prossegue.

– Sim. Muito tempo mesmo.

Ela se mexe na cama. Apoia o queixo em uma das mãos e me encara.

– Pensei que você tivesse dito que nunca teve amigos.

As palavras dela me fazem rir, mas o som é falso.

– Não sei se chamaria nossa relação de amizade, exatamente.

– Não?

– Não.

– Será que poderia elaborar um pouco mais?

– Há pouco a ser dito.

– Bem... Se vocês não são exatamente amigos, por que então Haider está aqui?

– Tenho minhas suspeitas.

Ela suspira. Diz que também tem as suas e morde a parte interna da bochecha.

– Acho que é assim que começa, não é? Todos querem dar uma olhada no show de horrores. No que fizemos... Em quem eu sou. E vamos ter que dançar conforme a música.

Mas só estou ouvindo vagamente suas palavras.

RESTAURA-ME

Em vez disso, encaro as muitas caixas atrás de Juliette, as palavras de Castle ainda ecoando em minha mente. Lembro que devo dizer alguma coisa a ela, qualquer coisa, para parecer envolvido na conversa. Então, tento sorrir ao dizer:

— Você não me disse que ele tinha chegado. Queria ter estado lá para ajudá-la de alguma forma.

As bochechas dela, subitamente rosadas de constrangimento, contam uma história; seus lábios contam outra.

— Não achei que precisasse contar tudo a você o tempo todo. Consigo cuidar sozinha de algumas coisas.

Seu tom duro é tão surpreendente que força minha cabeça a se concentrar. Olho-a nos olhos e noto que ela está me encarando com um olhar repleto de dor e raiva.

— Não foi isso que eu quis dizer – explico. – Você sabe que acredito que você é capaz de fazer qualquer coisa, meu amor. Mas eu poderia ter dado uma ajudinha a você. Conheço essa gente.

Agora seu rosto está ainda mais ruborizado. Ela não consegue me olhar nos olhos.

— Eu sei – admite baixinho. – Eu sei. Só tenho me sentido um pouco sobrecarregada ultimamente. E hoje cedo tive uma conversa com Castle, uma conversa que deixou minha cabeça um pouco confusa. – Suspira. – Estou me sentindo estranha hoje.

Meu coração começa a bater rápido demais.

— Você conversou com Castle?

Ela assente.

Esqueço-me de respirar.

— Ele disse que precisávamos conversar sobre algumas coisas. – Juliette me fita. – Por exemplo, há mais coisas sobre o Restabelecimento que você não me contou?

– Mais sobre o Restabelecimento?

– Sim. Há alguma coisa que você deva me contar?

– Alguma coisa que eu deva contar...

– Hum, você vai continuar repetindo o que eu digo? – ela questiona, dando risada.

Sinto meu corpo relaxar. Um pouquinho.

– Não, não, é claro que não – respondo. – Eu só... Eu sinto muito, meu amor. Confesso que também estou um pouco aéreo hoje. – Aponto para as caixas do outro lado do quarto. – Parece que tenho muito a descobrir sobre meu pai.

Ela balança a cabeça, seus olhos grandes e tristes.

– Sinto muito, de verdade. Deve ser horrível ter que ver todas as coisas dele assim.

Suspiro e falo mais para mim mesmo do que para ela:

– Você não tem ideia. – Então, viro o rosto. Ainda estou olhando para o chão, a cabeça pesada com o que aconteceu hoje e as demandas que o dia geraram. Juliette estende a mão para testar minha reação, e pronuncia apenas uma palavra.

– Aaron?

E então posso sentir, posso sentir a mudança, o medo, a dor em sua voz. Meu coração continua batendo forte demais, mas agora por um motivo totalmente diferente.

– O que foi? – pergunto, olhando imediatamente para ela. Sento-me ao seu lado na cama, estudo seus olhos. – O que aconteceu?

Ela balança a cabeça. Olha para suas mãos abertas. Sussurra ao dizer:

– Acho que cometi um erro.

Meus olhos se arregalam enquanto a observo. Seu rosto se contrai. Suas emoções saem do controle, agredindo-me com seu ardor.

RESTAURA-ME

Juliette está com medo. Está com raiva. Com raiva de si mesma por sentir medo.

– Você e eu somos tão diferentes – admite. – Ao conhecer Haider hoje, eu apenas... – Suspira. – Eu lembrei de como somos diferentes. Como nossa criação foi diferente.

Estou congelado. Confuso. Sinto seu medo e apreensão, mas não sei onde ela quer chegar com isso. Ou o que está tentando dizer.

– Então você acha que cometeu um erro? – indago. – Sobre... *nós*?

Sinto um pânico repentino enquanto ela processa o que estou dizendo.

– Não! Meu Deus! Não sobre nós – ela se apressa em responder. – Não, eu só...

Sou inundado por um alívio.

– ... eu ainda tenho muito a aprender – prossegue. – Não sei nada sobre governar... nada. – Juliette emite um ruído de impaciência e irritação. Mal consegue pronunciar as palavras. – Eu não fazia ideia do que estava aceitando. E todos os dias me sinto extremamente incompetente. Às vezes, não sei se consigo acompanhar seu ritmo nisso tudo. – Hesita antes de acrescentar baixinho: – Esse trabalho deveria ter ficado com você, você sabe disso. Não devia ser meu.

– Não.

– Sim – ela retruca, assentindo. Não consegue mais olhar no meu rosto. – Todo mundo pensa isso, mesmo que não diga. Castle. Kenji. Aposto que até os soldados pensam.

– Todos podem ir para o inferno.

Ela sorri de leve.

– Acho que podem estar certos.

— As pessoas são idiotas, meu amor. A opinião delas não tem o menor valor.

— Aaron — Juliette franze a testa ao pronunciar a palavra. — Agradeço por você ficar com raiva por mim, de verdade, mas nem *todas* as pessoas são idio…

— Se a consideram incapaz, é porque são idiotas. Idiotas porque já se esqueceram que você foi capaz de realizar em questão de *meses* o que eles passaram décadas tentando. Esquecem-se de onde você partiu, o que superou, a velocidade com a qual encontrou a coragem necessária para lutar quando mal conseguia ficar de pé.

Parecendo derrotada, Juliette ergue o rosto.

— Mas eu não sei nada de política.

— Você não tem experiência — digo a ela. — Isso é verdade. Mas pode aprender essas coisas. Ainda tem tempo. Estou disposto a ajudar. — Seguro sua mão. — Meu amor, você inspirou as pessoas deste setor a seguirem-na em uma *batalha*. Elas colocaram a própria vida em risco e sacrificaram seus entes queridos porque acreditaram em você. Na sua força. E você não as decepcionou. Jamais se esqueça da enormidade do que fez. Não deixe ninguém tirar isso de você.

Ela me encara com olhos arregalados, brilhando. Pisca ao desviar o rosto, enxugando rapidamente uma lágrima que escapou.

— O mundo tentou esmagá-la — digo, agora com um tom mais gentil. — E você se recusou a se estilhaçar. Venceu cada um dos obstáculos e saiu uma pessoa mais forte, ressurgindo das cinzas e deixando todos à sua volta impressionados. E vai continuar surpreendendo e confundindo aqueles que a subestimam. É inevitável. Mesmo assim, você deve estar preparada e deve saber que ser líder é uma ocupação ingrata. Poucas pessoas demonstrarão qualquer sinal de gratidão pelo que você faz ou pelas mudanças

RESTAURA-ME

que implementa. Elas têm memória curta… Aliás, elas têm memórias que surgem de acordo com a conveniência. Qualquer nível de sucesso que você alcançar será escrutinizado. Suas conquistas serão deixadas de lado, só servirão para gerar mais expectativas naqueles à sua volta. Seu poder acaba afastando-a dos amigos. – Desvio o olhar, nego com a cabeça. – Você vai se sentir sozinha. Perdida. Vai desejar a aprovação daqueles que no passado admirou, pode agonizar entre agradar velhos amigos e fazer o que é certo. – Ergo o rosto, sinto o coração inchar de orgulho enquanto olho para ela. – Mas você não deve nunca, nunca mesmo, deixar os idiotas a influenciarem. Isso só vai fazê-la se perder.

Os olhos de Juliette brilham com lágrimas não derramadas.

– Mas como? – pergunta com uma voz instável. – Como eu tiro essas pessoas da minha cabeça?

– Ateie fogo nelas.

Juliette arregala os olhos.

– Mentalmente – esclareço, arriscando um sorriso. – Deixe essas pessoas alimentarem o fogo que a mantém lutando. – Estendo a mão, uso os dedos para acariciar seu rosto. – Idiotas são altamente inflamáveis, meu amor. Deixe todos eles queimarem no inferno.

Ela fecha os olhos, ajeita o rosto em minha mão.

E eu a puxo para perto, encostando minha testa à sua.

– Aqueles que não a entendem sempre duvidarão de você – afirmo.

Ela se afasta uns poucos centímetros. Olha para cima.

– E eu… – continuo. – Eu nunca duvidei de você.

– Nunca?

Nego com a cabeça.

– Em momento algum.

Juliette desvia o olhar. Enxuga os olhos. Dou um beijo em sua bochecha, sinto o sal das lágrimas.

Ela se vira outra vez para mim.

Quando me olha, consigo sentir. Sinto seus medos desaparecendo, sinto suas emoções se transformando. Suas bochechas coram. Sua pele de repente fica quente e elétrica sob meu toque. Meu coração bate mais rápido, mais forte, e ela não precisa dizer nada. Posso sentir a temperatura entre nós mudar.

– Oi – ela diz. Mas está olhando para minha boca.

– Olá.

Ela encosta seu nariz no meu e alguma coisa dentro de mim ganha vida. Sinto minha respiração acelerar. Meus olhos se fecharem voluntariamente.

– Eu te amo – ela diz.

Essas palavras provocam alguma coisa em mim toda vez que as ouço. Elas me transformam. Criam algo novo dentro de mim. Engulo em seco. Sinto o fogo consumir minha mente.

– Sabe… – sussurro. – Nunca me canso de ouvi-la dizer isso.

Juliette sorri. Toca o nariz na linha do meu maxilar enquanto se ajeita, levando os lábios à minha garganta. Estou sem ar, morrendo de medo de me mexer, de perder esse momento.

– Eu te amo – ela repete.

Minhas veias são tomadas por um calor escaldante. Sinto-a em meu sangue, seus sussurros esmagando meus sentidos. E por um segundo repentino, desesperado, penso na possibilidade de estar sonhando.

– Aaron – ela me chama.

RESTAURA-ME

Estou perdendo uma batalha. Temos muito a fazer, muito do que cuidar. Sei que deveria agir, sair dessa situação, mas não consigo. Não consigo pensar.

E então ela sobe no meu colo e minha respiração se torna acelerada, desesperada, uma luta contra um ímpeto de prazer e dor. Não tenho como fingir nada quando Juliette está assim, tão próxima de mim. Sei que é capaz de me sentir, que consegue sentir quanto a quero.

Eu também consigo senti-la.

Seu calor. Seu desejo. Ela não esconde o que quer de mim. O que quer que eu faça com ela. E saber disso só deixa meu tormento mais agudo.

Ela me dá um beijo suave, suas mãos deslizando por baixo da minha blusa, e me abraça. Puxo-a para perto e ela se acomoda no meu colo, fazendo-me novamente respirar de forma dolorosa e angustiante. Todos os meus músculos se enrijecem. Tento não me mexer.

— Sei que já é tarde — ela diz. — Sei que temos um milhão de coisas para fazer. Mas sinto sua falta. — Juliette estende o braço, os dedos deslizando pelo zíper das minhas calças, seu toque fazendo meu corpo arder em chamas. Minha visão fica turva. Por um momento, não ouço nada além do meu coração latejando na cabeça.

— Você está tentando me matar — digo.

— Aaron. — Posso sentir seu sorriso quando ela sussurra no meu ouvido, ao mesmo tempo em que desabotoa minha calça. — Por favor.

E eu... eu me entrego.

De repente, tenho uma mão em sua nuca, a outra em volta da sua cintura, e eu a beijo, fundindo-me com ela, caindo para trás na cama e puxando-a comigo. Eu sonhava com isso – com momentos assim –, como seria abrir o zíper de sua calça jeans, deslizar os dedos por sua pele nua, senti-la, quente e macia, contra meu corpo.

Paro de súbito. Afasto-me. Quero admirá-la, estudá-la. Lembrar a mim mesmo que Juliette está realmente aqui, que é mesmo minha. Que me deseja tanto quanto eu a desejo. E quando a olho nos olhos sou tomado por um sentimento avassalador, que ameaça me afogar. E logo ela está me beijando, mesmo enquanto me esforço para recuperar o ar, e tudo, todo tipo de pensamento e preocupação, é empurrado para longe, substituído pela sensação de sua boca na minha pele. Suas mãos, reivindicando o meu corpo.

Meu Deus, isso é uma droga irresistível.

Juliette me beija como se soubesse. Soubesse... como eu preciso desesperadamente disso, preciso dela, preciso desse conforto e libertação.

Como se ela também precisasse.

Seguro-a em meus braços, viro-a tão rápido que ela chega a gemer de surpresa. Beijo seu nariz, as bochechas, os lábios. Os contornos de nossos corpos se fundem. Sinto-me dissolvendo, transformando-me em pura emoção quando ela abre a boca, quando me saboreia, quando geme em minha boca.

– Eu te amo – consigo dizer, cada palavra ofegante. – *Eu te amo.*

RESTAURA-ME

É mesmo interessante notar quão rapidamente me tornei o tipo de pessoa que cochila no fim da tarde. A pessoa que fui no passado jamais desperdiçaria tanto tempo dormindo. Por outro lado, aquele indivíduo do passado nunca soube relaxar. Dormir era brutal, ilusório. Mas agora...

Fecho os olhos, encosto meu rosto em sua nuca e respiro.

Ela se mexe quase imperceptivelmente ao me sentir ali.

Seu corpo nu esquenta junto ao meu, meus braços a envolvem. São seis horas. Tenho mil coisas a fazer e não quero, de jeito nenhum, sair daqui.

Beijo seus ombros e ela arqueia as costas, suspira e vira-se para me olhar. Puxo-a para perto.

Juliette sorri. E me beija.

Fecho os olhos, minha pele ainda quente com a memória de seu corpo. Minhas mãos estudam a forma de seus contornos, seu calor. Sempre me impressiono com a maciez de sua pele. Suas curvas são suaves. Sinto meus músculos se retesarem com anseio e me surpreendo com quanto a desejo.

Outra vez.

Rápido assim.

— É melhor nos vestirmos — ela sugere com uma voz arrastada. — Ainda preciso me encontrar com Kenji para conversar sobre hoje à noite.

De repente, recuo.

— Caramba — sussurro, afastando-me. — Não era isso mesmo que eu esperava ouvi-la dizer.

Juliette ri. Muito alto.

— Hum. Kenji é um assunto que não o deixa animado. Já entendi.

Sentindo-me mesquinho, só consigo franzir a testa.

Ela beija meu nariz.

– Eu realmente queria que vocês dois fossem amigos.

– Ele é um desastre ambulante – retruco. – Veja o que fez com meus cabelos.

– Mas é meu melhor amigo – ela rebate, ainda sorrindo. – E não tenho tempo para escolher entre vocês dois o tempo todo.

Olho de soslaio para ela. Agora está sentada na cama, o corpo coberto apenas com o lençol. Seus cabelos castanhos e longos estão desgrenhados; as bochechas, rosadas; os olhos, grandes e redondos e ainda um pouco sonolentos.

Não sei se seria capaz de dizer não a ela.

– Por favor, seja educado com ele – ela pede, arrastando-se sobre mim, prendendo o lençol no joelho e perdendo a compostura.

Arranco o lençol de uma vez por todas, o que a faz arfar, surpresa com a imagem de seu próprio corpo nu. E não consigo evitar: tenho que tirar vantagem do momento, então a puxo outra vez para debaixo de mim.

– Por quê? – questiono, beijando seu pescoço. – Por que se sente tão ligada assim a esse lençol?

Juliette desvia o olhar e enrubesce, e estou outra vez perdido, beijando-a.

– Aaron – arfa, sem ar. – Eu tenho... tenho mesmo que ir.

– Não vá – sussurro, depositando leves beijos em sua clavícula. – Não vá.

Seu rosto está corado; os lábios, muito vermelhos. Os olhos, fechados, desfrutando do prazer.

RESTAURA-ME

— Eu não quero — admite, a respiração presa enquanto seguro seu lábio inferior entre os meus dentes. — Não quero, mesmo, mas Kenji...

Bufo e solto o corpo no colchão, puxando um travesseiro para cobrir meu rosto.

Juliette

— Por onde você andou, caramba?

— O quê? Lugar nenhum – respondo, sentindo o calor tomar conta do meu corpo.

— Como assim, lugar nenhum? – Kenji insiste, quase pisando nos meus pés enquanto tento passar por ele. – Estou esperando aqui há quase duas horas.

— Eu sei... Desculpe...

Ele segura meus ombros, fazendo-me girar. Desliza o olhar por meu rosto e...

— Que nojo, J, mas que droga é...?

— O quê? – Arregalo os olhos, toda inocente, mesmo com o rosto em chamas.

Kenji me lança um olhar fuzilante.

Pigarreio.

— Eu falei para você fazer uma *pergunta* a ele.

— Eu fiz.

— Meu Deus do céu! – Kenji esfrega a mão agitada na testa. – Hora e lugar não significam nada para você?

— Hã?

Ele estreita os olhos para mim.

Abro um sorriso.

— Vocês dois são terríveis.

— Kenji – digo, estendendo a mão.

— Eca, não toque em mim...

— Está bem – respondo, franzindo a testa e cruzando os braços.

Ele faz uma negativa com a cabeça, desvia o olhar. Ostenta uma careta e fala:

— Quer saber? Que se dane! – E suspira. – Warner pelo menos contou alguma coisa útil antes de vocês dois... digamos, mudarem de assunto?

Kenji e eu acabamos de voltar à recepção, onde ainda há pouco encontramos Haider.

— Sim, contou – respondo, determinada. – Ele sabia exatamente de quem eu estava falando.

— E?

Sentamos nos sofás. Dessa vez, Kenji escolhe tomar o lugar à minha frente. Pigarreio. E me pergunto em voz alta se deveríamos pedir mais chá.

— Nada de chá. – Kenji solta o corpo no encosto do sofá, cruza as pernas, calcanhar direito apoiado no joelho esquerdo. – O que Warner revelou sobre Haider?

Seu olhar é tão focado e implacável que fico sem saber o que fazer. Sinto-me estranhamente constrangida. Queria ter lembrado de ter prendido outra vez os cabelos. Tenho que ficar o tempo todo afastando os fios do rosto.

Sentada, forço a coluna a permanecer ereta. Recomponho-me.

— Ele disse que nunca foram, de fato, amigos.

Kenji bufa.

– Até aí, nenhuma surpresa.

– Mas que se lembra dele – continuo, apontando para nada em particular.

– E? Do que ele lembra?

– Ah, hum. – Coço um incômodo imaginário atrás da orelha. – Não sei.

– Você não perguntou?

– Eu, é… esqueci?

Kenji revira os olhos.

– Droga, eu sabia que devia ter ido lá pessoalmente.

Sento-me sobre as mãos e tento sorrir.

– Quer pedir uma xícara de chá?

– *Nada de chá!* – Kenji lança um olhar furioso na minha direção. Pensativo, bate a mão na perna.

– Você quer…?

– Onde está Warner agora? – Kenji me interrompe.

– Não sei – respondo. – Acho que ainda está no quarto dele. Tinha um monte de caixas lá que ele queria analisar.

Kenji imediatamente se coloca de pé. Ergue um dedo.

– Eu já volto.

– Espere! Kenji… Não acho que seja uma boa ideia…

Mas ele já se foi.

Solto o corpo no sofá e suspiro.

Exatamente como suspeitei. Não foi uma boa ideia.

Warner está parado com o corpo todo enrijecido ao lado do meu sofá, quase sem olhar para Kenji. Acho que ainda não o perdoou pelo corte de cabelo desastroso, e não posso dizer que o culpo. Warner

RESTAURA-ME

fica muito diferente sem seus cabelos dourados – não fica ruim, mas diferente. Agora os fios quase não alcançam meros centímetros, todos com tamanho uniforme, um tom de loiro que só começa a aparecer agora. Contudo, a transformação mais interessante em seu rosto é a barba suave por fazer, como se tivesse se esquecido de se barbear nos últimos dias. E me vejo surpresa ao me dar conta de que isso não me incomoda. Ele é naturalmente bonito demais para sua genética ser alterada por um simples corte de cabelo e, verdade seja dita, eu meio que gosto do que estou vendo. Hesito para lhe confessar isso, afinal, não sei se Warner apreciaria um elogio tão pouco convencional, mas há algo positivo nessa mudança. Parece um pouco mais durão agora, um pouco mais masculino. Está menos bonito, mas, ao mesmo tempo, irresistivelmente...

Mais sensual.

Cabelos curtos e descomplicados; aquela sombra de barba começando a aparecer; um rosto muito, muito sério.

Cai bem nele.

Está usando um suéter leve e azul-marinho – as mangas, como de costume, puxadas na altura do antebraço –, e calças justas enfiadas em botas pretas e lustrosas. É um visual sem esforço. E, nesse exato momento, mantém o corpo apoiado em um pilar, os braços cruzados na altura do peito, os pés cruzados na altura do tornozelo, parecendo mais carrancudo que de costume. E essa imagem muito me agrada.

Porém, não agrada nada a Kenji.

Os dois parecem mais irritados do que nunca, e percebo que sou a culpada pela tensão. Continuo insistindo em forçá-los a passar um tempo juntos. Continuo mantendo a esperança de que, por meio de experiências suficientes, Kenji vai passar a ver o que eu amo em Warner e Warner vai aprender a admirar o que admiro em

Kenji... Mas meu plano parece não estar funcionando. Forçá-los a passar um tempo juntos já começa a se provar um tiro no pé.

– *Então...* – quebro o silêncio, unindo as mãos. – Podemos conversar?

– Claro – Kenji responde, mas continua olhando para a parede. – Vamos conversar.

Ninguém diz nada.

Cutuco o joelho de Warner. Quando ele olha para mim, gesticulo um convite para que se sente.

E ele se senta.

– Por favor – sussurro.

Warner franze a testa.

Finalmente, ainda relutante, suspira.

– Você disse que tinha perguntas a me fazer.

– Sim, a primeira: por que você é tão babaca?

Warner se levanta.

– Meu amor – fala baixinho. – Espero que me perdoe pelo que estou prestes a fazer com a cara dele.

– Ei, babaca, ouvi o que você falou.

– É sério, isso precisa parar. – Estou puxando o braço de Warner, tentando fazê-lo se sentar, mas ele se recusa. Minha força sobre-humana é totalmente inútil em Warner; ele simplesmente absorve o meu poder. – Por favor, sentem-se. Todos. E você... – Aponto para Kenji. – Você precisa parar de provocar brigas.

Kenji lança as mãos ao ar, emite um ruído que deixa clara sua descrença.

– Ah, então é sempre culpa minha, não é? Que se dane.

– Não – rebato veementemente. – Não é culpa sua. É culpa minha.

RESTAURA-ME

Surpresos, Kenji e Warner viram-se ao mesmo tempo para me encarar.

– Isso que está acontecendo – esclareço, apontando de um para o outro. – Fui eu quem provocou isso. Sinto muito por ter pedido que fossem amigos. Vocês não têm que ser amigos. Não têm sequer que gostar um do outro. Esqueçam tudo o que eu disse.

Warner descruza os braços.

Kenji arqueia as sobrancelhas.

– Eu prometo – asseguro. – Não teremos mais momentos de aproximação forçada. Não precisam mais passar tempo juntos sem a minha presença. Entendido?

– Jura? – Kenji lança.

– Eu juro.

– Graças a Deus! – Warner exclama.

– Digo o mesmo, irmão. Digo *o mesmo*.

E eu, irritada, reviro os olhos. Essa é a primeira vez que concordam em alguma coisa em mais de uma semana: seu ódio mútuo por minha esperança de que se tornem amigos.

Bem, pelo menos Kenji enfim abriu um sorriso. Ele se senta no sofá e parece relaxar. Warner toma o lugar ao meu lado – sereno, muito menos tenso.

E é isso. Era só disso que precisavam. A tensão se desfez. Agora que estão livres para odiarem um ao outro, parecem perfeitamente amigáveis. Simplesmente não consigo entendê-los.

– Então… você tem perguntas a me fazer, Kishimoto? – Warner indaga.

Kenji assente, inclina o corpo para a frente.

– Sim… Tenho. Quero saber tudo que se lembra da família Ibrahim. Temos que estar preparados para o que quer que Haider decida jogar na mesa hoje durante o jantar, o que... – Kenji olha para o relógio em seu pulso, franze a testa –, por sinal, começa em vinte minutos, não graças a vocês dois, mas enfim... fiquei pensando se poderia nos contar alguma coisa sobre as possíveis motivações dele. Eu gostaria de estar um passo à frente daquele cara.

Warner assente.

– A família de Haider vai levar mais tempo para desfazer as malas por aqui. De modo geral, eles são intimidantes. Mas Haider é muito menos complexo. Aliás, ele é uma escolha um tanto bizarra para uma situação como essa. Fico surpreso por Ibrahim não ter mandado sua filha.

– Por quê?

Warner dá de ombros.

– Haider é menos competente. É hipócrita. Mimado. Arrogante.

– Espere aí... Está descrevendo Haider ou a si mesmo?

Warner parece não dar a mínima para a provocação.

– Você não percebe uma diferença fundamental entre nós – prossegue. – É verdade que sou confiante. Mas Haider é arrogante. Não somos iguais.

– Para mim, parece tudo a mesma coisa.

Warner entrelaça os dedos e suspira, parecendo se esforçar ao máximo para ser paciente com uma criança terrível.

– Arrogância é confiança falsa – afirma. – Brota da insegurança. Haider finge não ter medo. Finge ser mais cruel do que de fato é. Mente com facilidade, o que o torna imprevisível e, em certas ocasiões, um oponente mais perigoso. Mas, na maior parte do tempo, suas ações são movidas pelo medo. – Warner ergue o rosto, olha Kenji nos olhos. – E isso o torna fraco.

RESTAURA-ME

– Ah, entendi. – Kenji deixa o corpo afundar no sofá enquanto processa as informações. – Alguma coisa particularmente interessante a respeito dele? Algo que devamos saber de antemão?

– Na verdade, não. Haider é medíocre na maioria das coisas. Só se sobressai ocasionalmente. É obcecado sobretudo pelo próprio corpo, e mais talentoso com rifles de precisão.

Kenji ergue o queixo.

– Obcecado pelo próprio corpo? Tem certeza de que vocês dois não são parentes?

Ao ouvir isso, Warner fecha a cara.

– Eu *não sou* obcecado pelo…

– Está bem, está bem, acalme-se! – Kenji acena com a mão. – Não precisa criar rugas nesse seu rostinho lindo por causa do meu comentário.

– Detesto você.

– Amo o fato de sentirmos a mesma coisa um pelo outro.

– Chega, vocês dois – falo em voz alta. – Foco. Temos um jantar com Haider em cinco minutos e parece que sou a única aqui preocupada com a revelação de que ele é um atirador especialmente talentoso.

– É, talvez ele esteja aqui para… – Kenji usa os dedos para simular uma arma apontada para Warner, depois para si próprio. – Treinar tiro ao alvo.

Ainda irritado, Warner faz uma negação com a cabeça.

– Haider é *poser*. Eu não me preocuparia com ele. Conforme já disse, eu me preocuparia mais se sua irmã estivesse aqui. O que significa que devemos começar a nos preocupar muito em breve. – Exala. – Tenho quase certeza de que será a próxima a chegar.

Ao ouvir as palavras, arqueio as sobrancelhas.

— Ela é mesmo tão assustadora assim?

Warner inclina a cabeça.

— Não é exatamente assustadora – diz para mim. – Ela é muito racional.

— Então ela é tipo... o quê? – Kenji pede esclarecimentos. – Psicopata?

— Longe disso. Mas sempre tive a impressão de que ela sente as pessoas e suas emoções, e nunca consegui ler direito aquela mulher. Acho que a mente dela funciona rápido demais. Há uma coisa um pouco... volúvel em sua forma de pensar. Como um beija-flor. – Suspira. Olha para cima. – Enfim, não a vejo há pelo menos alguns meses, mas duvido que tenha mudado.

— Como um *beija-flor*? – Kenji repete. – Então, tipo, ela fala rápido?

— Pelo contrário – Warner esclarece. – Ela costuma ser muito silenciosa.

— Hum... Entendi. Bem, fico contente por ela não estar aqui – Kenji fala. – Essa mulher parece um tédio.

Warner quase sorri.

— Ela poderia arrancar suas tripas.

Kenji revira os olhos.

Estou prestes a fazer outra pergunta quando um barulho repentino e irritante interrompe nossa conversa.

Delalieu veio nos buscar para o jantar.

Warner

Eu odeio de verdade ser abraçado.

Existem pouquíssimas exceções a essa regra, e Haider não é uma delas. Mesmo assim, toda vez que nos encontramos, ele insiste em me abraçar. Beija o ar dos dois lados do meu rosto, apoia a mão em meus ombros e sorri como se eu realmente fosse seu amigo.

– *Hela habibi shlonak?* É um prazer enorme vê-lo.

Finjo um sorriso.

– *Ani zeyn, shukran.* – Aponto para a mesa. – Sente-se, por favor.

– Claro, claro – concorda, e olha em volta. – *Wenha Nazeera...?*

– Oh – surpreendo-me. – Pensei que tivesse vindo sozinho.

– *La, habibi* – diz, enquanto se senta. – *Heeya shwaya mitakhira.* Mas ela deve chegar a qualquer momento. Estava muito animada com a oportunidade de vê-lo.

– Duvido muito disso.

– Hum, com licença, mas eu sou o único aqui que não sabia que você falava árabe? – Kenji me observa de olhos arregalados.

Haider solta uma risada, olhos luminosos enquanto analisa meu rosto.

— Seus novos amigos sabem bem pouco sobre você. – Depois, volta-se para Kenji: – Seu Regente Warner fala sete línguas.

— Você fala *sete* línguas?! – Juliette exclama, segurando meu braço.

— Às vezes – respondo baixinho.

O jantar de hoje é para um grupo pequeno. Juliette está sentada à cabeceira da mesa. Eu me encontro à sua direita; Kenji, à minha direita.

À minha frente está Haider Ibrahim.

À frente de Kenji, uma cadeira vazia.

— Então – diz Haider, unindo as mãos. – Essa é a sua nova vida? Tanta coisa mudou desde nosso último encontro.

Seguro o garfo.

— O que você veio fazer aqui, Haider?

— *Wallah* – diz, levando a mão ao peito. – Pensei que fosse ficar feliz em me ver. Eu queria conhecer todos os seus novos amigos. E, é claro, tinha de conhecer sua nova comandante suprema. – De canto de olho, avalia Juliette; o movimento é tão rápido que quase passa despercebido. Em seguida, pega seu guardanapo, abre-o cuidadosamente no colo e fala em um tom muito leve: – *Heeya jidan helwa*. Meu peito aperta.

— E isso é suficiente para você? – Ele inclina o corpo para a frente, de repente falando muito baixinho, de modo que só eu consiga ouvi-lo. – Um rostinho bonito? E você trai seus amigos com tanta facilidade assim?

— Se você veio aqui atrás de briga, por favor, não percamos tempo jantando antes – retruco.

Haider deixa escapar uma risada alta. Segura seu copo de água.

— Ainda não, *habibi*. – Toma um gole. Relaxa na cadeira. – Sempre temos tempo para jantar.

RESTAURA-ME

— Onde está sua irmã? — questiono, desviando o olhar. — Por que não vieram juntos?

— Por que não pergunta diretamente a ela?

Ergo o olhar e me surpreendo ao encontrar Nazeera parada na passagem da porta. Ela analisa a sala, e seu olhar detém-se no rosto de Juliette só um segundo a mais. Senta-se sem dizer uma única palavra.

— Meus caros, esta é Nazeera — Haider a apresenta, levantando-se com um salto e um sorriso enorme no rosto. Envolve a irmã com um braço na altura de seu ombro, mesmo enquanto ela o ignora. — Nazeera ficará aqui durante minha estada. Espero que a recebam com o mesmo calor humano que me receberam.

Nazeera não cumprimenta ninguém.

O rosto de Haider demonstra um exagero de felicidade. Nazeera, todavia, não esboça nenhuma expressão. Seus olhos são apáticos; o maxilar, solene. As únicas semelhanças entre esses dois irmãos são físicas. Ela tem a mesma pele bronzeada, os mesmos olhos castanho-claros e os mesmos cílios longos e escuros que protegem sua expressão do restante de nós. No entanto, cresceu muito desde a última vez que a vi. Seus olhos são maiores e mais profundos que os de Haider, e ela ostenta um pequeno *piercing* de diamante abaixo do lábio inferior, além de dois outros diamantes acima da sobrancelha direita. A única outra distinção óbvia entre os dois é que não consigo ver os cabelos dela.

Nazeera ostenta um xale de seda envolvendo a cabeça.

E não consigo evitar o choque. Isso é novidade. A Nazeera da qual me lembro não cobria os cabelos — e por que cobriria? Seu xale é uma relíquia, parte de nossa vida passada. É um artefato religioso e cultural que deixou de existir com a chegada do Restabelecimento. Já faz muito tempo que nosso movimento expurgou todos os símbolos e práticas de fé ou culturais em um esforço para restabelecer identidades e alianças, tanto que os locais de adoração foram as primeiras instituições a serem destruídas ao redor do mundo. Os civis, diziam, deveriam se curvar diante do Restabelecimento e nada mais. Cruzes, luas crescentes e estrelas de Davi – turbantes e quipás e hijabs e hábitos de freiras...

Tudo isso é ilegal.

E Nazeera Ibrahim, filha de um comandante supremo, é dotada de impressionante coragem. Porque esse simples xale, um detalhe aparentemente insubstancial, não é nada menos que um ato declarado de rebelião. Estou tão impressionado que não consigo segurar minhas próximas palavras:

– Você cobre os cabelos agora?

Ao me ouvir, ela ergue o rosto, olhando-me nos olhos. Toma um demorado gole de seu chá e me estuda. Por fim...

Não diz nada.

Sinto meu rosto prestes a registrar surpresa e tenho de me forçar a ficar parado. Ela claramente não se mostra interessada em discutir esse tema. Decido mudar de assunto. Estou prestes a dizer algo a Haider quando,

– Então, você pensou que ninguém fosse perceber? Que cobre os cabelos? – É Kenji, falando e mastigando ao mesmo tempo. Toco meus dedos nos lábios e desvio o olhar, lutando para esconder minha repulsa.

Nazeera finca o garfo em uma folha de alface em seu prato. Come-a.

— Quero dizer, você deve saber que a peça que está usando é uma ofensa digna de ser punida com prisão — Kenji continua falando para ela, ainda mastigando.

Nazeera parece surpresa ao ver Kenji insistindo nesse assunto. Seus olhos o analisam como se ele fosse um idiota.

— Perdão — ela fala com um tom leve, baixando o garfo. — Mas quem é você mesmo?

— *Nazeera* — Haider chama a atenção da irmã, tentando sorrir enquanto lança um cuidadoso olhar de soslaio para ela. — Por favor, lembre-se de que nós somos os convidados...

— Eu não sabia que havia um código de vestimenta aqui.

— Ah... Bem, acho que não temos um código de vestimenta *aqui* — Kenji retruca entre uma mordida e outra, alheio à tensão. — Mas isso só acontece porque temos uma nova comandante suprema que não é uma psicopata. Porém, continua sendo ilegal vestir-se assim — censura, apontando com a colher para o rosto dela. — Tipo, é ilegal literalmente em todos os lugares. Certo? — Desliza o olhar por todos nós, mas ninguém responde. — Não é? — insiste, concentrando-se em mim, ansioso por uma confirmação.

Faço um gesto positivo com a cabeça. Lentamente.

Nazeera bebe mais um demorado gole de seu chá, tomando cuidado ao descansar a xícara no pires antes de apoiar o corpo no encosto da cadeira, olhar-nos nos olhos e dizer:

— O que o leva a pensar que eu me importo com isso?

— Quero dizer... — Kenji franze a testa. — Você não tem que se importar? Seu pai é um dos comandantes supremos. Ele sabe que você usa essa coisa — aponta outra vez, agora para a cabeça de Nazeera — em público? Ele não vai ficar irritado?

Esse jantar não está indo nada bem.

Nazeera, que acabou de segurar outra vez o garfo para pegar um pouco de comida em seu prato, baixa o talher e suspira. Diferentemente do irmão, ela fala um inglês sem qualquer sotaque.

Está olhando para Kenji quando diz:

— Essa *coisa*?

— Desculpe – ele se expressa timidamente. – Não sei como chamam isso.

Nazeera sorri para ele, mas não há cordialidade em sua expressão. Apenas uma advertência. – Os homens sempre ficam tão desorientados com as roupas das mulheres. Tantas opiniões sobre um corpo que não lhes pertence. Cubra, não cubra. – Acena com a mão, deixando claro seu desdém. – Vocês parecem nunca se decidir.

— Mas... Não é isso que eu... – Kenji tenta se retratar.

— Sabe o que eu penso – ela o interrompe, ainda com um sorriso no rosto – sobre alguém me dizendo o que é legal ou ilegal na minha maneira de me vestir?

Ela ergue os dois dedos do meio.

Kenji engasga.

— Vá em frente – Nazeera o desafia, seus olhos brilhando furiosamente enquanto pega outra vez o garfo. – Conte ao meu pai. Alerte os inimigos. Estou pouco me fodendo para isso.

— *Nazeera...*

— Cale a boca, Haider.

— Nossa! Ei... desculpe – Kenji de repente fala, aparentando estar em pânico. – Eu não tinha a intenção de...

— Que se dane – ela responde, revirando os olhos. – Não estou com fome. – Ela se levanta de pronto. Com elegância. Existe algo

RESTAURA-ME

interessante em sua raiva. Em seu protesto nada sutil. E ela é ainda mais impressionante de pé.

Tem as mesmas pernas longas e o corpo magro de seu irmão, e se sustenta com muito orgulho, como alguém que nasceu com posição e privilégios. Usa uma túnica cinza feita com um tecido refinado e denso; calça de couro justa; botas pesadas; e reluzentes socos ingleses de ouro nas duas mãos.

E eu não sou o único encarando.

Juliette, que ficara observando em silêncio durante todo o tempo, está com o rosto erguido, maravilhada. Posso praticamente ver seu processo de raciocínio enquanto ela subitamente enrijece o corpo, olha as próprias roupas e cruza os braços na altura do peito como se quisesse esconder seu suéter rosa. Puxa as mangas como se quisesse rasgá-las.

É tão adorável que quase a beijo bem ali.

Um silêncio pesado e desconfortável se instala entre nós depois que Nazeera vai embora.

Todos esperávamos questionamentos intensos vindos de Haider esta noite; em vez de lançar perguntas, todavia, ele permanece em silêncio, cutucando a comida, parecendo cansado e constrangido. Nenhum dinheiro ou prestígio no mundo pode proteger qualquer um de nós da agonia de jantares constrangedores em família.

— Por que teve que abrir a boca? — Kenji me dá uma cotovelada, fazendo-me estremecer, deixando-me surpreso.

— Perdão?

— Foi culpa sua — ele resmunga, ansioso. — Você não devia ter falado nada sobre o xale dela.

— Eu fiz *uma* pergunta — rebato duramente. — Foi *você* quem insistiu no assunto...

— Sim, mas você começou! Por que teve de comentar?

— Ela é filha de um comandante supremo — argumento, esforçando-me para falar baixo. — Sabe melhor do que ninguém que está usando uma peça ilegal segundo as leis do Restabelecimento.

— Ah, meu Deus! — Kenji exclama, balançando a cabeça. — Só... só pare, está bem?

— Como se atreve...

— O que vocês dois estão cochichando? — Juliette pergunta, aproximando-se.

— Só que seu namorado não sabe quando é hora de calar a boca — Kenji responde, levando mais uma colherada à boca.

— É *você* que é incapaz de ficar calado. — Desvio o rosto. — Não consegue nem ficar de boca fechada enquanto mastiga. Aliás, essa é só mais uma das coisas nojentas que você...

— Cale a boca, cara. Estou com fome.

— Acho que também vou me retirar por esta noite — Haider de repente anuncia. E se levanta.

Todos olhamos para ele.

— Claro — digo. E também me levanto para lhe desejar um boa-noite apropriado.

— *Ani aasef* — Haider diz, olhando para seu prato ainda parcialmente cheio. — Eu esperava ter uma conversa mais produtiva com todos vocês esta noite, mas receio que minha irmã esteja contrariada por estar aqui. — Suspira. — Mas você conhece Baba — diz para mim. — Ele não deu escolha a ela. — Haider dá de ombros. Tenta sorrir. — Nazeera ainda não entendeu que o que temos que fazer...

RESTAURA-ME

a maneira como vivemos agora… – hesita – foi a vida que recebemos. Nenhum de nós teve escolha.

E, pela primeira vez esta noite, ele me surpreende; vejo alguma coisa que reconheço em seus olhos. Uma centelha de dor. O peso da responsabilidade. Expectativas.

Sei muito bem o que é ser filho de um comandante supremo do Restabelecimento. E como é se atrever a discordar de alguma coisa.

– Claro – digo a ele. – Eu entendo.

Eu realmente entendo.

Juliette

Warner acompanha Haider de volta aos aposentos que lhe foram reservados e, logo depois que os dois se retiram, o restante do nosso grupo vai embora. Foi um jantar estranho, extremamente curto e com muitas surpresas, e agora sinto dor de cabeça. Estou pronta para ir para a cama. Kenji e eu percorremos em silêncio o caminho que leva ao quarto de Warner, os dois perdidos em pensamentos.

É ele o primeiro a falar.

— Então... Você está muito quieta hoje — diz.

— Sim. — Dou risada, mas não há qualquer sinal de vida nela. — Estou exausta, Kenji. Foi um dia esquisito. E uma noite ainda mais bizarra.

— Em que sentido?

— Não sei, mas que tal começarmos com o fato de que Warner fala *sete línguas*? — Ergo o rosto, olho em seus olhos. — Quero dizer, que história é essa? Às vezes acho que o conheço tão bem, e então uma coisa assim acontece e isso simplesmente — balanço a cabeça — me deixa aturdida. Você estava certo. Ainda não sei nada a respeito dele. Além do mais, o que estou fazendo a essa altura? Eu não falei nada durante o jantar porque não tinha a menor ideia do que falar.

Kenji suspira.

– É… Bem… Sete línguas é uma coisa bem louca. Mas, quero dizer… Você tem que se lembrar de que ele nasceu nesse meio, entende? Warner teve uma educação que você nunca teve.

– É exatamente disso que estou falando.

– Ei, você vai ficar bem – Kenji me conforta, apertando meu ombro. – Vai dar tudo certo.

– Eu estava começando a sentir que talvez desse conta desse desafio – confesso-lhe. – Tive uma conversa bem longa com Warner hoje e saí me sentindo melhor. Mas agora nem lembro por quê. – Suspiro. Fecho os olhos. – Eu me sinto tão idiota, Kenji. Mais idiota a cada dia.

– Talvez você só esteja envelhecendo. Ficando senil. – Ele dá tapinhas em sua cabeça. – Você sabe.

– Cale a boca!

– Então, é… – Kenji dá risada. – Sei que foi uma noite esquisita e coisa e tal, mas… o que você achou? No geral?

– Do quê? – pergunto, encarando-o.

– De Haider e Nazeera – esclarece. – Ideias? Sentimentos? Sociopatas, sim ou não?

– Ah! – Franzo a testa. – Bem, eles são *tão* diferentes um do outro. Haider é muito barulhento. Já Nazeera é… Não sei. Nunca conheci alguém como ela antes. Acho que respeito o fato de ela desafiar o pai e o Restabelecimento, mas não sei quais são suas motivações, então não sei se devo lhe dar muito crédito. – Suspiro. – Mas, enfim, ela me pareceu muito… irritada. E muito bonita. E muito intimidadora.

A dolorosa verdade é que nunca me senti tão intimidada por outra garota antes e não sei como admitir algo assim em voz alta. Passei o dia todo – assim como as últimas semanas – me sentindo uma impostora. Uma criança. Odeio a facilidade com a qual minha confiança vem e vai, odeio fraquejar entre quem eu era e quem poderia ser. Meu passado ainda está grudado em mim, mãos de esqueleto me puxando para trás mesmo enquanto eu me impulsiono em direção à luz. E não consigo deixar de me perguntar quão diferente eu seria hoje se em algum momento, enquanto crescia, eu tivesse tido alguém para me encorajar. Nunca tive um modelo feminino forte. Conhecer Nazeera hoje à noite, ver como ela se mostrou altiva e corajosa, me deixou pensando sobre onde ela teria aprendido a ser assim.

Cheguei a desejar ter tido uma irmã. Ou uma mãe. Alguém com quem aprender e com quem contar. Uma mulher que me ensinasse a ser corajosa em meu próprio corpo em meio a esses homens.

Nunca tive isso.

Na verdade, fui criada sob uma dieta rigorosa de provocações e zombarias, golpes no coração, tapas na cara. Cresci ouvindo repetidas vezes que eu não valia nada. Que era um monstro.

Jamais amada. Jamais protegida do mundo.

Nazeera parece não se importar com o que outras pessoas falam, e eu queria tanto ter a sua confiança. Sei que mudei muito, que percorri um longo caminho a partir de quem eu era, mas, mais do que qualquer outra coisa, quero *ser* confiante e não ter remorsos sobre quem sou e como me sinto, e não ter de ficar tentando ser algo o tempo todo. Ainda estou desenvolvendo essa parte do meu ser.

– Certo – Kenji está dizendo. – É. Bem irritada, mas...

RESTAURA-ME

— Com licença?

Ao ouvir a voz, nós dois giramos nos calcanhares.— Por falar no diabo... — Kenji resmunga baixinho.

— Desculpem, acho que estou perdida — Nazeera diz. — Pensei que conhecesse esse prédio muito bem, mas há muita obra e reforma acontecendo aqui e estou... bem, estou perdida. Será que algum de vocês pode me dizer como sair daqui?

Ela quase sorri.

— Sim, claro — respondo, quase retribuindo o sorriso. — Na verdade... — Hesito por um instante. — Acho que você está do lado errado do prédio. Lembra-se da entrada pela qual você veio?

Ela para e pensa.

— Acho que estamos instalados do lado sul — diz, lançando um sorriso enorme e verdadeiro para mim pela primeira fez. Então, titubeia: — Espere. Eu *acho* que era o lado sul. Sinto muito. — E franze a testa. — Eu cheguei há poucas horas... Haider chegou aqui antes de mim...

— Entendo perfeitamente — respondo, interrompendo-a com um aceno de mão. — Não se preocupe... Eu também levei um tempo para aprender a andar por aqui. Na verdade, quer saber? Kenji sabe andar aqui melhor do que eu. A propósito, este é Kenji... Acho que vocês dois não foram formalmente apresentados ainda.

— Sim... oi — ela o cumprimenta, mas seu sorriso some imediatamente. — Eu me lembro dele.

Kenji a encara como um idiota. Olhos arregalados, piscando. Lábios ligeiramente separados. Cutuco seu braço e ele solta um grito, sobressaltado, mas recobra a consciência.

— Ah, certo — apressa-se em dizer. — Oi. Oi... É, oi, hum, sinto muito pelo jantar.

Ela arqueia a sobrancelha para ele.

E pela primeira vez desde que o conheci, Kenji fica realmente ruborizado. *Ruborizado.*

– Não, de verdade – ele gagueja. – Eu, hum, eu acho que o seu... xale... é, hum, bem legal.

– Aham.

– Do que é feito? – ele pergunta, estendendo a mão para tocar a cabeça de Nazeera. – Parece tão macio.

Ela afasta a mão de Kenji com um tapa. Seu recuo é visível, mesmo sob a luz fraca. – Que história é essa? Está de brincadeira, né?

– O quê? – Confuso, Kenji pisca os olhos. – O que foi que eu fiz?

Nazeera dá risada; sua expressão se transforma em uma mistura de confusão e ligeiro asco.

– Como pode ser *tão* ruim nisso?

Kenji fica paralisado, boquiaberto.

– Eu não... hum... Eu só não sei, tipo, quais são as regras. Tipo, posso ligar para você um dia ou...

Solto uma risada repentina, alta e embaraçosa, e belisco o braço dele.

Kenji pragueja em voz alta. Lança-me um olhar furioso.

Estampo o rosto com um sorriso enorme e falo somente para Nazeera:

– Então, sim, hum... Se quiser chegar à saída do lado sul – digo rapidamente –, sua melhor aposta é voltar pelo corredor e virar três vezes à esquerda. Vai encontrar portas duplas à sua direita. Lá, peça a um dos soldados para acompanhá-la.

– Obrigada – ela agradece, retribuindo meu sorriso antes de lançar um olhar esquisito para Kenji. Ele continua massageando o ombro dolorido enquanto acena seu discreto adeus para ela.

RESTAURA-ME

É só depois que ela se vai outra vez que eu dou meia-volta e resmungo:

— Qual é o seu problema, hein? — E Kenji segura meu braço, sente os joelhos bambearem, e diz:

— Ah, meu Deus, J, acho que estou apaixonado.

Ignoro-o.

— Não, sério – ele insiste. — Será que é isso? Porque nunca me apaixonei antes, então não sei se é amor ou se não passa de, sei lá, uma intoxicação alimentar.

— Você nem a conhece – respondo, revirando os olhos. — Então, imagino que seja apenas intoxicação alimentar.

— Você acha?

Com olhos estreitados, encaro-o, mas só preciso de uma olhadela para deixar a raiva para trás. Sua expressão é tão estranha e apatetada – uma cara de bobo alegre – que quase me sinto mal por ele.

Suspiro, empurrando-o para frente. Ele fica parando o tempo todo pelo caminho, sem nenhum motivo específico.

— Não sei. Acho que talvez você só esteja... se sentindo, digamos, atraído por ela? Nossa, Kenji, você falou tanta besteira para mim quando eu agi assim por causa de Adam e Warner e agora aí está você, sendo todo hormônios...

— Que seja. Você me deve uma.

Franzo a testa para ele.

Kenji dá de ombros, ainda com um sorriso enorme no rosto.

— Quero dizer, sei que ela deve ser uma sociopata. E sem dúvida me mataria enquanto durmo. Mas nossa, ela é... uau! – exclama. — Ela é bonita pra caralho. Tem o tipo de beleza que faz um homem pensar que ser assassinado durante o sono pode não ser uma forma tão ruim assim de morrer.

– Claro – respondo, mas baixinho.

– Não é?

– Acho que sim.

– Como assim, *acha que sim*? Eu não estava fazendo uma pergunta. Essa menina é simplesmente linda.

– Claro.

Kenji para, segura meus ombros.

– Qual é o seu problema, J?

– Não sei do que você está...

– Ah, meu Deus! – exclama, espantado. – Você está com ciúme?

– *Não!* – respondo, mas a palavra sai praticamente gritada.

Agora Kenji está rindo.

– Que loucura! Por que está com ciúme?

Dou de ombros, resmungo alguma coisa.

– Espere, como é? – Ele coloca a mão em forma de concha atrás da orelha. – Está preocupada que eu vá deixá-la por outra mulher?

– Cale a boca, Kenji. Não estou com ciúme.

– Que fofa, J.

– Não estou. Eu juro. Não estou com ciúme. Eu só estou... Só estou...

Estou passando por maus bocados. Mas não tenho tempo de pronunciar essas palavras. De repente, Kenji me levanta do chão, gira comigo e diz:

– Ah, você fica tão fofinha quando está com ciúme...

E eu chuto seu joelho. Com força.

RESTAURA-ME

Ele me derruba no chão, agarra as próprias pernas e grita palavras tão obscenas que sequer reconheço metade delas. Saio correndo, em parte me sentindo culpada, em parte me sentindo satisfeita, suas promessas de detonar comigo pela manhã ecoando no ar enquanto sigo meu caminho.

Warner

Hoje participei com Juliette de sua caminhada matinal.

Ela parece extremamente nervosa agora, ainda mais do que antes, e eu me culpo por não tê-la preparado melhor para o que teria de encarar como comandante suprema. Ontem à noite, voltou em pânico para nosso quarto, comentou alguma coisa sobre querer falar mais línguas e recusou-se a debater mais a fundo essa questão.

Sinto que está escondendo alguma coisa de mim.

Ou talvez eu esteja escondendo dela.

Ando tão absorto em meus próprios pensamentos, em meus próprios problemas, que não tive muita chance de conversar com ela sobre como está se sentindo ultimamente. Ontem foi a primeira vez que ela expôs suas preocupações sobre ser uma boa líder, o que me fez imaginar há quanto tempo esses medos a estão incomodando. Há quanto tempo está guardando tudo para si. Temos que encontrar mais oportunidades para conversar sobre tudo o que está acontecendo, mas receio que possamos estar nos afogando em revelações.

Tenho certeza de que eu estou.

Minha mente continua tomada pelas bobagens ditas por Castle. Tenho um bom grau de certeza de que descobriremos que ele está

RESTAURA-ME

desinformado, que entendeu errado algum detalhe crucial. Mesmo assim, estou desesperado por respostas verdadeiras e ainda não tive a oportunidade de mexer nos arquivos de meu pai.

Portanto, permaneço aqui, nesse estado de incerteza.

Eu esperava encontrar um tempo para mexer naqueles arquivos hoje, mas não confio em Haider e Nazeera para deixá-los sozinhos com Juliette. Dei a ela o espaço de que precisava quando conheceu Haider, mas deixá-la sozinha com eles agora seria uma irresponsabilidade. Nossos visitantes estão aqui por todos os motivos errados e provavelmente em busca de alguma razão para dar início a uma olimpíada mental cruel com as emoções de Juliette. Ficaria surpreso se não estivessem tentando aterrorizá-la e confundi-la. Forçá-la a ser covarde. Começo a me preocupar.

Há tanto que Juliette não sabe.

Acho que não me esforcei o bastante para imaginar como ela deve estar se sentindo. Eu menosprezo muita coisa nessa vida militar, tudo me parece óbvio, mas para ela ainda é novidade. Preciso ter isso em mente. Preciso dizer a Juliette que ela tem suas próprias armas. Que conta com uma frota de carros particulares, um motorista pessoal. Vários jatos particulares e pilotos à sua disposição. E de repente me pergunto se ela já viajou de avião.

Eu paro, imerso no pensamento.

É claro que ela não sabe. Ela não conhece nada além da vida no Setor 45. Duvido de que já tenha sequer *nadado*, muito menos pisado em um navio e se deslocado pelo mar. Juliette nunca viveu em nenhum lugar que não seus livros e suas lembranças.

Ela ainda tem tanta coisa a aprender. Tanta coisa a superar. E, enquanto me solidarizo profundamente com suas lutas, realmente não a invejo nesse sentido, na enormidade da tarefa em seu horizonte. Afinal, há um simples motivo pelo qual eu nunca quis o trabalho de comandante supremo para mim...

Eu nunca quis a responsabilidade que vem com ele.

Trata-se de uma quantidade imensa de trabalho com muito menos liberdade do que se imagina; pior ainda, é uma posição que requer uma boa carga de habilidades para lidar com pessoas. O tipo de habilidade que inclui tanto *matar* quanto *seduzir* alguém de uma hora para a outra. Duas coisas que detesto.

Tentei convencer Juliette de que ela era perfeitamente capaz de assumir o posto de meu pai, mas ela não parece tão persuadida. E agora, com Haider e Nazeera aqui, entendo por que Juliette parece mais insegura do que nunca. Os dois – bem, na verdade, foi só Haider – pediram para participar da caminhada matinal de Juliette hoje. Ela e Kenji vêm conversando bem baixinho, mas Haider tem ouvidos mais afiados do que imaginávamos. Então, aqui estamos, nós cinco, andando pela praia mergulhados em um silêncio desconfortante. Haider, Juliette e eu formamos um grupo, embora não tenhamos planejado assim. Nazeera e Kenji nos seguem alguns passos atrás.

Ninguém fala nada.

De todo modo, a praia não é um lugar horrível para passar a manhã, mesmo com o fedor estranho que a água exala. Para dizer a verdade, é um lugar bastante tranquilo. O som das ondas quebrando forma um pano de fundo relaxante para o que será um dia muito estressante.

– Então... – Haider enfim quebra o silêncio, dirigindo-se a mim. – Vai participar do Simpósio Continental esse ano?

RESTAURA-ME

– É claro que vou – respondo baixinho. – Participarei como sempre participo. – Um breve silêncio. – Você vai voltar para casa para participar do seu próprio evento?

– Infelizmente, não. Nazeera e eu estávamos planejando acompanhá-lo no evento norte-americano, mas é claro que... eu não sabia se a Comandante Suprema Ferrars – ele olha para Juliette –, participaria, então...

Juliette fica de olhos arregalados.

– Perdão, mas do que vocês estão falando?

Haider franze só um pouco a testa em resposta, mas percebo a intensidade de sua surpresa.

– Do Simpósio Continental – repete. – Você certamente já ouviu falar dele, não?

Juliette me fita confusa, e então...

– Ah, sim, claro – responde, lembrando-se. – Várias das correspondências que recebi falam sobre esse simpósio, mas eu não tinha me dado conta de que era algo tão importante.

Luto contra a vontade de me encolher. Essa foi mais uma negligência de minha parte.

Juliette e eu já falamos sobre o simpósio, é claro, mas só muito por cima. É um congresso bianual de todos os 555 regentes espalhados pelo continente.

Trata-se de um tremendo evento.

Haider inclina a cabeça, estudando-a.

– Sim, é um negócio importantíssimo. Nosso pai está muito ocupado se preparando para o evento da Ásia, então, ando pensando muito nisso. Mas como o falecido Supremo Anderson nunca participava de reuniões públicas, acabei ficando curioso para saber se você seguiria os passos dele.

— Ah, não, eu estarei lá – Juliette se apressa em dizer. – Eu não me escondo do mundo como ele se escondia. É claro que participarei.

Os olhos de Haider ficam ligeiramente arregalados. Ele desliza o olhar de mim para ela e outra vez na minha direção.

— Quando exatamente será? – Juliette pergunta, e sinto a curiosidade de Haider crescendo cada vez mais.

— Você não viu no seu convite? – ele indaga, todo inocente. – O evento será em dois dias.

Ela de repente se vira, mas não sem que antes eu note suas bochechas coradas. Sinto seu constrangimento imediato, o que parte meu coração. Odeio Haider por brincar assim com ela.

— Eu andei muito ocupada – Juliette responde baixinho.

— Foi culpa minha – intervenho. – Era para eu acompanhar o desenrolar dos preparativos e acabei esquecendo. Mas vamos finalizar o programa hoje. Delalieu já está trabalhando pesado para dar conta de todos os detalhes.

— Perfeito – Haider diz para mim. – Nazeera e eu aguardamos ansiosamente por participarmos com vocês. Nunca estivemos em um simpósio fora da Ásia.

— Claro – respondo. – Será um prazer enorme tê-los conosco.

Haider olha Juliette de cima a baixo e, em seguida, examina suas roupas, os cabelos, os tênis desgastados e simples. E, embora não diga nada, posso sentir sua desaprovação, seu ceticismo e, acima de tudo, a decepção que sente por ela.

O que me faz querer jogá-lo no mar. – Quais são seus planos para o restante de sua estada aqui? – pergunto, agora observando-o mais de perto.

Ele dá de ombros, mostrando total indiferença.

RESTAURA-ME

– Nossos planos são flexíveis. Só queremos passar nosso tempo com todos vocês. – Ele olha para mim. – Afinal, velhos amigos precisam ter motivo para visitarem uns os outros? – E por um momento, pelo mais breve dos momentos, percebo a dor sincera por trás de suas palavras. Um sentimento de negligência.

Que me deixa surpreso.

E então desaparece.

– De todo modo – continua –, acredito que a Comandante Suprema Ferrars já tenha recebido várias cartas de nossos velhos amigos. Mesmo assim, parece que seus pedidos para fazerem uma visita vêm sendo respondidos com o silêncio. Receio que se sentiram um pouco ignorados quando contei que Nazeera e eu estávamos aqui.

– O quê? – questiona Juliette, olhando para mim antes de voltar a encarar Haider. – Quais outros amigos? Está falando dos outros comandantes supremos? Porque eu não…

– Ah, não – Haider responde. – Não, não. Dos outros comandantes supremos, não. Pelo menos, não ainda. Só nós, os filhos. Esperávamos fazer um pequeno reencontro. Não reunimos o grupo todo há muito tempo.

– O grupo todo… – Juliette repete baixinho. Depois franze a testa. – Quantos outros filhos existem pelo mundo?

A falsa exuberância de Haider de repente fica estranha. Fria. Ele me olha com uma mistura de raiva e confusão quando diz:

– Você não contou nada sobre nós para ela?

Agora Juliette me encara. Seus olhos ficam perceptivelmente arregalados. Sinto seu medo aumentar. E ainda estou pensando em uma forma de lhe dizer para não se preocupar quando Haider segura meu braço com força e me puxa para a frente.

– O que você está fazendo? – ele sussurra em um tom urgente, veemente. – Você virou as costas para todos nós... e a troco de quê? *Disso?* De uma *criança? Inta kullish ghabi* – ele diz. – É uma coisa muito, muito estúpida de se fazer. Eu lhe garanto, *habibi*, que isso não vai terminar bem.

Há um sinal de advertência em seus olhos.

Então, quando ele de repente me solta – quando liberta um segredo guardado dentro de seu coração – eu sinto que algo terrível se instala na boca do meu estômago. Uma sensação de náusea. Um medo terrível.

E finalmente entendo.

Os comandantes estão mandando seus filhos sondar o que acontece aqui porque acham que vir ele próprios é perda de tempo. Querem que sua prole se infiltre e examine nossa base – que eles usem sua juventude para seduzir a nova e jovem comandante suprema da América do Norte, que finjam camaradagem e, no final, enviem informações. Não estão interessados em formar alianças.

Só vieram aqui para descobrir o trabalho que dará nos destruir.

Viro-me, a raiva ameaçando acabar com minha compostura, e Haider segura meu braço com ainda mais força. Olho-o nos olhos. É só a minha determinação em manter as coisas dentro do campo da civilidade pelo bem de Juliette que me impede de tirar as mãos dele de cima de mim e quebrar-lhe os dedos.

Ferir Haider seria o bastante para dar início a uma guerra mundial.

E ele sabe disso.

– O que aconteceu com você? – pergunta, ainda sibilando em meu ouvido. – Não acreditei quando disseram que tinha se apaixonado por uma menina psicótica e idiota. Eu esperava mais de você. Eu o *defendi*. Mas isso... – Nega com a cabeça.

RESTAURA-ME

– Isso é realmente de partir o coração. Não acredito que tenha mudado tanto.

Meus dedos ficam tensos, coçando por formar um punho fechado, e estou prestes a responder quando Juliette, que nos observa a uma certa distância, diz:

– Solte-o.

E há algo na firmeza de sua voz, algo em sua fúria quase incontida, que captura a atenção de Haider.

Surpreso, ele solta meu braço. Vira-se.

– Volte a tocar nele e eu arranco o seu coração – Juliette ameaça baixinho.

Haider a encara.

– Como é que é?

Ela dá um passo à frente. De repente, ficou com uma aparência assustadora. Há fogo em seus olhos. Uma serenidade assassina em seus movimentos.

– Se eu voltar a pegá-lo com as mãos em Warner, vou rasgar o seu peito e arrancar o seu coração – ela repete.

Espantado, Haider arqueia as sobrancelhas. Pisca os olhos. Hesita antes de dizer:

– Eu não sabia que você podia fazer algo desse tipo.

– Em você – assegura –, farei com prazer.

Agora Haider sorri. Ri, e bem alto. E pela primeira vez desde que chegou, realmente parece sincero. O deleite faz seus olhos brilharem. – Você se importaria – diz a ela – se eu pegasse o seu Warner emprestado por um instante? Prometo que não vou tocar nele. Só quero conversar com ele.

Juliette se vira para mim com uma pergunta nos olhos.

Mas só consigo lhe oferecer um sorriso. Quero pegá-la em meus braços e tirá-la dali. Quero levá-la a um lugar tranquilo e me perder dentro dela. Amo o fato de essa garota que enrubesce tão facilmente em meus braços ser a mesma que mataria um homem que me causasse mal.

– Não demoro – digo a ela.

E ela retribui meu sorriso, seu rosto mais uma vez transformado. O sorriso dura apenas alguns segundos, mas de alguma forma o tempo passa lento o bastante para eu reunir os muitos detalhes desse momento e colocá-los entre as minhas lembranças favoritas. De repente, sinto gratidão por esse dom incomum e sobrenatural que tenho de perceber as emoções. Ainda é um segredo meu, conhecido por poucas pessoas – um segredo que consegui esconder de meu pai e dos outros comandantes e seus filhos. Gosto de como isso faz eu me sentir à parte – diferente – das pessoas que sempre conheci. Mas o melhor de tudo é que esse dom me possibilita saber quanto Juliette me ama. Sempre consigo sentir a carga de emoções em suas palavras, em seus olhos. A certeza de que ela lutaria por mim. De que me protegeria. E saber disso deixa meu coração tão pleno que, às vezes, quando estamos juntos, mal consigo respirar.

E me pergunto se ela sabe que eu faria qualquer coisa por ela.

Juliette

— Ai, olhe! Um peixe! — Corro na direção da água e Kenji me segura pela cintura, puxando-me de volta.

— Essa água é *nojenta*, J. Você não deveria chegar perto dela.

— O quê? Por quê? — questiono, ainda apontando. — Você não está vendo o peixe? Não vejo um peixe na água há muito, muito tempo.

— Sim, bem, ele deve estar morto.

— O quê? — Observo outra vez, apertando os olhos. — Não... Acho que não...

— Ah, sim, sem dúvida está morto.

Nós dois espiamos.

Foi a primeira coisa que Nazeera falou a manhã toda. Tem estado muito quieta, observando e ouvindo tudo com uma calma assustadora. Para dizer a verdade, já percebi que ela passa a maior parte do tempo observando o irmão. Não parece interessada em mim como Haider se mostra, e acho isso confuso. Ainda não entendi por que exatamente os dois estão aqui. Sei que ficaram curiosos para saber quem sou – isso, francamente, eu entendo. Mas há algo mais no ar. E é essa parte incompreensível – a tensão entre irmão e irmã – que não consigo compreender.

Então, espero ouvi-la falar mais.

Mas Nazeera não fala.

Continua observando seu irmão, que está distante, com Warner, os dois discutindo alguma coisa que não conseguimos ouvir.

É uma imagem interessante, ver os dois juntos.

Hoje Warner está vestindo um terno escuro, vermelho-sangue. Sem gravata, sem sobretudo – muito embora a temperatura aqui fora esteja congelante. Só usa uma camisa preta sob o blazer e um par de botas pretas. Segura a alça de uma mala e um par de luvas na mesma mão, e suas bochechas estão rosadas pelo frio. Ao lado de Warner, os cabelos de Haider formam um contraste escuro selvagem e indomado com a luz acinzentada da manhã. Está vestindo calças pretas de corte reto e a mesma camisa de correntes do dia anterior por baixo de um casaco longo de veludo azul, e não parece, nem de longe, incomodar-se com o vento frio batendo e abrindo o casaco, deixando à mostra o peito e o tórax bem musculosos e bronzeados. Aliás, tenho certeza de que faz isso de caso pensado. Os dois caminhando imponentes e sozinhos pela praia deserta – as pesadas botas deixando marcas na areia – formam uma imagem impressionante, mas, sem dúvida, estão vestidos com uma formalidade excessiva para a ocasião.

Para ser sincera, tenho de admitir que Haider é tão bonito quanto sua irmã, apesar de sua aversão a usar camisas. Porém, ele parece profundamente consciente de sua beleza, o que de alguma forma o desfavorece. De todo modo, nada disso tem a menor importância. Só estou interessada no garoto andando ao lado dele.

RESTAURA-ME

Então, é para Warner que estou olhando quando Kenji diz algo que me arrasta de volta ao presente.

— Acho melhor voltarmos à base, J. — Ele olha a hora no relógio que só recentemente começou a usar no pulso. — Castle disse que precisa conversar com você o mais rápido possível.

— Outra vez?

Kenji assente.

— Sim, e tenho de conversar com as meninas sobre o progresso delas com James, lembra? Castle quer um relatório. A propósito, acho que Winston e Alia finalmente terminaram seu uniforme. Também estão criando uma nova peça para você olhar quando tiver uma oportunidade. Sei que ainda tem muito trabalho com o restante das suas correspondências hoje, mas quando terminar, poderíamos...

— Ei! — Nazeera chama, acenando para nós dois enquanto se aproxima. — Se vocês vão voltar para a base, poderiam me fazer um favor e me conceder uma autorização para dar uma volta sozinha por este setor? — Sorri para mim. — Já faz um ano que não venho aqui e queria dar uma olhada. Ver o que mudou.

— Claro — respondo, retribuindo o sorriso. — Os soldados na recepção podem cuidar disso. Só dê o seu nome a eles e vou pedir para Kenji enviar minha pré-autoriza...

— Ah... sim, na verdade, quer saber? Por que eu mesmo não mostro os arredores para você? — Kenji propõe, abrindo um sorriso exagerado para Nazeera. — Este lugar mudou muito desde o ano passado, e eu ficaria muito feliz de ser seu guia.

Ela hesita.

— Pensei ter ouvido você acabar de dizer que tinha muita coisa para fazer.

— O quê? Não! – Ele ri. – Não tenho nada para fazer. Sou todo seu. Pelo tempo necessário.

— *Kenji…*

Ele belisca minhas costas, fazendo-me tremer. Viro-me para ele e fecho a cara.

— Hum, está bem – Nazeera responde. – Bem, talvez mais tarde, se você tiver tempo…

— Eu tenho tempo agora mesmo – ele afirma, e agora sorri como um idiota para ela. Como um idiota de verdade. Não sei como salvá-lo de si mesmo. – Podemos ir? – pergunta. – Podemos começar aqui… Posso mostrar primeiro os complexos, se quiser. Ou então… Podemos começar também no território não regulamentado. – Encolhe os ombros. – Como preferir. É só dizer.

Nazeera subitamente parece fascinada. Olha para Kenji como se pudesse cortá-lo em pedacinhos e fazer uma sopa com sua carne.

— Você não é um membro da Guarda Suprema? – indaga. – Não deveria ficar com sua comandante até ela voltar em segurança à base?

— Ah, é, sim… Não, quer dizer… Ela vai ficar bem – apressa-se em dizer. – Além do mais, temos esses caras – ele acena para os soldados que nos acompanham – que cuidam dela o tempo todo, então, ela vai ficar bem.

Belisco com força a barriga dele.

Kenji fica sem ar, vira-se. – Estamos a uns cinco minutos da base – diz. – Você vai ficar bem voltando para lá sozinha, não vai?

Fuzilo-o com os olhos.– É claro que consigo voltar sozinha – sussurro meio que gritando. – Não é por isso que estou furiosa. Estou furiosa porque você tem um milhão de coisas para fazer e fica agindo como um idiota na frente de uma garota que claramente não tem o menor interesse em você.

RESTAURA-ME

Parecendo machucado, Kenji dá um passo para trás.

– Por que está tentando me magoar, J? Onde está seu voto de confiança? Onde está o amor e o apoio dos quais tanto necessito neste momento de dificuldade? Preciso que seja meu cupido.

– Vocês sabem que consigo ouvi-los, não sabem? – Nazeera inclina a cabeça para o lado, seus braços cruzados frouxamente na altura do peito. – Estou parada bem aqui.

Hoje parece ainda mais deslumbrante, com os cabelos cobertos por uma peça de seda que parece ouro líquido. Usa um suéter vermelho intrincadamente trançado, *leggings* de couro preto com alto relevo e botas pretas com plataforma de aço. E continua com aqueles pesados socos ingleses de ouro nas duas mãos.

Queria poder perguntar onde ela arruma essas roupas.

Só me dou conta de que Kenji e eu a estamos encarando excessivamente quando ela, por fim, pigarreia. Solta os braços e dá passos cuidadosos para a frente, sorrindo – não sem gentileza – para Kenji, que de repente parece incapaz de respirar.

– Ouça – Nazeera diz com um tom delicado. – Você é uma graça. É, de verdade. Tem um rosto bonito. Mas isso – ela aponta entre eles dois – não vai rolar.

Kenji parece não tê-la ouvido.

– Você acha meu rosto bonito?

Nazeera ri e franze a testa ao mesmo tempo. Ergue dois dedos e diz:

– Tchau.

E é isso. Sai andando.

Kenji não fala nada. Seus olhos permanecem focados em Nazeera, que se distancia.

Dou tapinhas em seu braço, tento soar solidária.

– Vai ficar tudo bem. Rejeição é uma coisa compli...

— Foi incrível!

— É... O quê?

Ele se vira para mim.

— Quer dizer, eu sempre soube que tinha um rosto bonito, mas agora sei, com toda a certeza, que tenho mesmo um rosto bonito. E isso é tão legitimador.

— Sabe, acho que não gosto desse seu lado.

— Não seja assim, J. — Ele bate o dedo em meu nariz. — Não fique com ciúme.

— Eu não estou com ci...

— Poxa, eu também mereço ser feliz, não mereço? — E de repente ele fica em silêncio. Seu sorriso desaparece, a risada some, deixando-o com um aspecto entristecido. — Quem sabe um dia.

Sinto meu coração pesar.

— Ei! — falo com gentileza. — Você merece ser o mais feliz do mundo.

Kenji passa a mão pelos cabelos e sorri.

— É... bem...

— É ela quem sai perdendo — afirmo.

Ele me observa.

— Acho que foi bem decente, para uma rejeição.

— Ela só não conhece você ainda — conforto-o. — Você é um partidão.

— Sou, não sou? Tento explicar isso para as pessoas o tempo todo.

— As pessoas são bobas. — Dou de ombros. — Para mim, você é maravilhoso.

— Maravilhoso, é?

— Exatamente — confirmo, entrelaçando meu braço ao dele. — Você é inteligente e engraçado e...

156

RESTAURA-ME

— Bonito — ele completa. — Não esqueça o bonito.

— É muito bonito — repito, assentindo.

— Sim, fico lisonjeado, J, mas não gosto de você assim.

Suas palavras me deixam boquiaberta.

— Quantas vezes tenho que pedir para você parar com essa mania de se apaixonar por mim? — brinca.

— Ei! — exclamo, empurrando-o para longe. — Você é terrível.

— Pensei que eu fosse maravilhoso.

— Depende da hora.

E Kenji cai na risada.

— Está bem, mocinha. Já está pronta para voltar?

Suspiro, miro o horizonte.

— Não sei. Acho que preciso de mais um tempo sozinha. Há muita coisa acontecendo na minha cabeça, preciso me organizar.

— Eu entendo — ele garante, lançando-me um olhar compreensivo. — Faça como preferir.

— Obrigada.

— Mas você se importa se eu já voltar? Deixando as brincadeiras de lado, realmente tenho muitas coisas para fazer hoje.

— Eu vou ficar bem. Pode ir.

— Tem certeza? Vai ficar bem sozinha aqui?

— Sim, sim — respondo, empurrando-o para a frente. — Vou ficar mais do que bem. Além do mais, eu nunca estou totalmente sozinha. — Aponto com a cabeça para os soldados. — Esses caras estão sempre comigo.

Kenji assente, dá um rápido apertão em meu braço e sai correndo.

Em poucos segundos, estou sozinha. Suspiro e viro-me na direção da água, chutando a areia ao fazê-lo.

Sinto-me tão confusa.

Estou presa entre preocupações diferentes, encurralada por um medo do que parece ser meu inevitável fracasso como líder e meus temores envolvendo o passado impenetrável de Warner. E a conversa de hoje com Haider não ajudou em nada nesse segundo ponto. Seu choque evidente ao perceber que Warner sequer se importou em me contar sobre as outras famílias – e os filhos – com as quais cresceu realmente me deixou incomodada. E me levou a questionar o que mais eu não sei. Quantas outras coisas tenho para desvendar.

Sei exatamente como me sinto quando o olho nos olhos, mas, às vezes, estar com Warner me faz sentir um choque. Está tão desacostumado a comunicar coisas básicas – a qualquer pessoa – que todos os dias que passo com ele faço novas descobertas. Nem todas elas são ruins – aliás, a maior parte das coisas que descobri a respeito dele só me fez amá-lo ainda mais. Mas até mesmo as revelações inócuas acabam se mostrando confusas.

Na semana passada, encontrei-o sentado em seu escritório ouvindo álbuns antigos em vinil. Eu já tinha visto sua coleção antes – ele tem uma pilha enorme que lhe foi entregue pelo Restabelecimento em conjunto com uma seleção de obras de arte e livros velhos. Era para Warner estar separando os itens, decidindo o que ia guardar e o que queria destruir. Porém, eu nunca o tinha visto apenas sentado e ouvindo música.

Ele não notou quando entrei naquele dia.

Estava sentado, totalmente imóvel, olhando apenas para a parede e ouvindo o que depois descobri ser um álbum do Bob Dylan. Sei qual disco era porque, muitas horas depois que ele saiu, espiei no escritório. Não consegui controlar a curiosidade. Warner só ouvia uma música do vinil – voltava a agulha toda vez que a faixa terminava – e eu queria saber o que era. Descobri que se tratava de uma música chamada "Like a Rolling Stone".

RESTAURA-ME

Ainda não contei a ele o que vi naquele dia. Queria descobrir se compartilharia espontaneamente essa história comigo. Porém, Warner nunca falou nada, nem mesmo quando perguntei o que ele fizera naquela tarde. Ele não mentiu, mas sua omissão me fez refletir sobre por que não me contou.

Tenho um lado que quer revelar toda essa história. Quero saber o lado bom e o lado ruim e expor todos os segredos e tirar tudo a limpo. Porque, agora mesmo, tenho certeza de que minha imaginação é muito mais perigosa do que qualquer uma de suas verdades.

Mas não sei direito como fazer isso acontecer.

Ademais, tudo está acontecendo rápido demais agora. Estamos todos tão ocupados o tempo todo que já é difícil manter meus próprios pensamentos coordenados. Nem sei aonde nossa resistência está indo agora. Tudo me preocupa. As preocupações de Castle me preocupam. Os mistérios de Warner me preocupam. Os filhos dos comandantes supremos me preocupam.

Respiro fundo e solto o ar, demorada e ruidosamente.

Olho para a água, tento limpar a mente me concentrando nos movimentos fluidos do mar. Há apenas três semanas eu me sentia mais forte do que jamais me sentira na vida. Tinha finalmente aprendido a usar meus poderes; como moderar a minha força, como projetar. E, mais importante, a ligar e desligar minhas habilidades. Então, esmaguei as pernas de Anderson com minhas próprias mãos. Fiquei parada enquanto os soldados enfiavam incontáveis balas de chumbo em meu corpo. Eu era invencível.

Mas agora?

Esse novo trabalho é mais do que eu imaginava.

Política, no fim das contas, é uma ciência que ainda não entendo. Matar coisas, quebrar coisas... destruir coisas? Disso eu entendo. Ficar furiosa e ir para a guerra, eu entendo. Mas participar pacientemente de um jogo de xadrez com um grupo de desconhecidos espalhados por todo o mundo?

Meu Deus, eu realmente prefiro atirar em alguém.

Estou lentamente retornando à base, meus tênis se enchendo de areia pelo caminho. Para ser sincera, temo o que Castle tem a me dizer. Mas já estou fora há tempo demais. Tenho muitas coisas a fazer, e o único jeito de deixar esses problemas para trás é enfrentando-os. Tenho que lidar com eles, sejam lá quais forem. Suspiro enquanto flexiono e solto os punhos, sentindo o poder entrar e sair do meu corpo. É uma sensação estranha para mim, ser capaz de me desarmar quando tenho vontade. É bom poder andar por aí na maior parte dos dias com meus poderes desligados; é bom poder acidentalmente tocar a pele de Kenji sem que ele tema que eu vá feri-lo. Pego dois punhados de areia. Poder ligado: fecho o punho e a areia é pulverizada, virando poeira. Poder desligado: a areia deixa uma marca vaga na pele.

Solto a areia, limpo os grãos que ficaram nas palmas das minhas mãos e aperto os olhos para protegê-los do sol da manhã. Estou procurando os soldados que me seguiram esse tempo todo porque, de repente, não consigo avistá-los. O que é estranho, já que acabei de vê-los há menos de um minuto.

E então eu sinto...

Dor

Que explode em minhas costas.

É uma dor aguda, lancinante, violenta, que me cega em um instante. Dou meia-volta em uma fúria que imediatamente me paralisa, meus sentidos se desligando mesmo enquanto tento mantê-los sob controle. Eu reúno minha Energia, vibrando de repente com *electricum*, e me surpreendo com minha própria burrice por esquecer de religar meus poderes, especialmente em um lugar aberto como esse. Eu estava distraída demais. Frustrada demais. Sinto a bala em minha clavícula, incapacitando-me, mas luto em meio à agonia e tento avistar meu agressor.

Mesmo assim, sou lenta demais.

Outra bala atinge minha coxa, mas dessa vez sinto-a apenas deixando um hematoma superficial, ricocheteando antes de deixar sua marca. Minha Energia está fraca, e diminuindo a cada minuto, acho que porque estou perdendo sangue – e me sinto frustrada por quão rapidamente fui atingida.

Idiota idiota idiota...

Tropeço ao me precipitar pela areia; ainda sou um alvo fácil aqui. Meu agressor pode ser qualquer um, pode estar em qualquer lugar, e nem sei direito para onde olhar quando três outras balas me atingem: na barriga, no pulso, no peito. Elas não penetram meu corpo, mas ainda conseguem arrancar sangue. Mas a bala enterrada, a bala enterrada em minhas costas, essa lança fisgadas de dor pelas veias e me deixa sem ar, minha boca escancarada. Não consigo recuperar o ar e o tormento é tão intenso que não posso deixar de me perguntar se essa seria alguma arma especial, e se essas seriam balas especiais...

oh

O barulho abafado escapa do meu corpo quando os joelhos batem na areia, e agora tenho certeza, certeza absoluta de que essas balas contêm veneno, o que significaria que até mesmo essas feridas superficiais poderiam ser perig...

Eu caio, cabeça girando, de costas na areia, entorpecida demais para conseguir enxergar direito. Meus lábios estão formigando; meus ossos, soltos; e meu sangue, meu sangue se esparramando rápido e estranho e começo a rir, pensando ter visto um pássaro no céu – não só um, mas muitos, todos eles voando voando *voando*

De repente, não consigo respirar.

Alguém passou o braço em volta do meu pescoço; está me puxando para trás e eu estou engasgando, cuspindo, tossindo meus pulmões pra fora, e não consigo sentir a língua e estou chutando a areia com tanta força que já perdi meus tênis e acho que ela chegou, a morte outra vez, tão cedo tão cedo mas eu já estava cansada demais mesmo e então

A pressão desaparece

Tão rápido

Estou arfando e tossindo e há areia nos meus cabelos e nos meus dentes e vejo cores e pássaros, muitos pássaros, e estou girando e...

crac

Alguma coisa quebra e soa como um osso. Minha visão fica aguçada por um instante e consigo avistar alguma coisa à minha frente. Alguém. Aperto os olhos, sinto que minha boca poderia engolir a si mesma e acho que pode ser o veneno, mas não é; é Nazeera, tão bela, tão bela parada à minha frente, suas mãos em volta do pescoço flácido de um homem e ela o solta no chão

Ela me pega no colo

Você é tão forte e tão linda eu murmuro, tão forte e quero ser como você, digo a ela

E ela fala shhh e me diz para ficar parada, me garante que vou ficar bem

e me carrega para longe.

Warner

Pânico, terror, culpa. Medo descontrolado...

Mal consigo sentir meus pés quando tocam o chão, o coração batendo tão forte que chega a doer fisicamente. Estou correndo na direção da ala médica parcialmente construída no quinto andar e tentando não me afogar na escuridão dos meus próprios pensamentos. Tenho que lutar contra o instinto de fechar os olhos com força enquanto corro ao subir pelas escadas de dois em dois degraus porque, obviamente, o elevador mais próximo está temporariamente desligado em virtude dos reparos.

Nunca fui tão idiota.

No que eu estava pensando? No que estava *pensando*? Eu simplesmente me distanciei dela. Não paro de cometer erros. Não paro de fazer suposições. E nunca me senti tão desesperado pelo vocabulário vulgar de Kishimoto. Meu Deus, as coisas que eu poderia dizer agora. As coisas que sinto vontade de gritar. Nunca me senti tão furioso comigo mesmo. Tinha tanta certeza de que ela ficaria bem, total certeza de que Juliette jamais iria lá fora ao ar livre desprotegida...

Um golpe repentino de terror me esmaga.

Vai passar.

Vai passar, muito embora meu peito pulse com exaustão e indignação. É irracional sentir raiva da agonia – é inútil, eu sei, ficar com raiva dessa dor. Mesmo assim, aqui estou eu. Sinto-me impotente. Quero vê-la. Quero abraçá-la. Quero perguntar-lhe como pôde baixar a guarda enquanto andava *sozinha* em um espaço *aberto*...

Algo em meu peito parece se rasgar quando chego ao último andar, meus pulmões queimando em virtude do esforço. Meu coração bombeia o sangue furiosamente. Mesmo assim, avanço pelo corredor. Desespero e terror alimentam minha necessidade de encontrá-la.

Paro abruptamente onde estou quando o pânico ressurge.

Uma onda de medo faz minhas costas se inclinarem e eu me dobro, as mãos nos joelhos, tentando respirar. É espontânea essa dor. Dilacerante. Sinto um formigar assustador atrás dos olhos. Pisco, com força, lutando contra o golpe de emoção.

Como foi que isso aconteceu?, quero perguntar a ela.

Você não se deu conta de que alguém tentaria matá-la?

Estou quase tremendo quando chego ao quarto para o qual a levaram. Praticamente consigo sentir seu corpo mole e manchado de sangue sobre a mesa de metal. Aproximo-me correndo, intoxicado, e peço a Sonya e Sara para fazerem outra vez o que fizeram antes: me ajudarem a curá-la.

Só então percebo que o quarto está cheio.

Estou tirando o blazer quando noto a presença dos outros. Há pessoas encostadas nas paredes – pessoas que provavelmente conheço, mas que não perco tempo tentando reconhecer. Ainda assim, de alguma forma, *ela* se destaca ali.

Nazeera.

RESTAURA-ME

Eu poderia fechar minhas mãos em volta de sua garganta.

– Saia já daqui – arfo, com uma voz que não parece minha.

Nazeera parece mesmo em choque.

– Não sei como conseguiu fazer isso – acuso-a –, mas a culpa é sua... Sua e do seu irmão... Vocês fizeram isso com ela...

– Se quiser conhecer o homem responsável – Nazeera responde em um tom tranquilo e frio –, fique à vontade. Sua identidade ainda é desconhecida, mas as tatuagens em seu braço indicam que ele é de um setor vizinho. Seu corpo encontra-se guardado em uma cela no subsolo.

Meu coração para, e então acelera.

– O quê?

– Aaron? – É Juliette, Juliette, minha Juliette...

– Não se preocupe, meu amor – apresso-me em dizer. – Vamos resolver esta situação, está bem? As meninas estão aqui e vamos fazer isso de novo, como na última vez...

– Nazeera – ela pronuncia, olhos fechados, lábios se movimentando com dificuldade.

– Sim? – Congelo. – O que tem Nazeera?

– Salvou... – a boca de Juliette para no meio de um movimento, então ela engole em seco e prossegue: – a minha vida.

Olho para Nazeera. Estudo-a. Ela parece feita de pedra, não mexe um músculo em meio ao caos. Encara Juliette com um olhar curioso no rosto e simplesmente não consigo decifrá-la. Mas não preciso de nenhum poder sobre-humano para me dizer que tem algo errado com essa garota. Meu instinto humano básico deixa claro para mim que ela sabe de alguma coisa... Alguma coisa que se recusa a me contar. E isso me leva a desconfiar dela.

165

Então, quando Nazeera finalmente se vira para mim, ostentando um olhar profundo e firme e assustadoramente sério, sinto um golpe de pânico perfurar meu peito.

Juliette está dormindo agora.

Nunca me senti mais grato por minha habilidade cruel de roubar e manifestar as Energias de outras pessoas do que nesses momentos infelizes. Em várias ocasiões tivemos esperança de que, agora que Juliette aprendeu a ligar e desligar seu toque letal, Sonya e Sara seriam capazes de curá-la – seriam capazes de encostar suas mãos no corpo de Juliette em caso de emergência, sem terem de se preocupar com sua própria segurança. Mas Castle logo apontou que ainda existe a chance de que, uma vez que o corpo de Juliette comece a melhorar, seu trauma apenas parcialmente curado poderia instintivamente desencadear velhas defesas, mesmo sem permissão. Nesse estado de emergência, a pele de Juliette poderia acidentalmente se tornar outra vez letal. É um risco – um experimento – que esperávamos nunca mais ter de enfrentar. Mas agora?

E se não estivéssemos por perto? E se eu não tivesse esse estranho dom?

Não quero nem pensar nisso.

Então, fico aqui sentado, a cabeça enterrada nas mãos. Espero silenciosamente do outro lado da porta enquanto ela dorme para curar seus ferimentos. Nesse momento, as propriedades terapêuticas estão se espalhando por todo seu corpo.

Até lá, continuarei sendo acometido pelas ondas de emoções.

É imensurável, essa frustração. Frustração com Kenji, por ter deixado Juliette sozinha. Frustração com seis soldados que

RESTAURA-ME

perderam suas armas para esse único agressor não identificado. Mas, acima de tudo, *meu Deus*, acima de tudo, nunca me senti tão frustrado comigo mesmo.

Fui negligente.

Eu deixei isso acontecer. Meus descuidos. Minha ridícula obsessão por meu pai – o envolvimento excessivo com meus próprios sentimentos depois de sua morte –, os dramas patéticos do meu passado. Permiti a mim mesmo me distrair; fiquei envolvido demais comigo mesmo, fui consumido por minhas próprias preocupações e problemas cotidianos.

É culpa minha.

É culpa minha porque entendi tudo errado.

É culpa minha pensar que ela estava bem, que não precisava mais de mim – mais estímulo, mais motivação, mais direcionamento – diariamente. Ela continuava exibindo esses extraordinários momentos de crescimento e transformação, e isso acabou me desarmando. Só agora percebo que esses momentos me levavam a enxergar as coisas da forma errada. Juliette precisava de mais tempo, de mais oportunidades para solidificar seus pontos fortes. Precisava de prática; e precisava ser forçada a praticar. Ser inflexível, lutar sempre por si mesma.

E ela chegou muito longe.

Hoje é quase irreconhecível se comparada à garota insegura que conheci. É forte. Deixou de sentir medo de tudo. Mesmo assim, continua tendo só dezessete anos. E está nessa posição há pouquíssimo tempo.

Sempre me esqueço disso.

Eu devia tê-la aconselhado quando ela disse que queria assumir o cargo de comandante suprema. Devia ter dito algo naquela ocasião. Devia certificar-me de que ela entendia a enormidade daquilo em que estava se metendo. Devia tê-la advertido de que seus inimigos tentariam mais cedo ou mais tarde atentar contra sua *vida*...

Tenho que arrastar as mãos para longe do rosto. Inconscientemente, pressionei os dedos com tanta força que provoquei mais uma dor de cabeça.

Suspiro e solto o corpo contra a cadeira, abrindo as pernas e sentindo a cabeça encostar na parede fria de concreto atrás de mim. Sinto-me entorpecido, mas, ao mesmo tempo, um tanto elétrico. Com raiva. Impotente. Com essa necessidade insuportável de gritar com alguém, com qualquer pessoa. Meus punhos se apertam. Fecho os olhos. *Ela tem que ficar bem.* Ela tem que ficar bem por ela e por mim, porque preciso dela e porque preciso que esteja bem...

Alguém pigarreia.

Castle se senta na cadeira ao meu lado. Não olho em sua direção.

– Senhor Warner – diz.

Não respondo.

– Como está, garoto?

Pergunta idiota.

– Isso... – ele continua, apontando para o quarto dela. – É um problema muito maior do que qualquer pessoa vai admitir. Acho que você também sabe disso.

Meu corpo enrijece.

Ele me encara.

Viro-me apenas um centímetro em sua direção. Finalmente percebo as leves marcas de expressão em volta de seus olhos, na testa. Os fios brancos brilhando em meio aos *dreadlocks* presos na altura do pescoço. Não sei quantos anos Castle tem, mas suspeito que tenha idade suficiente para ser meu pai.

RESTAURA-ME

— Você tem algo a dizer?

— Ela não pode liderar essa resistência – ele explica, apertando os olhos na direção de algo ao longe. – É nova demais. Inexperiente. Raivosa. Você sabe disso, não sabe?

— Não.

— Era para ter sido você – Castle afirma. – Eu sempre tive uma esperança secreta, desde quando você apareceu em Ponto Ômega, de que quem ocuparia esse cargo seria você. De que você se uniria a nós. E nos guiaria. – Balança a cabeça. – Você nasceu para isso. Teria cumprido as obrigações com plena destreza.

— Eu não queria esse trabalho – respondo em um tom duro, tenso. – Nossa nação precisava ser transformada. Precisava de um líder com coração e paixão, e eu não sou essa pessoa. Juliette se importa com as pessoas. Ela se importa com as esperanças, com os medos da população... e vai lutar por eles de um jeito que eu jamais conseguiria.

Castle suspira.

— Ela não pode lutar por ninguém se estiver morta, garoto.

— Juliette vai ficar bem – retruco, furiosamente. – Agora ela está descansando.

Castle passa um instante quieto. Quando, enfim, quebra o silêncio, ele diz:

— Tenho uma grande esperança de que, muito em breve, você pare de fingir que não entende o que eu falo. Não tenha dúvida de que respeito demais sua inteligência, por isso, não posso retribuir o fingimento. – Castle está olhando para o chão, as sobrancelhas tensas. – Você sabe muito bem onde estou tentando chegar.

— E o que você quer dizer com isso?

Ele se vira para olhar na minha direção. Olhos castanhos, pele castanha, cabelos castanhos. Seus dentes brilham quando ele diz:

– Você diz que a ama?

De repente, sinto meu coração acelerar, as palpitações ecoando em meus ouvidos. Para mim, é muito difícil admitir esse tipo de coisa em voz alta. Em especial para um homem que, no fundo, é um verdadeiro estranho.

– Você realmente a ama? – insiste.

– Sim – sussurro. – Amo.

– Então a contenha. Faça-a parar antes que eles façam. Antes que esse experimento a destrua.

Viro-me, o peito latejando.

– Você continua não acreditando em mim – diz. – Muito embora saiba que estou dizendo a verdade.

– Só sei que você pensa que está me dizendo a verdade.

Castle nega com a cabeça.

– Os pais de Juliette estão vindo atrás dela. E quando chegarem você vai ter certeza de que não desviei vocês do caminho certo. Mas, quando isso acontecer, será tarde demais.

– Sua teoria não faz o menor sentido – retruco, frustrado. – Tenho documentos declarando que os pais biológicos de Juliette morreram há muito tempo.

Ele estreita os olhos.

– Documentos são falsificados facilmente.

– Nesse caso, não – respondo. – Não é possível.

– Garanto que é possível.

Continuo negando com a cabeça.

– Acho que você não entende – aponto. – Eu tenho todos os arquivos de Juliette. E a data de morte de seus pais biológicos sempre esteve muito clara em todos. Talvez você os esteja confundindo com os pais *adotivos*...

RESTAURA-ME

— Os pais adotivos só tinham a custódia de uma filha... Juliette... certo?

— Sim.

— Então como você explicaria a segunda filha?

— O quê?! – Encaro-o. – Qual segunda filha?

— Emmaline, a irmã mais velha. Você, obviamente, se lembra de Emmaline.

Agora estou convencido de que Castle perdeu o que lhe restava de sanidade.

— Meu Deus! – exclamo. – Você ficou mesmo louco.

— Que disparate! – responde. – Você se encontrou com Emmaline muitas vezes, senhor Warner. Talvez, na época, não soubesse quem era, mas você viveu no mundo dela. Interagiu muito com ela. Não foi?

— Receio que esteja extremamente mal-informado.

— Tente lembrar-se, garoto.

— Tentar lembrar-me *do quê*?

— Você tinha dezesseis anos. Sua mãe estava morrendo. Havia rumores de que seu pai logo seria promovido da posição de comandante e regente do Setor 45 para a de comandante supremo da América do Norte. Você sabia que, dentro de alguns anos, ele o levaria para a capital, e você não queria ir. Não queria deixar sua mãe para trás, então propôs assumir o lugar de seu pai. Propôs assumir o Setor 45. E estava disposto a fazer qualquer coisa para conseguir isso.

Sinto o sangue saindo do meu corpo.

— Seu pai lhe deu um emprego.

— Não – sussurro.

— Você se lembra do que ele o obrigou a fazer?

Olho para minhas mãos abertas e vazias. Meu pulso acelera. Minha mente gira.

– Você se lembra, garoto?

– Quanto você sabe? – questiono, mas meu rosto parece paralisado. – Sobre mim... sobre *isso*?

– Não tanto quanto você, mas mais que a maioria das pessoas.

Afundo o corpo na cadeira. A sala rodopia à minha volta.

Só consigo imaginar o que meu pai diria se estivesse vivo para presenciar esta cena. *Patético. Você é patético. Não pode culpar ninguém além de si mesmo*, ele diria. *Está sempre estragando tudo, colocando suas emoções acima das obrigações...*

– Há quanto tempo você sabe? – Olho para Castle, sinto a ansiedade enviando ondas de um calor indesejado para as minhas costas. – Por que nunca falou nada?

Castle se ajeita na cadeira.

– Não sei quanto exatamente devo dizer sobre isso. Não sei até que ponto posso confiar em você.

– Não pode confiar *em mim*? – exclamo, perdendo o controle. – Foi você quem passou esse tempo todo escondendo informações. – Ergo o olhar, de repente me dando conta de uma coisa. – Kishimoto sabe disso?

– Não.

Minhas feições se reorganizam. Fico surpreso.

Castle suspira.

– Mas vai saber muito em breve. Assim como todos os outros.

Descrente, balanço a cabeça.

– Então você está me dizendo que... que aquela garota... aquela era irmã dela?

Castle assente.

RESTAURA-ME

— Impossível.

— É um fato.

— Como isso pode ser verdade? — questiono, ajeitando o corpo na cadeira. — Eu *saberia* se fosse verdade. Eu teria acesso a informações sigilosas, seria alertado...

— Você ainda é apenas uma criança, senhor Warner. Às vezes se esquece disso. Esquece-se de que seu pai não lhe contou tudo.

— Como *você* sabe, então? Como sabe de tudo isso?

Castle me estuda.

— Sei que me acha tolo — ele diz —, mas não sou tão simplório quanto talvez imagine. Eu também tentei liderar esta nação certa vez e, durante o tempo que passei no submundo, fiz muitas pesquisas. Passei décadas construindo o Ponto Ômega. Acha que fiz isso sem também entender meus inimigos? Eu tinha três arquivos de um metro de altura contendo informações sobre cada comandante supremo, suas famílias, seus hábitos pessoais, suas cores preferidas. — Estreita os olhos. — Você, certamente, não pensava que eu fosse tão ingênuo. Os comandantes supremos ao redor do mundo guardam muitos segredos, e eu tive o privilégio de conhecer alguns deles. Contudo, as informações que reuni no início do Restabelecimento se provaram verdadeiras.

Só consigo encará-lo, sem entender direito.

— Foi com base no que descobri que fiquei sabendo de uma jovem com um toque letal trancafiada em um hospício do Setor 45. Nossa equipe já vinha planejando uma missão de resgate quando você descobriu a existência dela... como Juliette Ferrars, um nome falso... e então percebeu que ela poderia ser útil nas suas pesquisas. Por isso, nós, do Ponto Ômega, esperamos. Ganhamos tempo. Nesse ínterim, fiz Kenji se alistar. Ele passou vários meses reunindo informações antes de seu pai, finalmente, aprovar o pedido que você fez para tirá-la do hospício. Kenji se infiltrou na base do Setor 45 seguindo ordens minhas; sua missão sempre foi recuperar Juliette. Desde então, passei a procurar Emmaline.

— Continuo sem entender — sussurro.

— Senhor Warner — ele diz, impaciente —, Juliette e sua irmã estão sob a custódia do Restabelecimento há doze anos. As duas são parte de um experimento contínuo que envolve testes e manipulação genética, mas cujos detalhes ainda estou tentando desvendar.

Minha mente parece prestes a explodir.

— Agora acredita em mim? — pergunta. — Já fiz o bastante para provar que sei mais da sua vida do que você imagina?

Tento falar, mas minha garganta está seca; as palavras raspam o interior da boca.

— Meu pai era um homem doente e sádico, mas não teria feito isso. Não pode ter feito isso comigo.

— Mas fez — Castle responde. — Ele deixou que você levasse Juliette à base, e fez isso sabendo muito bem quem ela era. Seu pai tinha uma obsessão perturbadora por tortura e experimentos.

Sinto-me desligado da minha mente, do meu corpo, mesmo enquanto me forço a respirar.

— Quem são os pais verdadeiros dela?

Castle balança a cabeça.

— Ainda não sei. Seja lá quem forem, sua lealdade ao Restabelecimento era profunda. Essas meninas não foram roubadas de seus pais. Elas foram oferecidas por eles de livre e espontânea vontade.

Fico de olhos arregalados. De repente, estou nauseado.

A voz de Castle muda. Ainda sentado, ele puxa o corpo para a frente na cadeira, mantendo um olhar penetrante.

RESTAURA-ME

— Senhor Warner, não estou dividindo essas informações com você com o objetivo de provocar dor. Saiba que essa situação toda também não é fácil para mim.

Ergo o olhar.

— Eu preciso da sua ajuda — fala, estudando-me. — Preciso saber o que fez durante aqueles dois anos. Preciso saber dos detalhes da sua obrigação com Emmaline. O que você tinha de fazer? Ela estava sendo mantida como cativa? Como a usavam?

Balanço a cabeça.

— Eu não sei.

— Sabe, sim — ele responde. — Tem que saber. Pense, garoto. Tente lembrar.

— Eu não sei! – grito.

Surpreso, Castle recua.

— Ele nunca me contou — prossigo, quase sem ar. — Esse era o trabalho. Seguir as ordens sem questioná-las. Fazer o que o Restabelecimento me pedia. Provar minha lealdade.

Desanimado, Castle solta o corpo na cadeira. Parece realmente abatido.

— Você era a única esperança que me restava — admite. — Pensei que, enfim, conseguiria solucionar esse mistério.

Encaro-o, coração acelerado.

— Eu continuo sem ter a menor ideia do que você está falando.

— Há um motivo para ninguém conhecer a verdade sobre essas irmãs, senhor Warner. Há um motivo para Emmaline ser mantida sob alta segurança. Ela é fundamental, de alguma maneira, para a estrutura do Restabelecimento, e ainda não sei como nem por quê. Não sei o que ela está fazendo para eles. — Olha direto no meu rosto, um olhar que me atravessa. — Por favor, tente lembrar.

O que ele o forçou a fazer com ela? Qualquer coisa que conseguir se lembrar… Qualquer coisa, mesmo…

— Não – sussurro, mas a vontade é de gritar. – Não quero lembrar.

— Senhor Warner, entendo que seja difícil para você…

— *Difícil para mim?* – De repente, me levanto. Meu corpo treme de raiva. As paredes, as cadeiras, as mesas à nossa volta começam a tremer. As luminárias balançam perigosamente no teto, as lâmpadas piscam. – Você acha *difícil* para mim?

Castle não fala nada.

— O que você está me dizendo agora é que Juliette foi plantada aqui, na minha vida, como parte de um experimento maior… Um experimento do qual meu pai sempre esteve a par. Está me dizendo que Juliette não é quem eu penso ser. Que Juliette Ferrars sequer é seu nome verdadeiro. Está me dizendo que ela não apenas é uma garota com pais vivos, mas também que passei dois anos torturando sua irmã sem saber. – Meu peito lateja enquanto o encaro. – É isso?

— Tem mais.

Deixo escapar uma risada alta. O barulho é insano.

— Senhorita Ferrars logo vai descobrir tudo isso – Castle me alerta. – Portanto, eu o aconselharia a ser mais rápido com essas revelações. Conte tudo a ela, e conte quanto antes. Você precisa confessar. Faça isso agora mesmo.

— O quê? – indago, espantado. – Por que eu?

— Porque se não contar logo a ela, senhor Warner, posso garantir que outra pessoa contará…

— Não estou nem aí – respondo. – Vá você contar a ela.

— Você não está me ouvindo. É imperativo que ela ouça essa história *da sua boca.* Juliette confia em você. Ela o ama. Se descobrir sozinha ou por meio de alguma fonte menos fidedigna, podemos perdê-la.

— Nunca vou deixar isso acontecer. Nunca vou permitir que ninguém volte a feri-la, mesmo que isso signifique que eu mesmo tenha de protegê-la…

— Não, garoto — Castle me interrompe. — Você me entendeu errado. Eu não quis dizer que a perderíamos fisicamente. — Ele sorri, mas a imagem é estranha. Parece assustado. — Eu quis dizer que a perderíamos… aqui… — ele toca sua cabeça com um dedo — e aqui — e toca em seu coração.

— O que quer dizer com isso?

— Simplesmente que você não pode viver em negação. Juliette Ferrars não é quem você pensa ser e não é alguém com quem possamos brincar. Ela parece, em alguns momentos, completamente indefesa. Ingênua. Até mesmo inocente. Mas você não pode se permitir esquecer de que ainda há raiva no coração dela.

Surpreso, meus lábios se entreabrem.

— Você leu sobre isso, não leu? No diário dela? — ele indaga. — Já leu a respeito de até onde a mente dela pode ir... de como pode ser sombria…

— Como foi que você…

— E eu — continua, interrompendo-me —, eu já vi. Eu já a vi, com meus próprios olhos, perdendo o controle dessa fúria silenciosamente contida. Juliette quase destruiu todos nós em Ponto Ômega muito antes de seu pai. Ela arrebentou o chão em um ataque de loucura inspirado por um mero *mal-entendido* — ele conta. — Porque ficou nervosa com os testes que estávamos fazendo com o senhor Kent. Porque ficou confusa e um pouco assustada. Ela não ouvia racionalmente… E quase matou a nós todos.

— Lá era diferente — retruco, negando com a cabeça. — Isso foi há muito tempo. Agora ela é diferente. — Desvio o olhar, fracassando em minha tentativa de controlar a frustração gerada por suas acusações ligeiramente veladas. — Ela está *feliz*...

— Como pode estar realmente feliz se nunca enfrentou seu passado? Nunca deu atenção a ele, apenas o deixou de lado. Nunca teve tempo ou ferramentas para examiná-lo. E essa fúria... esse tipo de raiva... — Castle balança a cabeça — não desaparece de uma hora para a outra. Ela é volátil e imprevisível. E escreva o que eu digo, garoto: a fúria de Juliette vai ressurgir.

— Não.

Ele me encara. Seu olhar me deixa abalado.

— Você não acredita no que está dizendo.

Não respondo.

— Senhor Warner...

— Não será assim — respondo. — Se essa fúria ressurgir, não será assim. Raiva, talvez, mas não essa fúria. Não a fúria descontrolada e sem limites...

Castle sorri. É um sorriso tão repentino, tão inesperado, que me faz interromper a fala.

— Senhor Warner —, o que acha que vai acontecer quando a verdade sobre o passado de Juliette, enfim, vier à tona? Acha que ela vai aceitar tudo tranquilamente? Calmamente? Se minhas fontes estiverem corretas, e em geral costumam estar, os rumores no submundo afirmam que o tempo dela aqui está chegando ao fim. O experimento já foi concluído. Juliette assassinou um comandante supremo. O sistema não vai deixá-la sair impune, com seus poderes livres. E ouvi dizer que o plano é extinguir o Setor 45.

RESTAURA-ME

— Castle hesita. — Quanto a Juliette, é provável que a matem ou a levem para outro lugar.

Minha mente gira, explode.

— Como sabe disso?

Castle deixa escapar uma risada rápida.

— Você não pode achar mesmo que Ponto Ômega tenha sido o único grupo de resistência na América do Norte, senhor Warner. Eu tenho muitos contatos no submundo. E o que eu disse continua valendo. — Faz uma pausa. — Juliette logo terá acesso às informações necessárias para unir todas as peças do quebra-cabeça de seu passado. E vai descobrir, de um jeito ou de outro, qual foi a sua participação em tudo o que aconteceu.

Desvio o olhar antes de encará-lo outra vez. Sinto meus olhos arregalados e minha voz instável ao sussurrar.

— Você não entende. Ela jamais me perdoaria.

Castle nega com a cabeça.

— Se Juliette descobrir por intermédio de outra pessoa que você sempre soube que ela era adotada? Se ouvir da boca de outra pessoa que você torturou a irmã dela? — Assente. — Sim, é verdade. É muito provável que jamais o perdoe.

Por um terrível momento, deixo de sentir meus joelhos. Sou forçado a me sentar, meus ossos tremendo.

— Mas eu não sabia — declaro, detestando o som das palavras, detestando me sentir como uma criança. — Eu não sabia quem era aquela garota. Não sabia que Juliette tinha uma irmã... Eu não sabia...

— Não importa. Sem você, sem contexto, sem uma explicação ou pedido de desculpas, será muito mais difícil ela perdoar tudo o que aconteceu. Mas se contar você mesmo e contar *agora* a ela?

O relacionamento de vocês talvez ainda tenha uma chance. – Balança a cabeça. – De um jeito ou de outro, precisa contar a ela, senhor Warner. Porque temos de adverti-la. Juliette precisa saber o que está por vir e temos que começar a traçar nossos planos. Seu silêncio acerca deste assunto só vai terminar em ruína.

Juliette

Sou uma ladra.

Roubei este caderno e esta caneta de um dos meus médicos quando ele não estava olhando, subtraí de um dos bolsos de seu jaleco, e guardei em minha calça. Isso foi pouco antes de ele dar ordens para aqueles homens virem me buscar. Os homens com ternos estranhos e máscaras de gás com uma área embaçada de plástico protegendo seus olhos. Eram alienígenas, lembro-me de ter pensado. Lembro-me de ter pensado que deviam ser alienígenas porque não podiam ser humanos aqueles que me algemaram com as mãos para trás, que me prenderam em meu assento. Usaram Tasers em minha pele várias e várias vezes por nenhum motivo que não sua vontade de me ouvir gritar, mas eu não gritava. Cheguei a gemer, mas em momento algum pronunciei uma palavra sequer. Senti as lágrimas descerem pelas bochechas, mas não estava chorando.

Acho que os deixei furiosos.

Eles me bateram para eu acordar, muito embora meus olhos estivessem abertos quando chegamos. Alguém me soltou do assento sem tirar minhas algemas e chutou meu joelho antes de dar ordens para que eu me levantasse. E eu tentei. Eu tentava, mas não conseguia, e finalmente seis mãos me puxaram pela porta e meu rosto passou algum tempo sangrando no asfalto. Não consigo lembrar direito do momento em que me empurraram para dentro.

Sinto frio o tempo todo.

Sinto o vazio, um vazio como se não houvesse nada dentro de mim, nada além desse coração partido, o único órgão que restou nesta casca. Sinto o palpitar dentro de mim, sinto as batidas reverberando em meu esqueleto. Eu tenho um coração, afirma a ciência, mas sou um monstro, afirma a sociedade. E é claro que sei disso. Sei o que fiz. Não estou pedindo comiseração. Mas às vezes penso – às vezes reflito: se eu fosse um monstro, é claro que já teria sentido a essa altura, não?

Eu me sentiria nervosa e violenta e vingativa. Conheceria a raiva cega, o desejo por sangue, a necessidade de vingança.

Em vez disso, sinto um abismo em meu interior, um abismo tão grande, tão sombrio, que sequer consigo enxergar dentro dele; sou incapaz de ver o que ele guarda. Não sei o que sou ou o que pode acontecer comigo.

Não sei o que posso fazer outra vez.

– Excerto dos diários de Juliette no hospício

Estou outra vez sonhando com pássaros.

Queria que fossem embora logo. Estou cansada de pensar neles, de ter esperança neles. Pássaros, pássaros, pássaros... por que não vão embora? Balanço a cabeça como se tentasse limpá-la, mas imediatamente percebo meu erro. Minha mente ainda está densa, pesada, nadando em confusão. Abro os olhos muito lentamente, sondando, mas não importa quanto eu os force a abrir, não

RESTAURA-ME

consigo absorver nenhuma luz. Levo tempo demais para entender que acordei no meio da noite.

Uma arfada brusca.

Sou eu, minha voz, minha respiração, meu coração batendo acelerado. Onde está minha cabeça? Por que pesa tanto? Meus olhos se fecham rapidamente, sinto areia nos cílios, grudando-os. Tento afastar o entorpecimento, tento lembrar do que aconteceu, mas partes de mim ainda parecem sem vida, como meus dentes, os dedos dos pés e os espaços entre as costelas, e dou risada, de repente, e nem sei por quê...

Fui baleada.

Abro os olhos num ímpeto, minha pele deixa escapar um suor frio e repentino.

Meu Deus, eu fui baleada, fui baleada fui baleada

Tento me sentar e não consigo. Sinto-me tão pesada, tanto peso produzido por sangue e ossos, e de repente estou congelando, minha pele se transforma em borracha fria e úmida contra a mesa de metal na qual me encontro e de um instante para o outro

quero gritar

e de repente me vejo outra vez no hospício, o frio e o metal e a dor e o delírio, tudo me confunde e então estou chorando, em silêncio, lágrimas quentes escorrendo por minhas bochechas e não consigo falar, mas tenho medo e ouço suas vozes, eu ouço

os outros

gritando

Carne e osso se rompendo na noite, vozes apressadas, abafadas – gritos suprimidos –, os colegas de prisão que nunca vi...

Quem eram eles?, indago.

183

Não penso neles há muito tempo. O que aconteceu com aquelas pessoas? De onde vinham? Quem deixei para trás?

Meus olhos estão grudados; os lábios, separados em um terror silencioso. Não me sinto tão assombrada assim desde muito tempo muito tempo muito tempo atrás

São os medicamentos, imagino. *Tinha veneno naquelas balas.*

É por isso que consigo ver os pássaros?

Sorrio. Dou risada. Conto-os. Não só os brancos, os brancos com faixas douradas como coroas em suas cabeças, mas também os azuis e os pretos e os amarelos. Vejo-os quando fecho os olhos, mas também os vi hoje, na praia, e pareciam tão reais, tão reais

Por quê?

Por que alguém tentaria me matar?

Mais um tranco repentino em meus sentidos e então estou mais alerta, mais como eu sou, o pânico afastando o veneno por um único momento de clareza e consigo me levantar, apoiar-me nos cotovelos, cabeça girando, olhos desvairados que analisam a escuridão e estou prestes, muito prestes a me deitar, exausta, quando vejo alguma coisa e...

– Você está acordada?

Inspiro bruscamente, confusa, tentando decifrar o som. As palavras são caóticas, como se eu as ouvisse debaixo d'água, então nado em sua direção, tentando, tentando, meu queixo caindo contra o peito enquanto perco a batalha.

– Você viu alguma coisa hoje? – a voz quer saber de mim. – Alguma coisa... estranha?

– Quem... onde... onde você está? – pergunto, estendendo cegamente a mão no escuro, olhos só entreabertos agora. Sinto uma resistência e a seguro em meus dedos. Uma mão? Mão estranha. É uma mistura de metal e pele, um punho com um toque forte de aço.

Não gosto disso.

Solto.

– Você viu alguma coisa hoje? – insiste.

E dou risada ao lembrar. Eu consegui ouvi-los – ouvir seus grasnados enquanto voavam sobre o mar, ouvir suas patinhas pisando na areia. Eram tantos. Asas e penas, bicos e garras afiadas.

Tanto movimento.

– O que você viu? – a voz insiste em saber, e me faz sentir-me estranha.

– Estou com frio – digo, antes de me deitar outra vez. – Por que faz tanto frio?

Um breve silêncio. Um farfalhar de movimento. Sinto um pesado cobertor sendo estendido sobre o lençol simples que já cobria meu corpo.

– Você devia saber que não estou aqui para feri-la – a voz afirma.

– Eu sei – respondo, embora eu não entenda por que falei isso.

– Mas as pessoas nas quais você confia estão mentindo para você – a voz alerta. – E os outros comandantes supremos só querem matá-la.

Abro um sorriso enorme enquanto me lembro dos pássaros.

– Olá – digo.

Alguém bufa.

– Vou vê-la pela manhã. Conversaremos em outro momento – anuncia a voz. – Quando se sentir melhor.

Estou tão aquecida agora, aquecida e cansada e outra vez me afogando em sonhos caóticos e memórias distorcidas. Sinto-me

nadando em areia movediça, e quanto mais tento sair, mais rapidamente sou devorada e só consigo pensar que

aqui

nos cantos escuros e empoeirados da minha mente

sinto um alívio estranho

aqui sempre sou bem-vinda

em minha solidão, em minha tristeza

neste abismo existe um ritmo do qual me lembro. As lágrimas
caindo em compasso, a tentação de recuar, a sombra do meu passado

a vida que escolhi esquecer

nunca

jamais

me esquecerá

Warner

Passei a noite toda acordado.

Vejo infinitas caixas à minha frente, os conteúdos que elas guardavam espalhados pelo quarto. Papéis empilhados nas mesas, abertos no chão. Estou cercado de arquivos. Muitos milhares de páginas de burocracia. Os velhos relatórios de meu pai, seu trabalho, os documentos que governaram sua vida...

Li todos eles.

Obsessivamente. Desesperadamente.

E o que encontrei nessas páginas não ajuda a me acalmar...

Sinto-me angustiado.

Estou sentado aqui, com as pernas cruzadas, no chão do meu escritório, sufocado por todos os lados pela imagem de uma fonte familiar e os garranchos ilegíveis de meu pai. Minha mão direita está presa atrás da cabeça, desesperada por alguns centímetros de fios de cabelo para poder puxá-los para fora do crânio, mas sem encontrá-los. É muito pior do que eu temia, e não sei por que fiquei tão surpreso.

Não foi a primeira vez que meu pai guardou segredos de mim.

Foi depois que Juliette escapou do Setor 45, depois que fugiu com Kent e Kishimoto e meu pai veio aqui para arrumar a bagunça... Foi então que descobri que meu pai tinha conhecimento do mundo deles. De outras pessoas com habilidades especiais.

Ele manteve essa informação escondida de mim por muitíssimo tempo.

Eu ouvia rumores, é claro – dos soldados, dos civis –, ouvia falar de muitas imagens e histórias incomuns, mas achava que tudo não passava de uma grande bobagem. As pessoas precisam encontrar um portal mágico para escapar da dor.

Mas ali estava, tudo verdade.

Depois da revelação de meu pai, minha sede por informação se tornou insaciável. Eu precisava saber mais – quem eram essas pessoas, de onde vinham, quanto sabiam...

E descobri verdades que todos os dias passei a desejar não ter descoberto.

Existem hospícios, exatamente iguais aos de Juliette, espalhados por todo o mundo. Os *não naturais*, conforme o Restabelecimento passou a chamá-los, eram presos em nome da ciência e das descobertas. Mas agora, finalmente, começo a entender como tudo começou. Aqui, nestas pilhas de papéis, estão as respostas horríveis que eu buscava.

Juliette e sua irmã foram as primeiríssimas não naturais encontradas pelo Restabelecimento. A descoberta das habilidades incomuns dessas garotas levou-os a encontrar outras pessoas como elas em todo o mundo. O Restabelecimento passou a capturar todos os não naturais que conseguisse encontrar; alegou aos civis que estavam limpando o antigo mundo e suas doenças, aprisionando-os em campos para analises médicas mais cuidadosas.

RESTAURA-ME

A verdade, entretanto, era muito mais complicada.

O Restabelecimento rapidamente separou os não naturais úteis dos inúteis. E fez isso por interesse próprio. Aqueles com as mais relevantes habilidades foram absorvidos pelo sistema, espalhados ao redor do mundo pelos comandantes supremos, para seu uso próprio no trabalho de perpetuar a ira do Restabelecimento. Os outros foram jogados no lixo. Isso, por fim, levou à ascensão do Restabelecimento e, com ela, ao surgimento dos muitos hospícios que passaram a abrigar os não naturais pelo globo. Para que mais estudos fossem realizados, alegavam. Para experimentos.

Juliette ainda não tinha manifestado suas habilidades quando seus pais a doaram ao Restabelecimento. Não. Foi sua *irmã* quem começou tudo.

Emmaline.

Foram os dons sobrenaturais de Emmaline que deixaram todos à sua volta espantados; foi Emmaline, a irmã de Juliette, que, sem querer, atraiu atenção para si própria e para sua família. Os pais, cujos nomes continuam desconhecidos por mim, sentiram medo das demonstrações frequentes e incríveis de psicocinese da filha.

Também eram fanáticos.

Os arquivos de meu pai trazem informações limitadas sobre a mãe e o pai que, de livre e espontânea vontade, entregaram suas filhas para a realização de experiências. Analisei cada documento e só consegui descobrir pouquíssimas informações sobre seus motivos, e acabei recolhendo, em várias notas e detalhes extras, uma descrição assustadora dessas personagens. Parece que os dois tinham uma obsessão doentia pelo Restabelecimento. Os pais biológicos de Juliette eram devotos da causa muito antes de essa causa sequer ganhar força como um movimento internacional, e acreditavam que entregar a filha para ser estudada poderia ajudar a lançar luz sobre o mundo atual e suas muitas doenças. Sua teoria era a seguinte: se aquilo estava acontecendo com Emmaline, talvez também estivesse acontecendo com outras pessoas. E talvez, de alguma maneira, as informações encontradas pudessem ser usadas para ajudar a melhorar o mundo. Rapidamente, o Restabelecimento obteve a custódia de Emmaline.

Juliette foi levada por precaução.

Se a irmã mais velha tinha se mostrado capaz de feitos incríveis, o Restabelecimento acreditava que o mesmo poderia valer para a mais nova. Juliette tinha só cinco anos e foi mantida sob vigilância.

Depois de um mês em uma instalação do Restabelecimento, ela não mostrou nenhum sinal de qualquer habilidade especial. Injetaram-lhe uma droga que destruiria partes fundamentais de sua memória antes de enviá-la para viver sob supervisão do meu pai, no Setor 45. Emmaline manteve seu nome verdadeiro, mas a irmã mais nova, solta no mundo real, precisaria de um nome falso. Passaram a chamá-la de Juliette, plantaram memórias falsas em sua cabeça e lhe encontraram pais adotivos que, felizes demais com a oportunidade de levarem uma filha para casa, já que não tinham filhos, seguiram a instrução de nunca contar a ninguém que a menina fora adotada. Também não sabiam que estavam sendo monitorados. Todos os outros não naturais inúteis foram, em geral, mortos, mas o Restabelecimento escolheu monitorar Juliette em um ambiente mais neutro. Esperavam que uma vida em uma casa comum inspiraria a habilidade latente dentro da menina. Por ter laços de sangue com a talentosíssima Emmaline, Juliette era considerada valiosa demais para simplesmente se livrarem dela tão rápido.

RESTAURA-ME

É a próxima parte da vida de Juliette que me era mais familiar.

Eu sabia de seus problemas em casa, de suas muitas mudanças. Sabia das visitas de sua família ao hospital. Dos telefonemas que eles faziam à polícia. Ela ficou em centros de reabilitação para menores. Viveu na região que no passado fora o sul da Califórnia antes de se instalar em uma cidade que se tornou parte do que hoje é o Setor 45, sempre dentro dos domínios de meu pai. Sua criação entre pessoas comuns foi consistentemente documentada em relatórios policiais, queixas de professores e arquivos médicos, em uma tentativa de entender em que ela estava se transformando. Por fim, depois de finalmente descobrirem os perigos do toque letal de Juliette, as pessoas maldosas escolhidas para serem seus pais adotivos passaram a abusar dela – pelo resto da adolescência – e, por fim, acabaram devolvendo-a ao Restabelecimento, que se mostrou de braços abertos para recebê-la outra vez.

Foi o Restabelecimento – meu próprio pai – que colocou Juliette de volta no isolamento. Para que fossem feitos mais testes. Para mais vigilância.

E foi então que nossas histórias se cruzaram.

Esta noite, nestes arquivos, finalmente fui capaz de compreender algo ao mesmo tempo terrível e alarmante:

Os comandantes supremos do mundo sempre souberam de Juliette Ferrars.

Passaram esse tempo todo observando-a crescer. Ela e a irmã foram entregues por seus pais insanos, cuja aliança com o Restabelecimento reinava acima de tudo. Explorar essas meninas – entender seus poderes – foi o que ajudou o Restabelecimento a dominar o mundo. Foi por meio da exploração de outros não naturais inocentes que o Restabelecimento conseguiu conquistar e manipular pessoas e lugares com tanta rapidez.

Foi por isso, agora me dou conta, que se mostraram tão pacientes com uma garota de dezessete anos que se proclamou governante de todo um continente. Foi por isso que permaneceram tão silenciosos sobre o fato de ela ter assassinado um dos outros comandantes.

E Juliette não tem ideia de nada disso.

Não tem ideia de que está sendo peça de um jogo, uma presa. Nem imagina que não tem nenhum poder real no meio de tudo isso. Nenhuma chance de mudar nada. Nem a menor chance de fazer a diferença no mundo. Ela foi, e sempre será, nada além de um brinquedo para eles – uma experiência científica para se observar com atenção, para ter certeza de que a mistura não vai ferver rápido demais.

Mas ferveu.

Pouco mais de um mês atrás, Juliette não passou nos testes deles, e meu pai tentou matá-la por isso. Tentou matá-la porque chegou à conclusão de que ela tinha se tornado um empecilho. Essa *não natural*, dessa vez, havia se transformado em adversária.

O monstro que criamos tentou matar meu próprio filho. Depois, atacou-me como um animal feroz, atirando em minhas duas pernas. Nunca vi tamanha selvageria – uma raiva tão cega e desumana. Sua mente se transforma sem emitir qualquer aviso. Ela não mostrou nenhum sinal de psicose ao chegar na casa, mas pareceu dissociada de qualquer estrutura de pensamento racional enquanto me atacava. Depois de ver com meus próprios olhos sua instabilidade, fiquei mais certo do que precisava ser feito. Agora escrevo isto na cama do hospital, como um decreto, e como precaução para meus colegas comandantes. No caso de eu não me recuperar desses ferimentos e ser incapaz de dar sequência ao que precisa

RESTAURA-ME

ser feito, vocês, que estão lendo isto agora, precisam reagir. Terminar o que eu não consegui terminar. A irmã mais nova é um experimento fracassado. Vive, conforme temíamos, alheia à humanidade. Pior: tornou-se um empecilho para Aaron. Ele ficou — em uma guinada muito infeliz dos eventos — terrivelmente interessado por ela, aparentemente sem se importar sequer com sua própria segurança. Eu não tenho ideia do que ela provocou na mente dele. Só sei que jamais devia ter alimentado minha curiosidade e permitido que ele a trouxesse para a base. É uma pena, mesmo, que ela em nada se pareça com a irmã mais velha. Pelo contrário: Juliette Ferrars se transformou em um câncer incurável, que devemos extirpar de nossas vidas de uma vez por todas.

— Excerto dos registros diários de Anderson

Juliette ameaçou o equilíbrio do Restabelecimento.

Ela foi um experimento que deu errado. E se transformou em um estorvo. Precisava ser expurgada da terra.

Meu pai tentou com afinco destruí-la.

E agora vejo que seu fracasso foi de grande interesse para os demais comandantes. Os registros diários de meu pai foram compartilhados; todos os comandantes supremos dividiam seus registros uns com os outros. Era a única maneira de os seis se manterem informados, o tempo todo, dos acontecimentos na vida de cada um.

Portanto, eles conheciam essa história. Sabiam de meus sentimentos por ela.

E todos receberam a ordem de meu pai para matar Juliette.

Mas estão esperando. E só posso imaginar que haja mais coisa escondida por trás de tudo isso — alguma outra explicação para o fato de estarem há tanto tempo hesitando. Talvez estejam pensando que podem reabilitá-la. Talvez estejam se perguntando se Juliette não poderia continuar a servir a eles e à causa, basicamente como sua irmã tem servido.

A irmã de Juliette.

Sou imediatamente atormentado pela lembrança.

Cabelos castanhos, magra. Tremendo descontroladamente debaixo d'água. Longas mechas castanhas suspensas como enguias furiosas ao redor de seu rosto. Fios elétricos enfiados debaixo de sua pele. Vários tubos permanentemente ligados ao pescoço e ao tronco. Ela vivia submersa há tanto tempo que, quando a vi pela primeira vez, mal parecia uma pessoa. Sua pele era leitosa e enrugada, a boca aberta em um "O" grotesco em volta de um aparelho que forçava o ar para dentro de seus pulmões. É apenas um ano mais velha que Juliette. E foi mantida em cativeiro por doze anos.

Ainda está viva, mas por pouco.

Eu não fazia ideia de que aquela garota era irmã de Juliette. Aliás, não tinha ideia sequer de que aquela garota era uma pessoa. Quando recebi minha tarefa, ela não tinha nome. Só me foram passadas instruções, ordens para seguir. Não sabia o que ou quem me havia sido atribuído. Só entendi que era uma prisioneira e sabia que estava sendo torturada – mas não sabia, ali, naquele momento, que havia algo sobrenatural naquela garota. Eu era um idiota. Uma criança.

Bato a parte de trás da cabeça na parede. Uma vez. Com força. Fecho os olhos bem apertado.

Juliette não faz ideia de que já teve uma família de verdade – uma família horrível, insana, mas mesmo assim uma família. E se pudermos acreditar no que Castle diz, o Restabelecimento está

RESTAURA-ME

atrás dela. Para matá-la. Para explorá-la. Então, precisamos agir. Temos de alertá-la, e preciso fazer isso quanto antes.

Mas como... como posso começar a contar isso a ela? Como faço para contar sem explicar o meu papel nisso tudo?

Sempre soube que Juliette era filha adotiva, mas nunca lhe contei essa verdade simplesmente porque pensei que pioraria as coisas. Para mim, seus pais biológicos estavam mortos há muito tempo. Para mim, contar a ela que tinha pais biológicos mortos não tornaria sua vida melhor.

Mas isso não muda o fato de que eu sabia.

E agora tenho que confessar. Não só isso, mas toda a verdade envolvendo sua irmã. Preciso contar que Emmaline continua viva e sendo torturada pelo Restabelecimento. Que eu contribui para essa tortura.

Ou então:

Que sou um verdadeiro monstro, completamente, totalmente indigno de seu amor.

Fecho os olhos, tapo a boca com as costas da mão e sinto meu corpo se desfazer. Não sei como me desenredar da sujeira criada por meu próprio pai. Uma sujeira da qual, sem querer, fui cúmplice. Uma sujeira que, ao ser revelada, destruirá cada fragmento da felicidade que a muito custo consegui criar em minha vida.

Juliette nunca, nunca mesmo, vai me perdoar.

Eu vou perdê-la.

E isso vai me matar.

Juliette

Tenho curiosidade de saber o que estão pensando. Meus pais. Tenho curiosidade de saber onde estão. Tenho curiosidade de saber se estão bem agora, se estão felizes agora, se ~~enfim conseguiram o que queriam~~. Tenho curiosidade de saber se minha mãe terá outro filho. De saber se alguém será bondoso o bastante para me matar e de saber se o inferno é melhor do que este lugar. Tenho curiosidade de saber como meu rosto está agora. Tenho curiosidade de saber se voltarei a respirar ar puro.

Tenho curiosidade de saber tantas coisas.

Às vezes, passo dias acordada, apenas contando tudo o que consigo encontrar. Conto as paredes, as rachaduras nas paredes, meus dedos das mãos, meus dedos dos pés. Conto as molas da cama, os fios do cobertor, os passos necessários para cruzar este espaço e voltar para onde eu estava antes. Conto meus dentes e os fios de cabelo e quantos segundos consigo segurar a respiração.

Às vezes, fico tão cansada que esqueço que não posso desejar mais nada, e então me pego desejando aquilo que sempre quis. Aquilo com que sempre sonhei.

O tempo todo desejo ter um amigo.

RESTAURA-ME

Sonho com isso. Imagino como seria. Sorrir e receber um sorriso. Ter uma pessoa em quem confiar, alguém que não jogue coisas em mim ou coloque minha mão no fogo ou me espanque por ter nascido. Alguém que ouça que fui jogada no lixo e tente me encontrar, que não tenha medo de mim.

Alguém que entenderia que eu jamais tentaria feri-lo.

Estou curvada em um canto deste quarto e enterro a cabeça nos joelhos e embalo meu corpo para a frente e para trás para a frente e para trás para a frente e para trás e desejo e desejo e desejo e sonho com coisas impossíveis e choro até dormir.

Tenho curiosidade de saber como seria ter um amigo.

E então, me pergunto quem mais está preso neste hospício. E fico me perguntando de onde vêm os outros gritos.

E fico me perguntando se estão vindo de mim.

– Excerto dos diários de Juliette no hospício

Sinto-me estranha nesta manhã.

Sinto-me lenta, como se andasse na lama, como se meus ossos estivessem preenchidos com chumbo e minha cabeça, ai…

Estremeço.

Minha cabeça nunca esteve mais pesada.

Indago se esses seriam os últimos sinais do veneno ainda assombrando minhas veias, mas alguma coisa em mim parece errada hoje. As lembranças do meu tempo no hospício de repente se tornam presentes demais – empoleiradas bem na frente da minha mente. Pensei que conseguiria afastar essas lembranças da minha cabeça, mas não, elas estão aqui outra vez, arrastadas para fora da penumbra. Em total isolamento por 264 dias. Quase 1 ano sem acesso ou escapatória ao mundo exterior. A outro ser humano.

Tanto tempo, tanto tempo, tanto mas tanto tempo sem o calor do contato humano.

Tremo involuntariamente. Empurro o corpo para a frente.

O que há de errado comigo?

Sonya e Sara devem ter ouvido meus movimentos, porque agora estão paradas diante de mim, suas vozes claras, mas, de alguma maneira, vibrando. Ecoando pelas paredes. Meus ouvidos não param de zumbir. Aperto os olhos para tentar enxergar melhor seus rostos, mas de repente me sinto zonza, desorientada, como se meu corpo estivesse de lado ou como se talvez estirado no chão ou talvez eu precise estar no chão ou aiai,

acho que vou vomitar…

– Obrigada pelo balde – agradeço, ainda com náusea. Tento me sentar, mas, por algum motivo, não me lembro o que tenho que fazer para me sentar. Minha pele começou a suar frio. – O que aconteceu comigo? – indago. – Pensei que vocês curassem… curassem…

Apago outra vez.

Cabeça girando.

Olhos fechados para protegê-los da luz. A janela que vai do chão ao teto parece não conseguir bloquear o sol de invadir a sala e não consigo evitar os pensamentos de quando vi o sol brilhar tão forte. Ao longo da última década, nosso mundo sofreu um colapso; a atmosfera tornou-se imprevisível, o tempo muda em picos agudos e dramáticos. Neva quando não devia nevar; chove

RESTAURA-ME

onde não devia chover; as nuvens estão sempre cinza; os pássaros sumiram de uma vez por todas do céu. As folhas, que no passado eram verdes e viçosas nas árvores e jardins, agora são sem vida, apodrecendo. Estamos em março e, mesmo enquanto a primavera se aproxima, o céu não mostra qualquer sinal de mudança. A terra continua fria, congelada, continua escura e turva.

Ou pelo menos tudo estava assim ainda ontem.

Alguém coloca um pano fresco em minha testa, e esse toque frio é bem-vindo; minha pele parece inflamada mesmo quando tremo. Meus músculos relaxam paulatinamente. Mesmo assim, queria que alguém fizesse algo para evitar esse sol forte. Estou apertando os olhos, mesmo enquanto eles permanecem fechados, o que só faz minha enxaqueca piorar.

– A ferida está totalmente curada – ouço alguém dizer. – Mas parece que o veneno não foi expurgado do organismo.

– Não consigo entender – responde outra voz. – Como isso é possível? Por que vocês não puderam curá-la completamente?

– Sonya? – consigo dizer. – Sara?

– Sim? – as gêmeas respondem ao mesmo tempo, e posso sentir seus passos apressados, duros como batidas de tambores em minha cabeça conforme se aproximam da minha cama.

Tento apontar para as janelas.

– Podem fazer alguma coisa para evitar o sol? – pergunto. – Está forte demais.

Elas me ajudam a sentar e sinto minha vertigem começando a estabilizar. Pisco, e abrir os olhos requer um grande esforço, mas consigo fazer isso antes de alguém me entregar um copo de água.

– Beba isso – Sonya instrui. – Seu corpo está seriamente desidratado.

Engulo a água rapidamente, surpresa com o tamanho da minha sede. Elas me entregam outro copo. Continuo bebendo. Tenho de engolir 5 copos de água antes de conseguir sustentar minha cabeça sem uma enorme dificuldade.

Quando finalmente me sinto mais normal, olho em volta. Olhos arregalados. Tenho uma dor de cabeça insuportável, mas os demais sintomas começam a ficar para trás.

Primeiro, vejo Warner.

Está parado em um canto do quarto, olhos vermelhos, as roupas de ontem amarrotadas no corpo. Encara-me com um olhar de medo declarado, o que me surpreende. Totalmente diferente de como ele costuma ser. Warner raramente mostra suas emoções em público.

Queria poder dizer alguma coisa, mas agora não parece ser a hora apropriada. Sonya e Sara continuam me observando atentamente, seus olhos amendoados brilhando em contraste com a pele. Porém, alguma coisa nelas parece diferente. Talvez seja porque nunca as olhei tão de perto assim em nenhum lugar que não fosse o subsolo, mas a luz forte do sol reduz suas pupilas ao tamanho de uma ponta de alfinete, fazendo seus olhos parecerem diferentes. Maiores. *Novos.*

– A luminosidade está tão estranha hoje – não consigo evitar comentar. – Alguma vez já esteve tão claro assim?

Sonya e Sara olham pela janela, olham outra vez para mim, franzem o cenho uma para a outra.

– Como está se sentindo? – perguntam. – Sua cabeça ainda dói? Está com tontura?

– Minha cabeça está me matando – respondo, e tento rir. – O que tinha naquelas balas? – Uso o indicador e o polegar para apertar o espaço entre meus olhos. – Sabem se essa dor de cabeça vai passar logo?

É Sara quem responde:

– Sinceramente... não sabemos o que está acontecendo com você.

– Seu ferimento cicatrizou – Sonya explica –, mas parece que o veneno está afetando sua mente. Não temos como saber ao certo se ele foi capaz de causar danos permanentes antes de conseguirmos prestar os primeiros socorros.

Ao ouvir as palavras, ergo o olhar. Sinto a coluna enrijecer.

– Danos permanentes? – indago. – Ao meu cérebro? Isso é possível?

Elas assentem.

– Vamos monitorá-la de perto nas próximas semanas, só para ter certeza. As alucinações que você está tendo talvez não sejam nada grave.

– O quê? – Olho em volta. Olho para Warner, que continua sem dizer nada. – Que alucinações? Eu só estou com dor de cabeça. – Aperto outra vez os olhos, virando o rosto para evitar a janela. – Nossa! Desculpe – digo, estreitando os olhos contra a luz. – Faz tempo que não temos um dia assim. – Dou risada. – Acho que estou mais acostumada à escuridão. – Uso a mão para formar uma espécie de viseira, de modo a proteger os olhos. – Precisamos arrumar umas persianas para essas janelas. Alguém me lembre de pedir isso a Kenji.

Warner fica pálido. Sua pele parece congelada.

Sonya e Sara compartilham um olhar de preocupação.

– O que foi? – pergunto, sentindo um frio no estômago enquanto olho para os três. – Qual é o problema? O que estão escondendo de mim?

– Não há sol hoje – Sonya responde baixinho. – Está nevando outra vez.

– Escuro e nublado, como todos os outros dias – Sara complementa.

– O quê? Do que estão falando? – retruco, rindo e franzindo a testa ao mesmo tempo. Consigo sentir o calor do sol tocando meu rosto. Percebo que provoca um impacto direto nos olhos delas, que suas pupilas se dilatam quando vão para algum canto com menos luminosidade. – Vocês estão brincando comigo, não estão? O sol está muito claro, mal consigo olhar pela janela.

Sonya e Sara negam com a cabeça.

Warner olha para a parede, mantém as mãos entrelaçadas na nuca.

Sinto meu coração começando a acelerar.

– Então estou vendo coisas? – pergunto. – Estou tendo alucinações?

Todos assentem.

– Por quê? – indago, esforçando-me para não entrar em pânico. – O que está acontecendo comigo?

– Não sabemos – Sonya responde, olhando para as próprias mãos –, mas temos esperança de que esses efeitos sejam apenas temporários.

Tento apaziguar minha respiração. Tento permanecer calma.

– Certo. Bem, eu preciso ir. Estou liberada? Tenho mil coisas a fazer...

– Talvez devesse ficar mais um tempo aqui – sugere Sara. – Deixe-nos cuidar de você por mais algumas horas.

Mas já estou negando com a cabeça.

– Eu preciso tomar um pouco de ar. Preciso ir lá fora...

– Não... – É a primeira coisa que Warner diz desde que acordei, e ele quase grita a palavra na minha direção. Mantém a mão erguida em um apelo silencioso.

RESTAURA-ME

— Não, meu amor — ele diz, soando estranho. — Você não pode voltar a sair. Não... Ainda não. Por favor.

A expressão em seu rosto é suficiente para partir meu coração.

Tento me acalmar, sinto meu pulso acelerado voltando ao normal e o encaro.

— Desculpe — falo. — Desculpe por ter assustado todo mundo. Foi um momento de burrice e tudo foi culpa minha. Baixei a guarda só por um segundo. — Suspiro. — Acho que alguém andou me observando, à espera do momento certo. De todo modo, não vai voltar a acontecer.

Tento sorrir, mas ele não se mexe. Sequer retribui o sorriso.

— Sério — tento outra vez. — Não se preocupe. Eu devia ter imaginado que existem pessoas por aí esperando para me matar assim que eu parecesse vulnerável, mas... — Dou uma risada. — Acredite, tomarei mais cuidado da próxima vez. Vou até pedir uma guarda maior para me acompanhar.

Ele nega com a cabeça.

Estudo-o, analiso seu terror. Continuo sem entender.

Faço um esforço para me colocar de pé. Estou usando meias e uma camisola hospitalar, e Sonya e Sara se apressam para me entregar um robe e chinelos. Agradeço a elas por tudo o que fizeram por mim e as duas apertam minhas mãos.

— Estaremos ali fora se precisarem de alguma coisa — Sonya e Sara avisam ao mesmo tempo.

— Obrigada mais uma vez — digo, mantendo um sorriso no rosto. — Eu as manterei informadas de como vão indo as... hum... — Aponto para minha cabeça. — As visões estranhas.

Elas assentem e vão embora.

Dou um passo na direção de Warner.

TAHEREH MAFI

– Oi – falo com delicadeza. – Vai ficar tudo bem, de verdade.

– Você poderia ter sido assassinada.

– Eu sei – respondo. – Ando tão desligada ultimamente... Eu não esperava nada disso. Mas foi um erro que não voltarei a cometer. – Uma risadinha rápida. – Sério.

Por fim, ele suspira. Libera a tensão em seus ombros. Passa a mão no rosto, na nuca.

Nunca o vi assim antes.

– Sinto muito por tê-lo assustado – digo.

– Por favor, não peça desculpas, meu amor. Não precisa se preocupar comigo – responde, balançando a cabeça. – Estava preocupado com você. Como está se sentindo?

– Você quer dizer, tirando as alucinações? – Abro um leve sorriso. – Estou bem. Precisei de um instante para voltar a mim hoje cedo, mas me sinto muito melhor agora. Tenho certeza de que as visões logo ficarão para trás. – Agora abro um sorriso enorme, mais para tentar tranquilizá-lo do que por qualquer outro motivo. – Enfim, Delalieu quer que eu me encontre com ele o mais rápido possível para discutir meu discurso no simpósio, então acho que talvez eu deva resolver isso. Nem acredito que já é amanhã. – Balanço a cabeça. – Não posso me dar ao luxo de perder mais tempo. Porém... – Olho para baixo, para o meu próprio corpo. – Talvez primeiro eu deva tomar um banho, não acha? Vestir algumas roupas de verdade?

Tento sorrir outra vez para Warner, tento convencê-lo de que estou me sentindo bem, mas ele parece incapaz de falar. Apenas olha para mim, seus olhos vermelhos e intensos. Se eu não o conhecesse direito, pensaria que andou chorando.

Estou prestes a perguntar qual é o problema, quando ele fala:

– Meu amor.

RESTAURA-ME

e, por algum motivo, seguro a respiração.

– Preciso conversar com você – prossegue.

Na verdade, está sussurrando.

– Está bem – respondo, deixando o ar sair dos meus pulmões. – Converse comigo.

– Não aqui.

Sinto o estômago revirar. Meus instintos me dizem que devo entrar em pânico.

– Está tudo bem?

Ele demora muito para responder:

– Não sei.

Confusa, estudo-o.

Ele retribui o gesto, seus olhos verde-claros refletindo a luz de tal forma que, por um momento, nem sequer parecem humanos. E não diz mais nada.

Respiro fundo. Tento me acalmar.

– Está bem – respondo. – Está bem. Mas, se vamos voltar para o quarto, posso pelo menos tomar um banho antes? Quero muito me livrar dessa areia e sangue ressecado que ainda estão grudados no meu corpo.

Ele assente. Ainda sem emoção.

E agora eu realmente começo a entrar em pânico.

Warner

Estou andando pra lá e pra cá no corredor em frente ao quarto, esperando impacientemente que Juliette termine seu banho. Minha cabeça está um turbilhão. A irritação vem me perturbando há horas. Não tenho a menor ideia do que ela vai dizer. De como reagirá ao que tenho a lhe contar. E me sinto tão horrorizado com o que estou prestes a fazer que nem sequer ouço alguém chamando meu nome, até essa pessoa me tocar.

Dou meia-volta rápido demais, meus reflexos conseguem ser ainda mais acelerados do que minha mente. Prendo-o com os punhos para trás e encosto seu peito contra a parede, e só agora percebo que é Kent. Ele não reage; apenas ri e me pede para soltá-lo.

Faço isso.

Solto seu braço. Estou espantado. Balanço a cabeça para limpar a mente. Esqueço de me desculpar.

– Você está bem? – outra pessoa me pergunta.

É James. Ainda tem o tamanho de uma criança e, por algum motivo, isso me surpreende. Respiro com cuidado. Minhas mãos tremem. Nunca estive mais longe de me sentir bem, e estou perturbado demais pela minha ansiedade para me lembrar de mentir.

RESTAURA-ME

— Não — respondo. Dou um passo para trás, colidindo com a parede e batendo os pés no chão. — Não — repito, mas dessa vez nem sei mais com quem estou falando.

— Ah, quer conversar sobre o que está acontecendo? — James continua tagarelando.

Não entendo por que Kent não o manda calar a boca.

Faço um sinal negativo com a cabeça.

Mas essa minha resposta só parece encorajá-lo. James se senta ao meu lado.

— Por que não? Acho que você deveria conversar sobre o que está acontecendo — insiste.

— Cara, por favor! — Kent finalmente diz a ele. — Talvez fosse melhor dar um pouco de privacidade a Warner.

Mas James não se convence. Estuda meu rosto.

— Estava *chorando*?

— Por que vocês fazem tantas perguntas? — esbravejo, soltando a cabeça em uma das mãos.

— O que aconteceu com seu cabelo?

Olho espantado para Kent.

— Pode, por favor, levá-lo embora daqui?

— Você não deveria responder perguntas com outras perguntas — James diz para mim, apoiando a mão em meu ombro.

Quase salto para fora do meu próprio corpo.

— Por que está tocando em mim?

— Parece que um abraço lhe faria bem — ele responde. — Quer um abraço? Abraços sempre fazem eu me sentir melhor quando estou triste.

— Não — retruco duramente. — Não quero *abraço* nenhum. E não estou triste.

Kent parece rir. Está a alguns passos de nós, de braços cruzados, sem fazer nada para melhorar a situação. Lanço um olhar furioso em sua direção.

– Você *parece* bem triste, sim – James insiste.

– Neste exato momento, só sinto irritação – rebato com dureza.

– Mas se sente melhor, não? – James sorri. Dá tapinhas em meu braço. – Está vendo? Eu falei que conversar sobre o assunto ajuda.

Surpreso, pisco. Encaro-o.

Sua teoria não está exatamente correta, mas, por mais estranho que pareça, de fato me sinto melhor. Frustrar-me com ele ainda há pouco… digamos que ajudou a afastar o pânico e a focar os pensamentos. Minhas mãos se estabilizaram. Sinto-me um pouquinho mais fortalecido.

– Bem, obrigado por ser irritante – respondo.

– *Ei!* – Ele franze a testa. Fica na ponta dos pés, passa as mãos nas calças como se quisesse limpá-las. – Eu não sou irritante.

– Sem dúvida, é irritante – rebato. – Especialmente para uma criança do seu tamanho. Por que até hoje ainda não aprendeu a ficar quieto? Quando tinha a sua idade, eu só falava quando alguém falava comigo.

James cruza os braços.

– Espere aí, o que você quer dizer com essa história de *criança do meu tamanho*? Qual é o problema com o meu tamanho?

Aperto os olhos para ele.

– Quantos anos você tem? Nove?

– Estou quase completando onze!

– É muito pequeno para alguém de onze anos.

E então ele me dá um soco. Forte. Na coxa.

RESTAURA-ME

— *Aaaaaai!* – grita, exagerando em sua reação. Sacode os dedos. Fecha a cara para mim. – Por que sua perna parece feita de *pedra*?

— Dá próxima vez, melhor escolher alguém do seu tamanho – provoco. Ele estreita os olhos para mim. – Mas não se preocupe. Tenho certeza de que logo vai estar mais alto. Eu só passei a crescer bastante depois que fiz doze ou treze anos, então, se você for parecido comigo...

Kent pigarreia com força, e eu foco a atenção.

— Isto é, se você for como, há, seu irmão, tenho certeza de que vai ficar bem.

James olha outra vez para Kent e sorri. Aparentemente, o soco desajeitado já foi esquecido.

— Espero mesmo que eu seja como meu irmão – responde, agora com um sorriso enorme no rosto. – Adam é o melhor, não é? Espero ser exatamente como ele.

Sinto um sorriso brotar também em meu rosto. Esse menininho... também é meu, *meu irmão*, e talvez nunca venha a saber disso.

— Não é? – James insiste, ainda sorridente.

Fico meio perdido na conversa.

— Perdão?

— Adam – ele explica. – Adam é o melhor, não é? É o melhor irmão mais velho do mundo.

— Ah... sim – respondo, engolindo o nó na garganta. – Sim, claro. Adam é, hum, o melhor. Ou algo perto disso. Seja como for, você é muito sortudo por tê-lo ao seu lado.

Kent lança um olhar na minha direção, mas não fala nada.

209

— Eu sei – James responde, inabalado. – Eu tive mesmo muita sorte.

Concordo com a cabeça. Sinto alguma coisa revirar em meu estômago. Levanto-me.

— Sim. Agora… se me der licença.

— Sim, já entendi – Kent assente. Acena para se despedir. – A gente se vê por aí, né?

— Sem dúvida.

— Tchau! – James se despede enquanto Kent o acompanha pelo corredor. – Fico feliz por estar se sentindo melhor!

Mas, no fundo, eu só me sinto pior.

Volto ao quarto, agora não tão em pânico quanto antes, mas, por algum motivo, mais melancólico. E tão distraído que, ao entrar, quase não percebo Juliette saindo do banheiro.

Não usa nada além de uma toalha.

Suas bochechas estão rosadas por causa da água quente. Os olhos, enormes e iluminados quando ela sorri para mim. É tão linda. Tão inacreditavelmente linda.

— Preciso pegar roupas limpas – diz, ainda sorrindo. – Você se importa?

Nego com a cabeça. Só consigo encará-la.

Por algum motivo, minha reação é insuficiente. Juliette hesita. Franze a testa ao me olhar. E finalmente vem na minha direção.

Sinto meus pulmões prestes a pararem.

— Ei! – chama a minha atenção.

Mas só consigo pensar no que tenho a lhe contar e em como ela pode reagir. Existe uma esperança pequena e desesperada em

RESTAURA-ME

meu coração, mas essa esperança só representa uma tentativa de ser otimista quanto ao resultado.

Talvez Juliette entenda.

– Aaron? – insiste, aproximando-se, diminuindo a distância que nos separa. – Você disse que queria conversar comigo, certo?

– Sim – respondo em um sussurro. – Sim. – Sinto-me entorpecido.

– Dá para esperar? – ela pergunta. – Só o tempo de eu me trocar.

Não sei o que toma conta de mim.

Desespero. Desejo. Medo.

Amor.

Mas me atinge com uma força dolorida, esse lembrete. De quanto a amo. Meu Deus, eu a amo por completo. Suas impossibilidades, suas exasperações. Eu amo o modo como ela é carinhosa quando estamos sozinhos. Como sabe ser delicada e gentil em nossos momentos a sós. O fato de ela nunca hesitar em me defender.

Eu a amo.

E ela está parada bem à minha frente com uma pergunta nos olhos, e eu não consigo pensar em nada além de quanto a quero em minha vida. Para sempre.

Mesmo assim, não digo nada. Não faço nada.

E Juliette não vai embora.

Espantado, percebo que ela continua aguardando uma resposta.

– Sim, claro – apresso-me em responder. – Claro que dá para esperar.

Mas ela está tentando decifrar meu semblante.

– Qual é o problema? – pergunta.

Faço que não com a cabeça enquanto seguro sua mão. Com doçura, com muita doçura. Ela dá um passo mais para perto e minhas mãos se fecham levemente sobre seus ombros nus. É um movimento singelo, mas sinto suas emoções se transformarem. Juliette treme quando a toco, minhas mãos deslizando por seus ombros, e sua reação alcança os meus sentidos. E me mata toda vez, me deixa sem ar toda vez que ela reage a mim, ao meu toque. Saber que Juliette sente algo por mim... Que me deseja...

Talvez ela vá entender, penso. Nós dois já passamos por tantas coisas juntos. Superamos tantos obstáculos. Talvez esse também seja transponível.

Talvez ela vá entender.

– Aaron?

O sangue avança em minhas veias, quente e rápido. Sua pele é macia e tem cheiro de lavanda e eu me afasto só um centímetro. Só para olhar para ela. Passo o polegar por seu lábio inferior antes de minha mão deslizar na direção de suas costas.

– Oi? – respondo.

E ela me encontra aqui, nesse momento, por um instante.

Beija-me livremente, sem hesitar, passando os braços em volta do meu pescoço. E sou arrebatado, pego-me perdido em uma enxurrada de emoções...

E a toalha desliza.

Cai no chão.

Surpreso, dou um passo para trás, conseguindo vê-la por completo. Meu coração bate furiosamente no peito. Nem consigo me lembrar do que estava tentando fazer.

Então ela dá um passo adiante, fica na ponta dos pés e me puxa para perto, toda calor e doçura, e eu a trago para junto de mim, entorpecido pelo contato, perdido na inocência de sua pele. Ainda estou totalmente vestido. Juliette, nua em meus braços. E, por

RESTAURA-ME

algum motivo, essa diferença entre nós só deixa esse momento mais surreal. Ela está me empurrando para trás com cuidado, mesmo enquanto continua me beijando, mesmo enquanto usa a mão para explorar meu corpo por entre o tecido. E eu caio na cama, arfando.

Juliette monta em cima de mim.

Acho que perdi completamente a cabeça.

Juliette

Esse, penso eu, é o jeito certo de morrer.

Eu poderia me afogar nesse momento e não me arrependeria. Poderia pegar fogo com esse beijo e alegremente ser transformada em cinzas. Poderia viver aqui, morrer aqui, *bem aqui*, encostada ao quadril dele, tocando os lábios dele. Na emoção de seus olhos que me fazem afundar, em seus batimentos cardíacos, que agora já se tornaram indistinguíveis dos meus.

Isso. Para sempre. Isso.

Ele me beija outra vez, suas arfadas ocasionais e desesperadas por ar tocando minha pele, e eu o saboreio, sua boca, seu pescoço, o contorno duro de seu maxilar, e ele tenta engolir um gemido, se afasta, dor e prazer se misturando enquanto se enterra mais fundo, com mais força, músculos tensos, corpo sólido feito pedra tocando o meu. Uma de suas mãos envolve meu pescoço enquanto a outra se mantém atrás da minha coxa, e ele me puxa, impossível chegar mais perto, esmaga-me com um prazer extraordinário que não se parece com nada que já senti na vida. É inominável. Desconhecido, impossível de estimar. É diferente a cada vez.

RESTAURA-ME

E hoje há algo selvagem e lindo nele, algo que não consigo explicar, algo na maneira como me toca – na forma como seus dedos pousam em minhas escápulas, na curva das minhas costas... Como se eu pudesse evaporar a qualquer momento, como se essa pudesse ser a primeira e última vez que nos tocaremos.

Fecho os olhos.

Entrego-me.

Os contornos de nossos corpos se fundiram. É onda depois de onda de gelo e calor, derretendo e pegando fogo e é sua boca em minha pele, seus braços fortes me envolvendo em amor e paixão. Estou suspensa no ar, submersa em água, no espaço sideral, tudo ao mesmo tempo, e os relógios congelam, as inibições já voaram todas pela janela e nunca me senti mais segura, amada e protegida do que me sinto aqui, nessa fusão de nossos corpos.

Perco a noção do tempo.

Perco a noção da mente.

Só sei que quero que isso dure para sempre.

Ele me diz alguma coisa, desliza as mãos pelo meu corpo, e suas palavras são leves e desesperadas, sedosas ao meu ouvido, mas quase não consigo ouvi-lo por sobre o som do meu coração batendo forte no peito. Mas vejo quando os músculos de seus braços marcam a pele, quando ele luta para ficar aqui, comigo...

Ele ofega, ofega alto, aperta os olhos com força enquanto estende a mão, agarra um pedaço do lençol, e eu me viro na direção de seu peito, passo o nariz pela linha de seu pescoço, inspirando seu cheiro, e meu corpo está pressionado contra o dele, cada centímetro de pele quente e exposto com desejo e necessidade e

– Eu te amo – sussurro

mesmo enquanto sinto minha mente se desligar do corpo

mesmo enquanto estrelas explodem atrás de meus olhos e o calor inunda minhas veias e sou dominada, fico atordoada e sou dominada toda vez, toda vez

É uma torrente de sentimentos, um sabor simultâneo e efêmero de morte e regozijo, e eu fecho os olhos, sinto um calor feroz atrás de minhas pálpebras e tenho a necessidade de gritar seu nome, mesmo enquanto nos sinto estilhaçando juntos, destruídos e restaurados tudo ao mesmo tempo, e ele arfa

— *Juliette...* — ele sussurra.

Adoro a imagem de seu corpo nu.

Especialmente nesses momentos silenciosos, vulneráveis. Essas pausas que habitam entre sonhos e realidade são minhas favoritas. Há uma graça nessa consciência hesitante, um retorno cuidadoso e gentil ao nosso jeito normal de funcionar. Descobri que amo esses minutos pela forma delicada como se desenrolam. São tenros.

Câmera lenta.

O tempo amarrando seus cadarços.

E Warner fica tão sereno, tão suave. Tão desprovido de defesas. Seu rosto é tranquilo; sua testa, relaxada; os lábios, imaginando se devem ou não se separar. E os primeiros segundos depois que ele abre a boca são os mais doces. Às vezes, tenho a sorte de abrir os olhos antes dele. Hoje, vejo-o revirar-se na cama. Vejo-o piscar, abrir os olhos, orientar-se. Mas então, o tempo que ele leva para me olhar — o jeito com que seu rosto se ilumina ao me ver —, essa parte faz algo palpitar dentro de mim. Descubro tudo, tudo o que importa, só pelo jeito como ele me olha nesse momento.

E hoje... Hoje há algo diferente.

RESTAURA-ME

Hoje, ao abrir os olhos, Warner parece subitamente desorientado. Pisca, analisa o quarto, faz movimentos rápidos demais, como se quisesse correr, mas não soubesse como. Hoje há alguma coisa errada.

E quando subo em seu colo, ele fica paralisado.

E quando seguro seu queixo, ele vira o rosto.

Quando o beijo com leveza, ele fecha os olhos e algo em seu interior se derrete, alguma coisa solta seus ossos. E quando abre os olhos, parece tão aterrorizado que, de repente, me sinto nauseada.

Há algo muito, muito errado.

– O que foi? – pergunto, mas minha voz quase não sai. – O que aconteceu? Qual é o problema?

Ele nega com a cabeça.

– Sou eu? – Meu coração acelera. – Fiz alguma coisa que você não gostou?

Warner fica de olhos arregalados.

– Não. Não, Juliette. Você é perfeita. Você é... Meu Deus, você é perfeita – elogia.

Ele leva a mão para trás da cabeça, olha para o teto.

– Por que não olha para mim, então?

Seus olhos encontram os meus. E não consigo não ficar impressionada com quanto amo seu rosto, mesmo agora, mesmo enquanto está tomado pelo medo. Warner tem uma beleza tão clássica. É tão notavelmente lindo, mesmo assim: com os cabelos raspados, curtos, macios; a barba por fazer, uma sombra loira contornado os traços firmes de seu rosto. Seus olhos têm um tom inconcebível de verde. Luminosos. Cintilantes. E então...

Fechados.

– Tenho uma coisa para contar – fala baixinho, olhando para baixo. Ergue a mão para me tocar, e seus dedos deslizam pela lateral do meu torso. Delicados. Aterrorizados. – Uma coisa que devia ter contado antes.

– O que quer dizer com isso?

Solto o corpo para trás. Agarro uma parte do lençol e a seguro com força junto ao meu corpo, de repente sentindo-me vulnerável.

Ele passa tempo demais hesitando. Exala. Passa a mão pela boca, pelo queixo, pela nuca…

– Não sei por onde começar.

Todos os meus instintos me dizem para sair correndo. Para enfiar algodão nos ouvidos. Para dizer-lhe que se cale. Mas não consigo. Sinto-me congelada.

E sinto medo.

– Comece pelo início – peço, surpresa pelo simples fato de conseguir falar.

Nunca o vi assim antes. Não consigo nem imaginar o que Warner tem a dizer. Agora está entrelaçando os dedos das mãos com tanta força, que receio que os quebre por acidente.

E então, finalmente. Lentamente.

Ele fala.

– O Restabelecimento tornou públicas suas campanhas quando você tinha sete anos. Eu tinha nove. Mas, antes disso, passaram muitos anos fazendo reuniões e planos.

– Entendi.

– Os fundadores do Restabelecimento eram militares, homens e mulheres que se tornaram peças da defesa. Eram responsáveis, em parte, pelo surgimento do complexo militar industrial que formou a base dos estados militares de fato, hoje conhecidos como Restabelecimento. Tinham seus planos definidos muito tempo antes de esse regime ganhar vida. Suas posições lhe davam acesso a

RESTAURA-ME

armas e tecnologias das quais ninguém sequer tinha ouvido falar. Mantiveram uma vigilância extensiva, instalações totalmente equipadas, muitos hectares de propriedade privada, acesso ilimitado a informações... Tudo isso durou anos, antes mesmo de você nascer.

Meu coração acelera.

— Alguns anos depois, descobriram os *não naturais*, um termo que o Restabelecimento passou a usar para descrever aqueles com habilidades sobrenaturais. Você tinha mais ou menos cinco anos quando fizeram a primeira descoberta. — Warner olha para a parede. — Foi então que começaram a coletar informações, fazer testes e usar pessoas com habilidades para acelerar seus objetivos de dominar o mundo.

— Tudo isso é muito interessante — comento. — Mas a essa altura já estou começando a surtar e preciso que você pule logo para a parte na qual me conta o que isso tudo tem a ver comigo.

— Meu amor — responde, finalmente me olhando nos olhos. — Tudo isso tem a ver com você.

— Como?

— Há algo que eu sabia sobre a sua vida e que nunca lhe contei. — Ele engole em seco. Olha para as próprias mãos ao pronunciar: — Você foi adotada.

A revelação é como uma tempestade.

Saio cambaleando da cama, seguro o lençol junto ao corpo e fico ali parada, chocada, encarando-o. Tento permanecer calma, mesmo enquanto minha mente incendeia.

— Fui adotada...

Ele assente.

— Então, você está dizendo que aquelas pessoas que me criaram... que me *torturaram*... não são meus pais verdadeiros?

Ele faz que não com a cabeça.

– Meus pais biológicos ainda estão vivos?

– Sim – responde em um sussurro.

– E você nunca me contou nada disso?

Não, ele diz rapidamente

Não, não, eu não sabia que ainda estavam vivos, diz

Eu não sabia nada, exceto que você era adotada, diz. Só descobri recentemente, ainda ontem, que seus pai continuam vivos porque Castle, diz, *porque Castle me contou...*

E cada revelação subsequente é uma onda de choque, uma detonação repentina e inesperada dentro de mim...

BUM

Sua vida foi um experimento, diz

BUM

Você tem uma irmã, diz, *e ela está viva*

BUM

Seus pais biológicos a entregaram, junto com sua irmã, ao Restabelecimento para que realizassem pesquisas científicas

e é como se o mundo tivesse sido arrancado de seu eixo, como se eu tivesse sido lançada para fora da Terra, direto a caminho do Sol,

como se estivesse queimando viva e, de alguma maneira, ainda pudesse ouvi-lo, mesmo enquanto minha pele derrete para dentro do corpo, minha mente vira do avesso, e tudo o que já conheci, tudo que o pensava ser verdade sobre quem sou e de onde venho

d e s a p a r e c e

Afasto-me dele, confusa e horrorizada e incapaz de formar palavras, incapaz de falar.

Ele diz que *não sabia* e sua voz falha quando pronuncia essas palavras, quando diz que não sabia até recentemente que meus

RESTAURA-ME

pais biológicos ainda estavam vivos, não sabia até Castle contar, nunca soube como me contar que fui adotada, não sabia como eu receberia a notícia, não sabia se eu precisava enfrentar essa dor, mas Castle lhe disse que o Restabelecimento está atrás de mim, que estão vindo para me levar de volta

e sua irmã, ele diz

mas agora estou chorando e não consigo enxergá-lo porque as lágrimas embaçam minha visão e não consigo falar e

sua irmã, ele diz, o nome dela é Emmaline, é um ano mais velha que você e é muito, muito poderosa, e tem sido mantida como propriedade do Restabelecimento há *doze anos*

Não consigo parar de negar com a cabeça

— Pare — eu peço

— Não — ele responde

Por favor, não faça isso comigo...

Mas ele se recusa a parar. Diz que eu tenho que saber. Diz que tenho que saber disso agora... Que tenho que saber a verdade...

PARE DE ME CONTAR ESSAS COISAS, grito

Eu não sabia que ela era sua irmã, ele está dizendo

Não sabia que você tinha uma irmã

Juro que não sabia

— Foram quase vinte pessoas, entre homens e mulheres, que deram início ao Restabelecimento — continua —, mas só seis deles eram comandantes supremos. Quando o homem originalmente apontado para a América do Norte ficou irremediavelmente doente, meu pai foi designado para substituí-lo. Eu tinha dezesseis anos nessa época. Nós vivíamos aqui, no Setor 45. Na época, meu pai tinha uma posição inferior; então, se tornar comandante supremo significava que teríamos de nos mudar, ele quis me levar com ele. Minha mãe... Minha mãe teria de ficar para trás.

Por favor, não fale mais

Por favor, não diga mais nada, eu imploro

— Foi a única maneira de convencê-lo e a me dar essa posição — conta, agora desesperado. — De me deixar ficar para trás para cuidar dela. Ele fez o juramento como comandante supremo quando eu tinha dezoito anos. E me faz passar dois anos entre...

— Aaron, por favor — peço, sentindo-me histérica. — Eu não quero saber... Não pedi para você me contar nada disso... Eu não quero saber...

— Eu perpetuei a tortura da sua irmã — ele confessa, sua voz falhando, arrasada. — O confinamento dela. Recebi ordens para garantir a prisão daquela garota. Dei ordens que a mantiveram onde estava. Todos os dias. Nunca me contaram por que ela estava ali ou o que havia de errado com ela. Só me diziam para mantê-la presa. Foi isso. Ela só tinha vinte e quatro minutos de pausa fora do tanque de água a cada vinte e quatro horas, e costumava gritar... implorar para que eu a libertasse. Sua irmã implorava por misericórdia, e eu nunca lhe dei misericórdia.

E eu paro

Cabeça girando

Solto o lençol do corpo enquanto fujo, corro para longe

Vou enfiando as roupas no corpo o mais rápido possível e, quando volto ao quarto, transtornada, presa em um pesadelo, vejo-o também parcialmente vestido, sem camisa, só de calça, e nem sequer fala enquanto o encaro, assustada, uma mão cobrindo a boca enquanto nego com a cabeça e lágrimas se derramando aos

RESTAURA-ME

borbotões pelo meu rosto e não sei o que dizer, não sei se conseguirei dizer alguma coisa para ele algum dia…

– Isso é demais para mim – consigo expressar, soluçando entre uma palavra e outra. – É demais… demais…

– *Juliette*…

E balanço a cabeça negativamente, minhas mãos tremem enquanto tento segurar a fechadura e

– *Por favor* – ele pede, e as lágrimas escorrem silenciosamente por seu rosto; está visivelmente abalado. – Você precisa acreditar em mim. Eu era muito novo. E um idiota. E estava desesperado. Naquela época, acreditava não ter nenhum motivo para continuar vivo… Nada tinha importância para mim, nada além de salvar minha mãe, e estava disposto a fazer qualquer coisa que pudesse para me manter aqui, perto dela…

– Você mentiu para mim! – vocifero, a raiva mantendo meus olhos fortemente apertados enquanto me afasto dele. – Você mentiu para mim este tempo todo. Você mentiu para mim… Mentiu sobre tudo…

– Não – Warner responde, tomado por terror e desespero. – A única coisa que escondi de você foi a verdade sobre seus pais, eu juro que…

– Como pôde esconder isso de mim? Esse tempo todo, tudo isso… todas as coisas… Tudo o que você fez foi mentir para mim…

Negando com a cabeça, ele diz *Não, não, eu te amo, meu amor por você nunca foi uma mentira…*

– Então, por que não me contou antes? Por que manteve esse segredo escondido de mim?

– Eu achava que seus pais tinham morrido há muito tempo… Pensei que se soubesse da existência deles isso não ajudaria em nada. Pensei que saber que os tinha perdido só provocaria mais dor. E eu não sabia, não sabia nada mesmo sobre seus pais verdadeiros nem sobre sua irmã. Por favor, acredite em mim... Juro que não sabia, até ontem eu não sabia...

Seu peito palpita tanto que seu corpo chega a se inclinar, as mãos se apoiam nos joelhos enquanto tenta respirar, e não olha para mim quando sussurra:

— Desculpe. Eu sinto muito, mesmo.

— Pare... Pare de falar...

— Por favor...

— Como... Como eu vou... Como posso confiar em você outra vez? — Meus olhos estão arregalados e aterrorizados e estudo-o em busca de uma resposta que salve a nós dois, mas ele não responde. Não tem como responder. E me deixa sem nada a que me agarrar. — Como podemos voltar a ser o que éramos antes? — pergunto. — Como posso esquecer tudo isso? Que você mentiu para mim sobre meus pais? Que torturou minha irmã? Tem tanta coisa que desconheço a seu respeito... — Minha voz sai fraca, instável. — Tanta coisa... E não posso... Não consigo...

Ele ergue o olhar, congelado, encarando-me como se finalmente entendesse que não vou fingir que isso nunca aconteceu, que não posso continuar com alguém em quem não confio. E eu noto, vejo a esperança deixar seus olhos, vejo sua mão presa na nuca. O maxilar solto, o rosto espantado, de repente pálido, e ele dá um passo em minha direção, perdido, desesperado, implorando com o olhar

mas tenho que ir embora.

estou correndo pelo corredor e não sei qual é meu destino até chegar lá.

Warner

Então isso...

Isso é o que chamam de agonia.

É a isso que se referem quando falam em coração partido. Pensei que soubesse o significado da expressão antes. Pensava saber, com perfeita clareza, como é ter o coração partido, mas agora... Agora finalmente entendo.

Antes? Quando Juliette não conseguia escolher entre mim e Kent? Aquela dor? Aquilo era brincadeira de criança.

Mas isso.

Isso é sofrimento. É uma tortura completa, absoluta. E não posso culpar ninguém senão a mim mesmo por essa dor, o que me impossibilita de canalizar minha raiva para outro lugar que não para dentro de mim mesmo. Se não soubesse de nada, pensaria estar sofrendo um ataque cardíaco de verdade. A sensação é a de que um caminhão passou por cima de mim, quebrando cada osso em meu peito, e agora está parado em cima do meu corpo, com seu peso amassando meus pulmões. Não consigo respirar. Não consigo sequer enxergar direito.

Meu coração lateja nos ouvidos. O sangue avança rápido demais pela cabeça, deixando-me com calor, atordoado. Estou estrangulado em mudez, entorpecido em meus ossos. Não sinto nada além de uma pressão imensa e absurda me estilhaçando. Solto o corpo para trás, com força. A cabeça bate na parede. Tento me acalmar, acalmar minha respiração. Tento ser racional.

Não é um ataque cardíaco, digo a mim mesmo. *Não é um ataque cardíaco*.

Sei que não é.

Estou tendo um ataque de pânico.

Já aconteceu comigo outra vez e a dor se materializou como se saísse de um pesadelo, como se saísse do nada, sem qualquer aviso. Acordei no meio da noite tomado por um terror violento que não conseguia expressar, convencido, sem qualquer sombra de dúvida, de que estava morrendo. O episódio enfim passou, mas a experiência seguiu me assombrando.

E agora isso...

Pensei que estivesse pronto. Pensei estar preparado para o possível resultado da conversa de hoje. Mas estava errado.

Sinto que me devora.

Essa dor.

Ao longo da vida, sofri de ansiedades ocasionais, mas geralmente conseguia administrar o problema. No passado, minhas experiências sempre foram associadas a esse trabalho. A meu pai. Mas conforme fui ficando mais velho também fui me tornando menos impotente, e encontrei maneiras de administrar os desencadeadores da ansiedade; encontrei locais seguros em minha mente; informei-me sobre terapia cognitivo-comportamental; e, com o tempo, aprendi a superar. A ansiedade passou a surgir com

RESTAURA-ME

menor intensidade e frequência. Muito raramente, porém, ela se transforma em outra coisa. Alguma coisa que foge completamente do meu controle.

E dessa vez não sei o que fazer para salvar a mim mesmo.

Não sei se sou forte o bastante para combatê-la, não agora que nem sei mais pelo que estou lutando. E acabei de cair de costas no chão, minha mão pressionada contra a dor no peito, quando, de repente, a porta se abre.

Sinto o coração pegar no tranco.

Ergo a cabeça um centímetro e espero. A esperança nas alturas.

– Ei, cara, que merda, onde você está?

Bufo ao soltar a cabeça. Tinha que ser justamente ele...

– *Olá?* – Passos. – Sei que está aí. E por que esse quarto está esta zona? Por que tem caixas e lençóis espalhados para todo lado?

Silêncio.

– Cadê você, irmão? Acabei de encontrar Juliette e ela estava surtando, mas não me contou o motivo. Sei que você está se escondendo aqui como um...

E pronto, aqui está ele.

O coturno bem ao lado da minha cabeça.

Encarando-me.

– Oi – cumprimento. É tudo o que consigo dizer nesse momento.

Kenji baixa o olhar na minha direção, embasbacado. – Que porra está fazendo aí no chão? E por que não está vestido? – E, em seguida: – Espere um pouco... Estava *chorando*?

Fecho os olhos, rezo para morrer.

– O que está acontecendo? – De repente, a voz dele chega mais perto do que eu a percebi antes, e me dou conta de que Kenji deve estar agachado ao meu lado. – Qual é o problema, cara?

– Não consigo respirar – sussurro.

– Que história é essa de não conseguir respirar? Ela atirou em você de novo?

Essa lembrança me atravessa. Mais uma dor excruciante.

Meu Deus, como odeio esse cara.

Engulo em seco, forte.

– Por favor. Vá embora.

– É, não. – Ouço o barulho de seus movimentos quando ele se senta ao meu lado. – O que é isso? – pergunta, apontando para o meu corpo. – O que está acontecendo com você agora?

Enfim, desisto. Abro os olhos.

– Estou tendo um ataque de pânico, seu cuzão sem consideração. – Tento respirar. – E gostaria de ter um pouco de privacidade.

Kenji arqueia as sobrancelhas.

– Você está tendo um o quê?

– Ataque… – Ofego. – De pânico.

– Que merda é essa?

– Tem remédios. No banheiro. *Por favor.*

Ele me olha de um jeito estranho, mas faz o que peço. Volta em um instante com o frasco certo, e me sinto aliviado.

– É este?

Balanço a cabeça em um gesto afirmativo. Na verdade, nunca tomei esse medicamento antes, mas o guardei a pedido do meu médico. Para situações de emergência.

– Quer água para engolir o remédio?

Balanço a cabeça. Com mãos trêmulas, arranco o frasco dele. Não me lembro qual é a dosagem, mas, como muito raramente tenho um ataque tão grave assim, faço uma suposição. Enfio três

RESTAURA-ME

comprimidos na boca e os mastigo com violência, sentindo o gosto amargo e horrível na língua.

Apenas alguns poucos minutos depois, quando o remédio começa a fazer efeito, o caminhão metafórico enfim é arrancado do meu peito. Minhas costelas magicamente se reajustam. Os pulmões se lembram de fazer seu trabalho.

E então me sinto mole. Exausto.

Lento.

Forço-me a ficar de pé.

— Será que agora pode me contar o que está acontecendo aqui? — Kenji continua me encarando, braços cruzados na altura do peito. — Ou devo ir em frente e partir do pressuposto de que você fez alguma coisa horrível e lhe dar umas boas porradas?

De uma hora para a outra, sinto-me tão cansado.

Uma risada brota em meu peito, mas não sei de onde vem. Consigo evitá-la, mas não consigo esconder um sorriso idiota e inexplicável quando digo:

— Você deveria simplesmente me espancar.

E percebo que falei merda.

A expressão de Kenji muda. Seus olhos me estudam, sinceramente preocupados, e acho que falei demais. Esse remédio está me deixando lento, entorpecendo meus sentidos. Levo a mão aos lábios, imploro para que fiquem fechados. Espero não ter exagerado no remédio.

— Ei — Kenji fala com cuidado. — O que aconteceu?

Faço que não com a cabeça. Fecho os olhos.

— O que aconteceu? — repito as palavras dele, agora realmente rindo. — O que aconteceu, o que aconteceu... — Abro os olhos tempo suficiente para dizer: — Juliette terminou comigo.

– O quê?

– Isto é, acho que terminou. – Fico em silêncio. Franzo a testa. Bato o dedo no queixo. – Imagino que seja por isso que ela saiu daqui correndo e gritando.

– Mas… Por que Juliette terminaria com você? Por que ela estava chorando?

Ao ouvir suas palavras, volto a rir.

– Por que eu – aponto para mim mesmo – sou um monstro.

Kenji parece confuso.

– E qual é a novidade nisso?

Dou risada. Ele é engraçado, eu acho. Cara engraçado.

– Onde eu deixei a camisa? – Tateio, de repente sentindo uma letargia que me é completamente nova. Cruzo os braços. Fecho os olhos. – Hum, você viu minha camisa por aí?

– Você está bêbado, irmão?

– O quê? – Dou um tapa no ar. Caio na risada. – Acho que não. Meu pai é alcoólatra, sabia? Eu não chego nem perto de álcool. Não, espere aí… – Ergo um dedo. – *Era* alcoólatra. Meu pai era alcoólatra. Agora ele está morto. Mortinho.

E então ouço Kenji ofegando. Ofegando alta e estranhamente antes de sussurrar:

– *Puta merda.* – E suas palavras são o bastante para aguçar meus sentidos por um instante.

Dou meia-volta para encará-lo.

Ele parece aterrorizado.

– O que aconteceu com as suas costas?

– Ah. – Desvio o olhar, agora irritado. – Isto… – As muitas cicatrizes que desfiguram as minhas costas. Respiro fundo. Solto o ar. – São só... você sabe, presentes de aniversário do meu velho pai.

– Presentes de aniversário do seu *pai*? – Kenji pisca, rápido. Olha em volta, fala com o ar: – Em que tipo de novela eu acabei de me enfiar? – Passa a mão nos cabelos e diz: – Por que é que sempre acabo envolvido nas merdas pessoais dos outros? Por que não consigo cuidar da minha própria vida? Por que não consigo ficar de boca fechada?

– Sabe... – respondo, inclinando ligeiramente a cabeça. – Sempre me perguntei a mesma coisa.

– Cale a boca.

Abro um sorriso enorme. Iluminado como uma lâmpada.

Kenji fica de olhos arregalados, surpreso, e em seguida dá risada. Assente ao ver meu rosto e fala:

– Que fofo, você tem covinhas. Eu não sabia. Que gracinha.

– Cale a boca! – Franzo a testa. – Vá embora.

Ele ri mais intensamente.

– Acho que você exagerou nesses remédios aí. – Recolhe o frasco que deixei no chão. Lê o rótulo. – Aqui diz que você deve tomar um a cada três horas. – Ri outra vez, agora mais alto. – Porra, cara, se eu não soubesse que você está sofrendo para valer, filmaria esta cena.

– Estou muito cansado. Por favor, vá direto para o inferno.

– Nem ferrando, sua aberração. Não vou perder esta cena por nada. – Apoia o corpo na parede. – E mais: não vou a lugar algum até sua versão entorpecida me dizer por que vocês dois terminaram.

Nego com a cabeça. Finalmente consigo encontrar a camisa e vesti-la.

– Isso mesmo, vista isso aí – Kenji fala.

Lanço um olhar fulminante a ele e caio na cama. Fecho os olhos.

— Então? — Ele se senta bem ao meu lado. — Posso buscar a pipoca? O que está rolando?

— Informação sigilosa.

Kenji emite um barulho que deixa clara sua descrença.

— O que é sigiloso? O motivo do término é sigiloso? Ou vocês terminaram por alguma informação sigilosa?

— Sim.

— Dê alguma pista, cara.

— Nós terminamos — respondo, puxando um travesseiro sobre os olhos — por causa de uma informação que compartilhei com ela... Uma informação, como eu disse, *sigilosa*.

— O quê? Por quê? Não faz o menor sentido. — Um instante de silêncio. — A não ser que...

— Ah, ótimo. Posso praticamente ouvir as engrenagens minúsculas do seu cérebro minúsculo trabalhando.

— Você contou alguma mentira a ela? Alguma coisa que devesse ter contado antes? Alguma coisa sigilosa... envolvendo *ela*?

Aceno com a mão para nada em particular.

— Que cara mais genial! — ironizo.

— Ah, *merda*!

— Sim — concordo. — Uma merda enorme, mesmo.

Ele expira demorada e duramente.

— A situação me parece bem séria.

— Eu sou um idiota.

Ele pigarreia.

— Então quer dizer que dessa vez você ferrou mesmo as coisas?

— Bem por aí, imagino.

Silêncio.

RESTAURA-ME

— Espere um pouco, explique outra vez por que esses lençóis estão todos no chão.

Ao ouvir isso, afasto o travesseiro do rosto.

— Por que você acha que estão no chão?

Um segundo de hesitação e:

— Ah, espere aí... *qual é*, cara, que droga. — Kenji pula para fora da cama, parecendo enojado. — Por que me deixou sentar aqui? — Caminha a passos largos até o outro lado do quarto. — Vocês dois são... *Puta merda!* Isso não é *nada legal*...

— Cresça, cara.

— Eu já sou adulto. — Ele fecha a cara para mim. — Mas Juliette é tipo minha irmã, cara. Não quero pensar nessa porra...

— Olha, não se preocupe. Tenho certeza de que não vai voltar a acontecer.

— Está bem, está bem, rainha do drama, acalme-se. E me fale mais sobre esse negócio sigiloso.

Juliette

Corra, falei a mim mesma.

Corra até seus pulmões entrarem em colapso, até o vento chicotear e rasgar suas roupas já surradas, até se tornar uma mancha que se mistura com o fundo.

Corra, Juliette, corra mais rápido, corra até seus ossos fraturarem e sua canela quebrar e seus músculos atrofiarem e seu coração desfalecer porque ele sempre foi grande demais para o seu peito e bate rápido demais por tempo demais e corra.

Corra corra corra até não ouvir os pés deles batendo atrás de você. Corra até eles baixarem os punhos e seus gritos se dissolverem no ar. Corra de olhos abertos e boca fechada e represe o rio que corre por trás de seus olhos. Corra, Juliette.

Corra até cair morta.

Certifique-se de que seu coração pare antes de eles a alcançarem. Antes que consigam tocar em você.

Corra, eu falei.

— Excerto dos diários de Juliette no hospício

RESTAURA-ME

Meus pés batem contra o chão duro e batido, cada passada firme enviando choques de dor elétrica perna acima. Meus pulmões queimam, a respiração é rápida e intensa, mas eu me esforço para superar a exaustão, os músculos trabalhando mais assiduamente do que há muito tempo, e continuo em movimento. Nunca fui boa nisso. Sempre tive dificuldade para respirar. Mas passei a fazer bastante cardio e musculação desde que me mudei para a base, e fiquei muito mais forte.

Hoje, colho os resultados desses treinos.

Já percorri pelo menos alguns quilômetros, pânico e raiva me impulsionando a seguir em frente, mas agora tenho que ir além da minha resistência para manter o embalo. Não posso parar. Não vou parar.

Ainda não estou pronta para começar a pensar.

Hoje é um dia perturbadoramente lindo; o sol brilha alto e forte; os pássaros, que eu pensava nem existirem mais, cantam felizes nas árvores que já florescem, batem as asas no céu azul e vasto. Estou usando uma blusa de algodão fino. Calça jeans escura. Outro par de tênis. Meus cabelos, soltos e longos, formam ondas atrás de mim, envolvidos em uma batalha contra o vento. Sinto o sol aquecer meu rosto; sinto gotas de suor escorrendo por minhas costas.

Será que tudo isso é real? – pergunto-me.

Alguém atirou em mim de propósito com aquelas balas envenenadas? Para tentar me comunicar alguma coisa?

Ou minhas alucinações nada têm a ver com isso?

Fecho os olhos e empurro as pernas com mais força, insistindo para que me levem mais rápido. Ainda não quero pensar. Não quero parar de me movimentar.

Se eu parar, minha mente pode me matar.

235

Um golpe repentino de vento atinge meu rosto. Abro novamente os olhos, lembro-me de respirar. Estou outra vez no território não regulamentado, meus poderes totalmente ligados, a energia zumbindo em meu interior mesmo agora, em movimento constante. As ruas do antigo mundo são pavimentadas, mas também pontuadas por buracos e poças d'água. Os prédios estão abandonados, altos e frios; fios elétricos se espalham no horizonte como a partitura de uma composição não concluída, balançando levemente sob a luz da tarde. Corro por debaixo de uma ponte decadente e por uma escada de concreto ladeada por palmeiras malcuidadas e postes com lâmpadas queimadas. O corrimão de ferro forjado se mostra desgastado, a tinta já descascando. Entro e saio de algumas ruas laterais e então estou cercada, por todos os lados, pelo esqueleto de uma antiga rodovia de 12 pistas, com uma enorme estrutura de metal parcialmente em colapso ali no meio. Aproximo-me e conto três igualmente impressionantes placas verdes, sendo que apenas duas continuam penduradas. Leio as palavras...

405 SOUTH LONG BEACH

... e paro.

Dobro o corpo para a frente, cotovelos nos joelhos, mãos unidas atrás da cabeça, e enfrento a necessidade de cair no chão.

Inspiro.

Expiro.

Várias e várias vezes.

Ergo o olhar, analiso o que há à minha volta.

Avisto um velho ônibus não muito longe de onde estou, suas rodas atoladas em uma poça enorme de água parada, apodrecendo, enferrujando, como uma criança abandonada pisando em sua própria sujeira. Placas de trânsito, vidros estilhaçados, borracha em

RESTAURA-ME

farrapos e um para-choque esquecido emporcalham o que restou do asfalto destruído.

O sol me encontra e brilha na minha direção, um holofote para a garota cansada parada no meio do nada, e sou capturada por seus raios de calor concentrados, derretendo lentamente de dentro para fora, entrando em colapso enquanto minha mente tenta acompanhar o ritmo do corpo, como um asteroide caindo na Terra.

E então me dou conta...

Os lembretes são como reverberações

As memórias são como mãos se fechando ao redor da minha garganta

Lá está

Lá está ela

outra vez estilhaçada.

Curvo o corpo, encostando-o contra a parte traseira do ônibus imundo, e deixo a mão tapar a boca para calar meus gritos, mas suas tentativas desesperadas de escapar por meus lábios enfrentam uma maré de lágrimas não derramadas que não posso deixar escorrerem e...

respire

Meu corpo treme com a emoção represada. O vômito sobe pelo esôfago.

Vá embora, sussurro, mas só na minha cabeça

vá embora, digo

Por favor, morra

Eu acorrentei a menininha aterrorizada do meu passado em alguma masmorra desconhecida dentro de mim, onde ela e seus medos foram cuidadosamente mantidos, isolados do mundo.

Suas lembranças, sufocadas.

237

Sua raiva, ignorada.

Não converso com ela. Não me atrevo a olhar para ela. Eu a *odeio*.

Mas, nesse exato momento, eu a ouço chorar.

Nesse momento, posso vê-la, essa outra versão de mim mesma. Posso vê-la esfregando as unhas sujas nas câmaras do meu coração, arrancando sangue. E se eu pudesse alcançar meu interior e extirpá-la de mim usando minhas próprias mãos, faria justamente isso.

Arrebentaria seu corpinho no meio.

Arremessaria seus membros mutilados no mar.

Eu me livraria completamente dela, apagaria suas marcas da minha alma para sempre. Mas ela se recusa a morrer. Continua dentro de mim, um eco. Assombra os corredores do meu coração e da minha mente, e embora eu ficasse feliz em matá-la em busca de uma chance de ser livre, não consigo. É como tentar sufocar um fantasma.

Então, fecho os olhos e imploro a mim mesma para ser corajosa. Respiro fundo, várias vezes. Não posso deixar a menina alquebrada que existe dentro de mim absorver tudo o que me tornei. Não vou me estilhaçar, não outra vez, no rastro de um terremoto emocional.

Mas por onde posso começar?

Como faço para encarar tudo o que está acontecendo? As últimas semanas já foram demais para mim; demais para enfrentar; demais para lidar. Tem sido complicado admitir que não sou qualificada, que estou envolvida demais em uma situação difícil, mas cheguei lá. Estava disposta a reconhecer que tudo isso – essa nova vida, esse novo mundo – requereria tempo e experiência. Estava disposta a me dedicar horas a confiar em minha equipe, a ser diplomática. Mas agora, à luz de tudo isso...

Toda a minha vida foi um experimento.

RESTAURA-ME

Tenho uma irmã. Uma irmã. E pai e mãe diferentes, pais biológicos, que não me trataram diferente dos adotivos, que doaram meu corpo para pesquisas como se eu não fosse nada além de uma experiência científica.

Anderson e os outros comandantes supremos sempre souberam quem eu era. Castle sempre soube a verdade a meu respeito. Warner sabia que eu fora adotada.

E agora, reconhecer que aqueles em quem mais confiei mentiram para mim, me manipularam...

Que todo mundo estava *me usando*...

Rasgando meus pulmões, sai o grito repentino. Liberta-se do meu peito sem aviso, sem permissão, e é um grito tão alto, tão duro e violento, que me deixa de joelhos. Minhas mãos empurram o asfalto, a cabeça inclinada entre as pernas. O barulho da minha agonia se perde no vento, é levado pelas nuvens.

Mas aqui, entre meus pés, o chão se abriu.

Surpresa, levanto-me com um salto e olho para baixo, giro. De repente não consigo mais me lembrar se essa rachadura já estava ou não aqui.

A força da minha frustração e confusão me leva de volta ao ônibus, onde solto a respiração e me apoio na porta traseira, na esperança de encontrar um lugar para descansar a cabeça. Mas minhas mãos e minha cabeça rasgam as paredes do veículo como se fossem feitas de papel de seda, e caio no chão imundo, mãos e joelhos batendo direto no metal.

Por algum motivo, isso me deixa ainda mais furiosa.

Meu poder está descontrolado, alimentado por minha mente descuidada, por meus pensamentos ferozes. Não consigo focar minha energia como Kenji me ensinou e ela se espalha por todos os lugares, por toda a minha volta, dentro e fora de mim, e o problema é que a essa altura não estou mais nem aí.

Não me importo, não neste momento.

Sem pensar, estendo a mão e arranco um dos bancos do ônibus e o lanço com força no para-brisa. Vejo vidro voar por todos os lados; um enorme caco me atinge no olho e vários outros voam em minha boca aberta e nervosa. Ergo a mão e encontro cacos na manga da blusa, cacos que brilham como minúsculos pingentes de gelo. Cuspo os pedaços que estão na minha boca. Tiro outros da blusa. E então puxo um fragmento de vidro de três centímetros de dentro da pálpebra e o jogo fora. Ele cai com um leve tinido no chão.

Meu peito lateja.

Enquanto arranco mais um banco, penso: *o que eu faço agora*? Jogo-o direto em uma janela, estilhaçando mais um vidro e rasgando mais uma parte metálica do ônibus. Meu instinto força meu braço a se erguer para proteger os olhos dos cacos voando, mas não consigo nem tremer. Estou furiosa demais para me importar. Nesse momento, sou poderosa demais para sentir dor. O vidro bate em meu corpo e ricocheteia. Fiapos de aço parecidos com lâminas batem contra minha pele e caem no chão. Quase tenho vontade de sentir alguma coisa. Qualquer coisa.

O que eu faço?

Soco a parede e não encontro alívio no gesto; minha mão passa direto pelo metal. Chuto um banco e não me sinto mais reconfortada; meu pé atravessa o estofamento barato. Volto a gritar, em parte furiosa, em parte magoada, e dessa vez observo uma longa e perigosa fenda se abrir no teto.

Isso é novidade para mim.

RESTAURA-ME

E mal tive tempo de pensar quando o ônibus dá um chacoalhão inesperado, escancarando-se com um tremor repentino e se partindo ao meio.

As duas metades desmoronam, uma de cada lado, fazendo-me tropeçar para trás. Caio em uma pilha de metal e vidro molhado e sujo e, perplexa, forço-me a ficar de pé.

Não sei o que acabou de acontecer.

Eu sabia que era capaz de projetar minhas habilidades – minha força, essa sim eu sabia –, porém, não sabia que podia projetar força com a minha voz. Velhos impulsos me fazem desejar ter alguém com quem debater sobre esse assunto. Mas não tenho mais ninguém com quem conversar.

Warner, fora de questão.

Castle é cúmplice.

E Kenji... *o que pensar de Kenji?* Será que também sabia da existência de meus pais, da minha irmã? Castle certamente contou a ele, não?

O problema é que não posso mais ter certeza de nada.

Não resta ninguém em quem confiar.

Mas essas palavras – esse simples pensamento – de repente trazem à tona uma lembrança. É algo nebuloso, que tenho de buscar na memória. Agarro-a e puxo-a. Uma voz? Uma voz feminina, agora lembro. Dizendo-me para...

Fico boquiaberta.

Era Nazeera. Ontem à noite. Na ala médica. Era ela. Agora me recordo de sua voz... Lembro-me de estender minha mão e tocar a dela, lembro-me de ter sentido o metal que ela sempre usa nos nós dos dedos, lembro-me de ouvi-la dizendo para mim que...

... as pessoas em quem você confia estão mentindo para você... e os outros comandantes supremos só querem matá-la...

Viro-me rápido demais, buscando alguma coisa que sou incapaz de nomear.

Nazeera estava tentando me alertar. Ontem à noite... Ela mal me conhecia e ainda assim estava tentando me contar a verdade muito antes de qualquer um dos outros...

Mas por quê?

E então, alguma coisa dura e barulhenta pousa pesadamente na estrutura de concreto parcialmente destruída que bloqueia a estrada. As velhas placas da rodovia tremem e balançam.

Mantenho o olhar focado no que está acontecendo. Acompanho em tempo real, cena a cena e, mesmo assim, fico tão impressionada com o que vejo que esqueço de falar.

É Nazeera, a 15 metros do chão, calmamente sentada sobre a placa que anuncia...

IO EAST LOS ANGELES

... e ela está acenando para mim. Usa um capuz de couro marrom folgado na cabeça, preso a um coldre que passa por seu ombro. O capuz de couro cobre os cabelos e esconde os olhos, de modo que apenas a parte inferior de seu rosto está visível de onde estou. O *piercing* de diamante abaixo do lábio inferior parece se incendiar ao receber a luz do sol.

Ela parece uma visão saída de uma época desconhecida.

Naturalmente, não sofre do mesmo problema que eu.

– Já se sente pronta para conversar? – me pergunta.

– Como... como foi que você...

– Sim?

RESTAURA-ME

— Como veio parar aqui? — Olho à minha volta, analisando meus arredores. *Como ela sabia que eu estava aqui? Estão me seguindo?*

— Voando.

Viro-me para encará-la.

— Onde está sua aeronave?

Ela ri e salta da placa. É uma queda longa e arriscada, que feriria qualquer pessoa normal.

— Espero realmente que esteja brincando — responde e, então, me segura pela cintura e salta, subindo aos céus.

Warner

Já vi muitas coisas estranhas na vida, mas nunca pensei que teria o prazer de ver Kishimoto calar a boca por mais do que cinco muitos. E aqui estamos nós. Em outra situação, talvez eu apreciasse um momento como esse. Infelizmente, porém, agora sou incapaz de desfrutar até mesmo desse pequeno prazer.

Seu silêncio é enervante.

Já se passaram cinco minutos desde que terminei de dividir com Kenji os mesmos detalhes que compartilhei com Juliette mais cedo, e ele não disse uma palavra sequer. Está sentado num canto, em silêncio, a cabeça encostada à parede, cenho franzido e se recusando a falar. Só encara o nada, olhos estreitados, focados em algum ponto invisível do outro lado do quarto.

De vez em quando, suspira.

Estamos aqui há quase duas horas, só nós dois. Conversando. E, de todas as coisas que eu previ para hoje, certamente não imaginei que elas envolveriam Juliette correndo para longe de mim ou eu me tornando amigo desse idiota.

Ah, para que servem os planos, não é mesmo?

RESTAURA-ME

Finalmente, depois do que parece ter sido uma enorme quantidade de tempo, ele se pronuncia:

– Não consigo acreditar que Castle não me contou – é a primeira coisa que diz.

– Todos nós temos nossos segredos.

Ele ergue o rosto e me olha nos olhos. Com ares nada agradáveis.

– Você tem mais algum segredo que eu deva saber?

– Nada que deva saber, não.

Ele ri, mas seu riso soa triste.

– Você nem se dá conta do que está fazendo, não é?

– Me dar conta de quê?

– De que está se enfiando em toda uma vida de dor, irmão. Não pode continuar vivendo assim. – Ele aponta para meu rosto antes de prosseguir: – Aquele... aquele você de antigamente? Aquele cara confuso que nunca se expressa e nunca sorri e nunca diz nada positivo e nunca deixa ninguém conhecê-lo de verdade... Você não pode ser esse cara se quiser manter qualquer tipo de relacionamento.

Arqueio uma sobrancelha.

Ele balança a cabeça.

– Não pode, cara, não dá. Não pode estar com alguém e guardar tantos segredos dela.

– Isso nunca me impediu de estar com alguém antes.

Nesse momento, Kenji hesita. Seus olhos ficam ligeiramente mais abertos.

– Que história é essa de "antes"?

– Antes – reitero. – Em outros relacionamentos.

– Então, hum, você teve outros relacionamentos? Antes de Juliette?

Inclino a cabeça para ele.

— Para você, é difícil acreditar.

— Ainda estou tentando processar o fato de que você tem *senti-mentos*, então, sim, para mim é difícil acreditar.

Pigarreio muito discretamente. Desvio o olhar.

— Então, hum... você... é... — Ele ri com nervosismo. — Desculpe, mas tipo, Juliette sabe que você teve outros relacionamentos? Porque ela nunca comentou nada a respeito e acho que algo desse tipo seria, não sei... relevante?

Viro-me para encará-lo.

— Não.

— Não o quê?

— Não, ela não sabe.

— Por que não?

— Por que nunca perguntou.

Boquiaberto, Kenji me encara.

— Desculpe, mas você... Quer dizer, você realmente é tão idiota quanto parece? Ou só está me zoando?

— Tenho quase vinte anos — respondo, irritado. — Acha mesmo tão estranho assim eu já ter me envolvido com outras mulheres?

— Não. Pessoalmente, estou cagando e andando para quantas mulheres você já teve. O que acho estranho é você nunca ter contado à sua *namorada* que já se envolveu com outras mulheres. E, para ser totalmente sincero, isso me faz questionar se o relacionamento de vocês já não estava indo para o inferno.

— Você não tem a menor ideia do que está falando. — Meus olhos se fecham. — Eu a *amo*. Jamais faria qualquer coisa para magoá-la.

— Então, por que mentiria para ela?

— Por que você fica insistindo nisso? Quem se importa se já tive ou não outras mulheres? Elas não significaram nada para mim...

RESTAURA-ME

— Cara, você está com algum problema na cabeça.

Fecho os olhos, de repente me sentindo exausto.

— De tudo o que compartilhei com você hoje, essa é a questão que você mais quer discutir?

— Só acho que seja importante, sabe, se você e J querem reparar esse dano. Você precisa dar um jeito na sua vida.

— O que quer dizer com *reparar esse dano*? — indago, abrindo os olhos num ímpeto. — Eu já perdi Juliette. O dano já está feito.

Ao ouvir minhas palavras, Kenji parece surpreso.

— Então é isso? Você vai simplesmente sair andando com o rabo entre as pernas? Toda essa conversa de "eu amo Juliette blá-blá-blá" para isso?

— Ela não quer ficar comigo. Não vou tentar convencê-la de que está errada.

Kenji começa a rir.

— Caramba! — exclama. — Acho que você precisa apertar uns parafusos aí nessa sua cabeça.

— Perdão?

Ele se levanta.

— Que se dane, irmão. A vida é sua, o problema é seu. Eu gostava mais de você quando estava chapadão de remédio.

— Diga-me uma coisa, Kishimoto…

— O quê?

— O que me levaria a aceitar os *seus* conselhos de relacionamento? O que sabe sobre relacionamentos além do fato de que nunca teve um?

Um músculo se repuxa em seu maxilar.

— Nossa! — Assente, depois desvia o olhar. — Quer saber? — Ergue o dedo do meio para mim. — Não venha fingindo que sabe da minha vida, cara. Você não sabe merda nenhuma a meu respeito.

— Você também não me conhece.

— Mas sei que é um *idiota*.

De repente, inexplicavelmente, eu me toco.

Meu rosto fica pálido. Sinto-me instável. Não tenho mais força para brigar e nem interesse em me defender. Sou *mesmo* um idiota. Sei quem sou. As coisas terríveis que fiz. Sou indefensável.

— Você está certo — respondo, mas falando baixinho. — E também tenho certeza de que está certo quando diz que tem muita coisa que não sei a seu respeito.

Kenji parece relaxar um pouco.

Seus olhos demonstram compaixão quando ele diz:

— Realmente, não acho que tenha que perdê-la. Não assim. Não por causa disso. O que você fez foi… Sim, foi mais do que horrível. Torturar a irmã dela? Tipo… Sim… Claro… Assim, são dez em dez as chances de você ir para o inferno por causa do que fez.

Encolho-me.

— Mas isso aconteceu antes de você conhecê-la, não foi? Antes de tudo isso… — ele diz, agitando a mão no ar —, você sabe, antes de acontecer o que quer que tenha acontecido entre vocês. E eu conheço Juliette, sei o que ela sente por você. Pode ser que consigam salvar esta relação. Eu não perderia as esperanças ainda.

Quase abro um sorriso. Quase dou risada.

Mas não faço nem uma coisa nem outra.

Apenas falo:

— Lembro-me de Juliette ter me contado que você falou algo parecido a Kent pouco depois que eles terminaram. Que se colocou

RESTAURA-ME

expressamente contra o que ela queria. Disse a Kent que ela ainda o amava, que queria voltar com ele... E disse exatamente o oposto do que ela sentia. Ela ficou furiosa.

– Era outra situação. – Kenji franze o cenho. – Era, tipo... você sabe... eu só estava... tentando ajudar? Porque a situação era muito complicada, logisticamente falando.

– Obrigado por tentar me ajudar, mas não vou implorar para ela voltar comigo. Não se não é isso o que ela quer. – Desvio o olhar. – Enfim, ela sempre mereceu alguém melhor. Talvez essa seja a chance dela.

– Ah, não. – Kenji arqueia uma sobrancelha. – Então se, tipo, amanhã ela resolver ficar com algum outro cara por aí, você vai simplesmente dar de ombros e tipo... sei lá. Trocar um aperto de mãos com o cara? Levar o casalzinho feliz para jantar? Sério?

É só uma ideia.

Um cenário hipotético.

Mas a possibilidade acende minha mente: Juliette se divertindo, rindo com outro homem...

E ainda pior: as mãos dele no corpo dela, ela com os olhos entreabertos e cheia de desejo...

De repente, sinto como se tivesse levado um soco no estômago. Fecho os olhos. Tento me manter calmo.

Mas agora não consigo parar de imaginar a cena: outro homem conhecendo-a do jeito que a conheci, no escuro, nas horas silenciosas antes da alvorada – os beijos doces dela, os gemidos de prazer...

Não posso. Não consigo.

Estou sem ar.

– Ei, sinto muito... Foi só uma pergunta...

— Acho melhor você ir embora — peço, sussurrando as palavras.
— Melhor você ir.

— Sim... Quer saber? Certíssimo. Excelente ideia. — Ele assente várias vezes. — Sem problema. — Mas não se mexe.

— O que foi? — esbravejo.

— Eu só... é... — De pé, ele balança para um lado e para o outro. — Eu estava me perguntando se você... se queria mais daqueles remedinhos. Antes de eu dar o fora daqui.

— *Caia. Fora.*

— Está bem, cara, sem problemas. É, eu só vou...

De repente, alguém começa a bater na porta do meu quarto.

Olho para cima. Olho em volta.

— Quer que eu... — Kenji me encara com um ponto de interrogação nos olhos. — Quer que eu atenda?

Lanço um olhar fulminante para ele.

— Está bem, eu atendo. — E corre em direção à porta.

É Delalieu, parece em pânico.

Preciso fazer um esforço hercúleo, mas consigo me recompor.

— Não podia ter ligado, tenente? Os telefones não servem para isso?

— Eu tentei, senhor. Faz mais de uma hora que estou tentando, mas ninguém atende, senhor...

Viro o pescoço e suspiro, alongando os músculos, mesmo enquanto eles voltam a ficar tensos.

Culpa minha.

Desliguei o telefone ontem à noite. Não queria distrações enquanto analisava os arquivos de meu pai e, com toda a loucura de hoje de manhã, esqueci de religar a linha. Já começava mesmo

RESTAURA-ME

a me perguntar por que tinha passado tanto tempo sem ninguém me incomodar.

– Tudo bem – respondo, interrompendo-o. – Qual é o problema?

– Senhor... – Engole em seco. – Tentei entrar em contato com o senhor e com a Senhora Suprema, mas os dois passaram o dia todo sem poder atender e...

– O que foi, tenente?

– A comandante suprema da Europa enviou sua filha, senhor. Ela apareceu sem avisar há algumas horas, e me parece que está dando um escândalo, alegando que foi ignorada e eu não sabia ao certo o que fa-fazer...

– Bem, diga a ela para sentar aquele rabo e esperar – Kenji responde, irritado. – Que história é essa de fazer escândalo? Nós temos muita merda para resolver aqui.

Mas eu fiquei inesperadamente sólido. Como se o sangue em minhas veias tivesse coagulado.

– Certo? – Kenji continua, usando o braço para me cutucar. – Qual é o problema, cara? Delalieu... – ele chama, ignorando-me –, diga a ela que relaxe. Nós já descemos. Este cara aqui precisa tomar um banho e se vestir direito. Ofereça almoço ou alguma coisa para ela comer, está bem? Nós já vamos.

– Sim, senhor – Delalieu responde discretamente. Está falando com Kenji, mas lança um olhar de preocupação para mim.

Não respondo. Não sei o que dizer.

As coisas estão acontecendo rápido demais. Fissão e fusão em todos os lugares errados, tudo ao mesmo tempo.

Somente quando Delalieu já se foi e a porta está fechada é que Kenji finalmente fala:

– O que foi? Por que parece tão assustado?

Então, descongelo. Meus membros lentamente retomam as sensações.

Viro-me para encará-lo.

– Você acha mesmo que preciso contar a Juliette sobre as outras mulheres com quem estive? – pergunto com cuidado.

– Ah, sim. Mas o que isso tem a ver com...

Encaro-o.

Ele me encara em resposta. Fica boquiaberto.

– Você quer dizer que... com essa garota... que está lá embaixo?

– As filhas dos comandantes supremos... – tento explicar, apertando os olhos enquanto falo. – Nós... nós basicamente crescemos juntos. Conheço a maioria dessas meninas desde muito novo. – Observo-o, enquanto tento parecer tranquilo. – Era inevitável, de verdade. Não deve ser nenhuma surpresa.

Mas as sobrancelhas de Kenji já estão lá no alto. Ele tenta evitar um sorriso enquanto me dá um tapa, forte demais, nas costas.

– Prepare-se para enfrentar um mundo de sofrimento, irmão. Um mundo. De. Sofrimento.

Nego com a cabeça.

– Não é necessário fazer tanto drama assim. Juliette não precisa saber. Ela não está nem falando comigo agora.

Kenji ri. Olha para mim com algo que parece ser comiseração.

– Você não sabe nada sobre mulheres, sabe? – Não respondo, o que o faz prosseguir: – Acredite em mim, cara, posso apostar qualquer coisa que, onde quer que esteja agora, em qualquer lugar por aí, ela já sabe. E se não souber ainda, não vai demorar a descobrir. As garotas conversam sobre tudo.

– Como isso é possível?

Ele dá de ombros.

RESTAURA-ME

Eu suspiro. Passo a mão pelos cabelos antes de dizer:

— Bem, que importância tem isso? Será que não temos assuntos mais relevantes a tratar do que os detalhes dos meus relacionamentos anteriores?

— Em uma situação de normalidade? Sim. Mas se a comandante suprema da América do Norte é sua ex-namorada, e considerando que já está bastante estressada porque você andou mentindo para ela? E então, de repente, sua outra ex-namorada aparece e Juliette nem *sabe* a respeito dela? E ela percebe que, tipo, você também mentiu sobre outras mil coisas...

— Eu nunca menti para ela sobre isso — interrompo-o. — Ela nunca *perguntou*...

— ...e então, nossa comandante suprema poderosa pra caralho fica, tipo, super, superputa da vida? — Kenji dá de ombros. — Não sei não, cara, mas não vejo essa situação terminando bem.

Solto a cabeça nas mãos. Fecho os olhos.

— Preciso tomar banho.

— E... hum... essa é a minha deixa para ir embora.

De repente, ergo o olhar e pergunto:

— Tem algo mais que eu possa fazer para evitar que essa situação piore ainda mais?

— Ah, então *agora* você resolveu ouvir meus conselhos de relacionamento?

Engulo o impulso de revirar os olhos.

— Na verdade, não sei, cara — Kenji continua, e suspira. — Acho que dessa vez você vai ter de enfrentar as consequências da sua própria burrice.

Desvio o olhar, contenho uma risada e assinto várias vezes enquanto digo:

— Kishimoto, vá para o inferno.

— Estou logo atrás de você, irmão. — Ele pisca com um olho para mim. Só uma vez.

E vai embora.

Juliette

~~Há algo fervendo dentro de mim.~~

~~Algo em que jamais ousei tocar, algo que sinto medo de reconhecer. Parte de mim se arrasta para se libertar da jaula na qual a prendi, bate às portas do meu coração enquanto implora para sair.~~

~~Implora para se desprender.~~

~~Todo dia sinto que estou revivendo o mesmo pesadelo. Abro a boca para gritar, para lutar, para sacudir os punhos, mas minhas cordas vocais foram cortadas, meus braços parecem pesados, presos em cimento úmido, e estou gritando, mas ninguém me ouve, ninguém me alcança, e me sinto presa. E essa situação está me matando.~~

~~Sempre tive de me colocar no papel de submissa, subserviente, retorcida como um esfregão suplicante e passivo só para deixar todos os outros se sentirem seguros e à vontade. Minha existência se transformou em uma luta para provar que sou inofensiva, que não sou uma ameaça, que sou capaz de viver em meio a outros seres humanos sem feri-los.~~

~~E estou tão cansada estou tão cansada estou tão cansada e às vezes fico tão furiosa~~

~~Não sei o que está acontecendo comigo.~~

— Excerto dos diários de Juliette no hospício

Pousamos em uma árvore.

Não tenho ideia de onde estamos – nem sei se já estive em algum lugar tão alto assim ou tão próximo da natureza –, mas Nazeera simplesmente parece não se importar.

Respiro bruscamente enquanto me viro para encará-la, adrenalina e descrença colidindo, mas ela não está olhando para mim. Parece calma, até mesmo feliz, enquanto observa o céu, um pé apoiado em um galho e o outro pendurado, balançando para a frente e para trás na brisa fresca. Seu braço esquerdo descansa no joelho e a mão permanece relaxada, quase casual demais, enquanto segura e solta alguma coisa que não consigo ver. Inclino a cabeça, separo os lábios para fazer uma pergunta, mas ela logo me interrompe.

– Sabe de uma coisa? – ela de repente arrisca. – Eu nunca, nunca mesmo, tinha mostrado para ninguém o que era capaz de fazer.

Sou pega de surpresa.

– Ninguém? Nunca? – pergunto, espantada.

Nazeera nega com a cabeça.

– Por que não? – indago.

Ela passa um instante em silêncio antes de dizer:

– A resposta para essa pergunta é um dos motivos pelos quais eu queria conversar com você. – Leva uma mão distraída ao *piercing* de diamante no lábio, bate a ponta do dedo na pedra brilhante. – Então, você sabe de algo verdadeiro sobre o seu passado?

E a dor chega num átimo, como aço gelado, como facadas no peito. Lembretes dolorosos das revelações de hoje.

– Sei de algumas coisas – enfim respondo. – Para ser sincera, descobri a maioria delas hoje de manhã.

Nazeera assente.

RESTAURA-ME

— E foi por isso que saiu correndo daquele jeito?

Viro-me para encará-la.

— Você estava me espionando?

— Estava de olho em você, sim.

— Por quê?

Nazeera sorri, mas demonstra cansaço.

— Você realmente não lembra, não é?

Confusa, eu a encaro.

Ela suspira. Balança as duas pernas e olha para o horizonte.

— Deixe para lá — conclui.

— Não, espere aí... O que quer dizer com isso? Era para eu me lembrar de você?

Ela faz um gesto negativo com a cabeça.

— Não estou entendendo — digo.

— Esqueça — insiste. — Não é nada. Você só tem uma aparência muito familiar e, por uma fração de segundo, pensei que já tivéssemos nos conhecido antes.

— Ah — respondo. — Está bem.

Mas Nazeera se recusa a olhar para mim. Tenho a estranha sensação de que está escondendo alguma coisa.

Mesmo assim, continua sem dizer nada.

Parece perdida em pensamentos, mordisca o lábio enquanto fita o horizonte, e não fala nada durante um bom tempo.

— Hum, com licença? Você me colocou em uma árvore — enfim, digo. — Que diabos estou fazendo aqui? O que você quer?

Ela se vira para me encarar. É então que percebo que o objeto que segura é, na verdade, um saquinho de doces. Estende a mão, indicando com a cabeça que eu deveria aceitar um.

Porém, não confio em Nazeera.

257

– Não, obrigada – recuso.

Ela dá de ombros. Desembrulha um dos doces coloridos e o leva à boca.

– Então... o que Warner contou a você hoje?

– Por que quer saber?

– Ele contou que você tem uma irmã?

Sinto um nó de raiva se formando em meu peito. Não respondo.

– Vou entender essa reação como uma afirmativa – conclui. Morde o docinho duro. Mastiga baixinho ao meu lado. – Ele contou mais alguma coisa?

– O que você quer comigo? – exijo saber. – Quem é você?

– O que ele contou sobre seus pais? – Nazeera continua, ignorando-me mesmo enquanto me observa de canto de olho. – Contou que você foi adotada? Que seus pais biológicos ainda estão vivos?

Apenas a encaro.

Ela inclina a cabeça e me analisa.

– Warner contou qual é o nome deles?

Meus olhos ficam automaticamente arregalados.

Nazeera sorri, e o movimento ilumina seu rosto.

– Aí está – continua, acenando triunfantemente com a cabeça. Desembrulha outro doce e o leva à boca. – Hum.

– Aí está o quê?

– O momento em que a raiva termina e a curiosidade começa – responde.

Irritada, suspiro.

– Você sabe o nome dos meus pais?

– Eu nunca disse que sabia.

De repente, sinto-me exausta. Impotente.

RESTAURA-ME

— Será que todo mundo sabe mais do que eu mesma a respeito da minha vida?

Ela me encara. Desvia o olhar.

— Nem todo mundo. Aqueles de nós que temos posições altas no Restabelecimento sabemos muito, de fato. É nossa tarefa saber. Especialmente nós. — Olha-me nos olhos por um segundo. — Quero dizer, nós, os filhos. Nossos pais esperam que assumamos o poder um dia. Mas não, nem todo mundo sabe de tudo. — Ela sorri para alguma piada interna compartilhada apenas consigo mesma e prossegue: — Para dizer a verdade, a maioria das pessoas não sabe de merda nenhuma. — E franze a testa antes de concluir: — Mas me parece que Warner sabe mais do que pensei que soubesse.

— Então você conhece Warner há muito tempo?

Nazeera empurra o capuz um pouco para trás, de modo que eu possa ver seu rosto. Encosta em um galho e suspira.

— Ouça… — fala baixinho. — Eu só sei o que meu pai nos contou sobre vocês. Mas agora sou inteligente o bastante para sair atrás de informações, e acabei descobrindo que a maioria das coisas que ouvi eram bobagens. Enfim…

Ela hesita. Morde o lábio e hesita.

— Diga logo — peço, balançando a cabeça. — Eu já ouvi tantas pessoas me chamarem de louca por ter me apaixonado por ele. Você não seria a primeira.

— O quê? Não. Não acho que seja louca. Quero dizer, entendo por que as pessoas podem pensar que Warner seja sinônimo de problema, mas ele é parte do meu povo, entende? Conheci seus pais. Para ser sincera, Anderson fazia meu pai parecer um cara legal. Nós todos somos problemáticos, isso é verdade, mas Warner não é uma pessoa ruim. Só está tentando encontrar uma maneira de sobreviver a essa loucura, como o restante de nós.

– Ah! – exclamo, surpresa.

– Enfim – ela prossegue, dando de ombros. – Sério, eu entendo por que gosta dele. Mesmo se não entendesse... Quer dizer, não sou cega. – Ergue uma sobrancelha para mim, indicando que realmente compreende. – Entendo seus motivos, garota.

Continuo impressionada. Essa talvez seja a primeira vez que ouço uma pessoa defender Warner. Nazeera prossegue:

– Veja, estou tentando dizer que acho que pode ser um bom momento para você se concentrar um pouco em si mesma. Dar uma respirada. Além disso, Lena vai chegar a qualquer momento, então é melhor você ficar longe dessa situação pelo máximo de tempo que puder. – Lança outro olhar compreensivo para mim. – Não me parece que precise de mais drama na sua vida, e toda essa... – gesticula no ar – *coisa* está fadada a, você entende, ficar muito feia.

– O quê? – Franzo a testa. – Que coisa? Que situação? Quem é Lena?

A surpresa de Nazeera é tão repentina e tão sincera que não consigo deixar de me preocupar imediatamente. Meu pulso acelera quando do ela se vira decidida para mim e diz, muito, muito lentamente:

– Lena. Lena Mishkin. É a filha da comandante suprema da Europa.

Encaro-a. Balanço a cabeça.

Nazeera fica de olhos arregalados.

– Você está de brincadeira, garota?

– O quê? – pergunto, agora assustada. – Quem ela é?

– Quem ela é? Está falando sério? É a ex-namorada de Warner.

Quase caio da árvore.

RESTAURA-ME

Engraçado, pensei que sentiria mais do que isso.

A Juliette de antigamente teria chorado. A Juliette submissa teria rachado no meio com o impacto repentino das muitas revelações de partir o coração, com o tamanho das mentiras de Warner, com a dor de se sentir tão profundamente traída. Porém, essa nova versão minha se recusa a reagir; em vez disso, meu corpo se desliga.

Sinto os braços se afrouxarem enquanto Nazeera me apresenta detalhes do antigo relacionamento de Warner – detalhes que quero e não quero ouvir. Ela diz que Lena e Warner eram muito importantes para o mundo do Restabelecimento, e de repente três dedos na minha mão direita começam a se repuxar sem a minha permissão. Nazeera conta que a mãe de Lena e o pai de Warner ficaram animados com uma aliança entre as famílias, com um laço que só deixaria o regime mais forte, e sinto correntes elétricas percorrerem minhas pernas, dando choque e me paralisando ao mesmo tempo.

Nazeera conta que Lena se apaixonou por Warner – realmente se apaixonou por ele –, mas que Warner partiu seu coração, que nunca a tratou com nenhuma afeição real, que ela passou a odiá-lo por isso, que "Lena teve ataques de raiva depois de ouvir que ele se apaixonou por você, especialmente porque você, supostamente, teria acabado de sair de um hospício, e parece que isso foi um golpe pesadíssimo no ego dela", e ouvir isso não me ajuda em nada a me acalmar. Na verdade, faz com que me sinta estranha e diferente, como um espécime em um tanque, como se minha vida nunca tivesse sido minha, como se eu não passasse de uma atriz em uma peça dirigida por desconhecidos, e sinto um golpe de ar polar no peito, uma brisa amarga envolve meu coração e fecho meus olhos enquanto os golpes frios aliviam a dor, o ar gelado se fechando ao redor das feridas em minha carne.

Só então

Só então finalmente respiro, desfrutando do desligamento gerado por essa dor.

Ergo o rosto, sentindo-me abatida e novinha em folha, olhos frios e inexpressivos enquanto pisco lentamente e digo:

– Como você sabe de tudo isso?

Nazeera puxa uma folha de um galho ao seu lado e a dobra entre os dedos. Dá de ombros.

– Vivemos em um círculo minúsculo e incestuoso. Conheço Lena desde sempre. Ela e eu nunca fomos exatamente próximas, mas vivemos no mesmo mundo. – Dá de ombros outra vez. – Ela realmente ficou louca por causa dele. Só sabia falar disso. E conversava com qualquer pessoa sobre esse assunto.

– Quanto tempo eles passaram juntos?

– Dois anos.

Dois anos.

A resposta é tão inesperadamente dolorosa que perfura minhas recém-adquiridas defesas.

Dois anos? Dois anos com outra garota e ele não me contou nada. Dois anos com outra. *E quantas outras?* Um choque de dor tenta se apossar de mim, tenta envolver meu coração gelado, mas consigo combatê-lo. Mesmo assim, algo quente e horrível se enterra em meu peito.

Não é ciúme.

Inferioridade. Inexperiência. Ingenuidade.

Quantas coisas mais vou descobrir sobre ele? Quantas outras coisas Warner escondeu de mim? Como posso voltar a confiar nele?

RESTAURA-ME

Fecho os olhos e sinto o peso da perda e da resignação se instalarem profundamente em meu interior. Meus ossos se mexem, se rearranjam para abrir espaço para essas novas dores.

Espaço para essa nova onda de raiva.

– Quando eles terminaram? – indago.

– Acho que... há uns oito meses?

Dessa vez paro de fazer perguntas.

Quero me transformar em uma árvore. Em um fiapo de grama. Quero me transformar em terra ou ar ou nada. Nada. Isso. Quero me transformar em nada.

Sinto-me uma total idiota.

– Não entendo por que Warner nunca contou a você – Nazeera continua falando, mas quase não consigo ouvi-la. – Não faz sentido. Foi uma notícia bombástica em nosso mundo.

– Por que você tem me seguido?

Mudo de assunto sem a menor sutileza. Meus olhos estão entreabertos; os punhos, fechados. Não quero mais falar sobre Warner. Nunca mais. Quero arrancar meu coração do peito e jogá-lo em nosso mar sujo de urina por tudo que me causou.

Não quero sentir mais nada.

Surpresa, Nazeera se endireita.

– Há muita coisa acontecendo agora. Há muita coisa que você não sabe, tantos absurdos que só agora está descobrindo. Quero dizer... nossa! Alguém tentou matá-la ainda ontem. – Balança a cabeça. – Só fiquei preocupada com você.

– Você nem me conhece. Por que se preocupa comigo?

Dessa vez, Nazeera não responde. Só me encara. Lentamente, desembrulha outro doce. Leva-o à boca e desvia o rosto.

– Meu pai me forçou a vir aqui – revela baixinho. – Eu não queria ser parte de nada disso. Nunca quis. Odeio tudo que o Restabelecimento representa. Mas disse a mim mesma que, se eu tivesse de vir para cá, cuidaria de você. Então, é isso que estou fazendo agora. Estou cuidando de você.

– Bem, não desperdice seu tempo – retruco, sentindo-me indiferente. – Não preciso de sua pena ou sua proteção.

Nazeera fica em silêncio. Por fim, suspira.

– Ouça, eu realmente sinto muito. Pensei que você soubesse sobre Lena, de verdade.

– Não estou nem aí para Lena – minto. – Tenho coisas mais importantes com as quais me preocupar.

– Certo – ela responde. Pigarreia. – Eu sei. Mesmo assim, peço desculpas.

Não digo nada.

– Ei – ela me chama. – Sério, não queria chatear você. Só quero que saiba que não estou aqui para causar nenhum mal. Estou tentando cuidar de você.

– Não preciso que cuide de mim. Estou me saindo bem.

Ela revira os olhos.

– Eu não acabei de salvar sua vida?

Resmungo alguma besteira bem baixinho.

Nazeera nega com a cabeça.

– Você precisa se recompor, garota, ou não vai sair dessa com vida. Não tem ideia do que está acontecendo nos bastidores ou do que os outros comandantes estão reservando para você. – Não respondo, o que a faz prosseguir: – Lena não vai ser a última de nós a chegar, sabia? E ninguém está vindo aqui para fazer papel de bonzinho.

RESTAURA-ME

Ergo o rosto em sua direção. Meus olhos não transmitem nenhum sentimento.

– Ótimo – retruco. – Que venham.

Ela ri, mas é uma risada sem vida.

– Então você e Warner brigaram e agora você não se importa com mais nada? Quanta maturidade!

Uma chama se acende em mim. Sinto meus olhos se intensificarem.

– Se estou chateada agora é porque acabo de descobrir que todas as pessoas mais próximas andam mentindo para mim! – exclamo, furiosa. – Meus pais continuam vivos, e aparentemente não são nem um pouco melhores que os monstros abusivos que me adotaram. Tenho uma irmã sendo ativamente torturada pelo Restabelecimento. E eu nunca sequer soube que ela existia. Estou tentando aceitar o fato de que nada vai ser como era antes para mim, nunca mais, e não sei em quem confiar ou quem devo deixar no passado. Então, sim… – Agora estou quase gritando. – Neste momento, não me importo com nada. Porque não sei mais o que estou combatendo. E não sei quem são meus amigos. Neste momento, todos são meus inimigos, inclusive você.

Nazeera não se abala.

– Você pode lutar pela sua irmã – propõe.

– Eu nem sei quem ela é.

Olha-me de soslaio, tomada pela descrença.

– O fato de sua irmã ser uma garota inocente sendo torturada não é o bastante? Pensei que estivesse lutando por um bem maior.

Dou de ombros. Viro o rosto.

– Quer saber? Você não precisa se importar – ela continua. – Mas eu me importo. Eu me importo com o que o Restabelecimento fez e ainda faz com pessoas inocentes. Eu me importo com o fato de que nossos pais são todos uns psicopatas. Eu me importo muito com o que o Restabelecimento fez, em especial com aqueles de nós que têm habilidades especiais. E, para responder à pergunta que você fez um pouco antes: eu nunca contei a ninguém sobre meus poderes porque vi o que eles fizeram com pessoas como eu. Vi que as trancafiaram, torturaram, abusaram. – Olha-me nos olhos. – E não quero ser o próximo experimento.

Alguma coisa dentro de mim fica oca. Derrete para fora. De repente, sinto-me vazia e triste.

– Eu me importo – enfim, retruco. – Provavelmente me importo demais. – E a raiva de Nazeera diminui. Ela suspira. – Warner falou que o Restabelecimento quer me levar de volta – relato.

Ela assente.

– É provável que seja verdade.

– Para onde querem me levar?

– Isso eu não sei. – Dá de ombros. – Pode ser que queiram simplesmente matá-la.

– Obrigada pelas palavras de incentivo.

– Ou então... – continua, abrindo um leve sorriso. – Podem levá-la a outro continente. Novo codinome. Nova instalação.

– Outro continente? – pergunto, curiosa, mesmo contra minha vontade. – Eu nunca na vida pisei em um avião.

Por algum motivo, falei a coisa errada.

Nazeera parece quase arrasada por um segundo. A dor vem e vai no brilho de seus olhos e ela desvia o olhar. Pigarreia. Mas quando volta a me estudar, seu rosto carrega outra vez uma expressão neutra.

– É... Bem, você não está perdendo muita coisa.

– Você viaja muito? – pergunto.

RESTAURA-ME

– Viajo.

– De onde você é?

– Setor 2. Continente asiático. – E então me olha nos olhos. – Mas nasci em Bagdá.

– Bagdá – repito. O nome me soa familiar; tento me lembrar, tento localizar onde fica no mapa, até que ela esclarece

– Iraque.

– Ah! Nossa! – exclamo.

– Muita informação para absorver, não é?

– Sim – concordo baixinho. E então, odiando-me ainda mais por pronunciar essas palavras, não consigo deixar de perguntar: – De onde Lena é?

Nazeera ri.

– Pensei tê-la ouvido dizer que não se importava com Lena.

Fecho os olhos. Morrendo de vergonha, faço que não com a cabeça.

– Ela nasceu em Peterhof, no subúrbio de São Petersburgo.

– Rússia – afirmo, aliviada por finalmente conhecer uma dessas cidades. – *Guerra e Paz.*

– Excelente livro – Nazeera elogia. – Uma pena que continue na lista das obras para queimar.

– Lista das obras para queimar?

– Obras que devem ser destruídas – esclarece. – O Restabelecimento tem um plano ambicioso de recriar a língua, a literatura e a cultura. Querem formar um novo tipo de... – faz um gesto aleatório com a mão – humanidade universal.

Horrorizada, assinto. Eu já sabia disso. O primeiro a me contar foi Adam, logo depois que foi designado como meu companheiro de cela no hospício. E a ideia de destruir a arte, a cultura, tudo o que faz os seres humanos serem diversos e lindos...

Isso me dá náuseas.

– Enfim – ela prossegue –, obviamente é um experimento grotesco e asqueroso, mas temos que seguir o protocolo. Recebemos listas de livros para analisar e os lemos, fazemos relatórios, decidimos o que manter e o que jogar fora. – Suspira. – Finalmente terminei de ler a maioria dos clássicos há alguns meses, mas, no começo do ano passado, fomos forçados a ler *Guerra e Paz* em cinco línguas porque queriam analisar como a cultura exerce um papel na manipulação das traduções de um mesmo texto. – Hesita, lembrando. – Sem dúvida, a versão mais divertida de ler foi a francesa. Mas me pareceu que a melhor de todas é a russa. Em todas as traduções, em especial nas de língua inglesa, fica faltando aquela... *toska* necessária. Entende?

Fico ligeiramente boquiaberta.

É o jeito como ela fala – como se não fosse nada de mais, como se estivesse falando de algo perfeitamente corriqueiro, como se qualquer um pudesse ler Tolstói em cinco línguas diferentes e guardar os livros no fim da tarde. É sua confiança tranquila e natural que faz meu coração murchar. Precisei de um mês para ler *Guerra e Paz*. Em inglês.

– Certo – digo, virando o rosto. – É... Que... hum, interessante.

Está se tornando familiar demais, essa sensação de inferioridade. Poderosa demais. Toda vez que penso que fiz algum avanço na vida, algo parece me fazer lembrar do quanto ainda tenho que progredir. Mas não acho que seja culpa de Nazeera o fato de ela e os outros filhos terem sido criados para se tornarem gênios violentos.

– Então – ela fala, unindo as mãos –, há algo mais que queira saber?

RESTAURA-ME

— Sim – respondo. – Qual é a do seu irmão?

Nazeera parece surpresa.

— Haider? – Ela hesita. – O que quer saber a respeito dele?

— Quer dizer… – Franzo o cenho. – Ele é leal a seu pai? Ao Restabelecimento? É digno de confiança?

— Não sei se o chamaria de digno de confiança – responde, parecendo pensativa. – Mas acho que todos nós temos uma relação complicada com o Restabelecimento. Haider quer fazer parte de tudo isso tanto quanto eu quero.

— Sério?

Nazeera assente.

— Warner provavelmente não considera nenhum de nós seus amigos, mas Haider sim. Sabe, meu irmão passou por um período muito sombrio no ano passado. – Nazeera fica em silêncio. Puxa outra folha de um galho próximo. Dobra-a e a redobra entre os dedos enquanto diz: – Meu pai o vinha pressionando demais, forçando-o a passar por um treinamento realmente intensivo, cujos detalhes Haider ainda não se sente pronto para dividir comigo. Algumas semanas depois, ele entrou em uma espiral. Começou a demonstrar tendências suicidas. Automutilação. E eu fiquei com muito medo. Procurei Warner porque sabia que Haider o ouviria. – Balança a cabeça. – Warner não disse uma única palavra. Apenas embarcou em um avião e passou algumas semanas conosco. Não sei o que ele disse a Haider. Não sei o que ou como fez para ajudar meu irmão. – Olha para o horizonte, dá de ombros. – É difícil esquecer algo assim. E tudo isso enquanto nossos pais trabalhavam para nos colocar uns contra os outros. Eles querem evitar que nos tornemos sentimentais demais. – Nazeera ri. – Mas isso é uma bobagem gigantesca.

Impressionada, sinto o mundo à minha volta girar.

Há tanto a desvendar aqui e nem sei por onde começar. Não sei se quero começar. Todos os comentários de Nazeera sobre Warner parecem perfurar meu coração. E me fazem sentir saudade dele.

E me fazem querer perdoá-lo.

Mas não posso deixar as emoções me controlarem. Não agora. Nem nunca. Então, forço esses sentimentos a se calarem, a abandonarem minha cabeça, e apenas digo:

— Nossa, e eu pensando que Haider era um idiota...

Nazeera sorri. Acena distraidamente com a mão.

— Ele está trabalhando para melhorar.

— Haider tem alguma... habilidade sobrenatural?

— Nenhuma que eu conheça.

— Ah.

— Sim.

— Mas você pode voar — comento.

Nazeera assente.

— Que interessante.

Ela abre um sorriso enorme e se vira para me encarar. Seus olhos são enormes, brilham lindamente sob a luz filtrada pelos galhos e folhas. Sua animação é tão pura que faz alguma coisa em meu interior se recolher e morrer.

— Voar é tão mais do que apenas interessante — declara.

E é então que sinto uma pontada de algo novo:

Ciúme.

Inveja.

Indignação.

Minhas habilidades sempre foram uma maldição, uma fonte de dores e conflitos infinitos. Tudo em mim é projetado para matar e destruir, e essa é uma verdade que nunca fui capaz de aceitar plenamente.

— Deve ser legal — concordo.

Ela vira o rosto outra vez, sorrindo para o vento.

— E a melhor parte? É que também posso fazer isso…

De repente, Nazeera fica invisível.

Eu me afasto bruscamente.

E então ela volta, com um sorriso enorme estampado no rosto.

— Não é incrível? — diz, os olhos brilhando de animação. — Nunca pude compartilhar isso com ninguém.

— Ah… sim. — Rio, mas é um riso que soa falso, alto demais. — Muito legal. — E acrescento mais baixo: — Kenji vai ficar irritadíssimo.

Nazeera para de sorrir.

— O que ele tem a ver com isso?

— Bem… — Olho na direção dela. — Quer dizer, isso que você acabou de fazer? É uma coisa do Kenji, e ele não costuma gostar de dividir os holofotes.

— Eu não sabia que existia outra pessoa com o mesmo poder — diz, visivelmente decepcionada. — Como isso é possível?

— Não sei — respondo, de repente sentindo uma vontade enorme de rir. Nazeera se mostra tão determinada a não gostar de Kenji que já começo a me perguntar o motivo por trás disso. E então, imediatamente me lembro das revelações horríveis de hoje e o sorriso se desfaz em meu rosto. — Sabe… — apresso-me em dizer. — Devemos voltar para a base? Ainda tenho muitas coisas a descobrir, inclusive como lidar com esse simpósio ridículo que acontecerá amanhã. Não sei se dar cano ou…

— Não dê cano — ela me interrompe. — Se você não for, eles podem pensar que você sabe de alguma coisa. Não deixe as pessoas saberem sobre você. Ainda não. Apenas siga os protocolos até conseguir concluir seus planos.

Encaro-a. Estudo-a. Enfim, digo:

– Está bem.

– E, quando decidir o que quer fazer, converse comigo. Sempre posso ajudar a evacuar as pessoas, cuidar das coisas. Lutar. O que for preciso. Apenas fale comigo.

– O quê? – Franzo o cenho. – Evacuar pessoas? Do que está falando?

Ela sorri enquanto me oferece um aperto de mão.

– Garota, você ainda não entendeu, não é? Por que acha que estamos aqui? O Restabelecimento planeja destruir o Setor 45. – Olha com seriedade para mim. – E isso inclui todas as pessoas dentro do setor.

Warner

Não tenho nem tempo de descer.

Mal tive um segundo para vestir a camisa quando ouço alguém bater à minha porta.

— Foi mal, mesmo, irmão – ouço Kenji gritar. — Mas ela se recusa a me ouvir...

E então...

— Abra a porta, Warner. Eu juro que só vai doer um pouquinho.

Sua voz continua a mesma. Suave. Enganosamente macia. Mas sempre com um toque áspero.

— Lena – digo. — Que bom ter notícias suas.

— Abra a porta, seu idiota.

— Você nunca segurou os elogios.

— Eu mandei *abrir a porta...*

Com muito cuidado, eu a abro.

Em seguida, fecho os olhos.

Lena me dá um tapa na cara tão forte que sinto os ouvidos zumbindo. Kenji grita, mas é um grito rápido, e eu respiro fundo para me estabilizar. Ergo o olhar na direção dela, mas sem levantar a cabeça.

– Terminou?

Lena fica de olhos arregalados, enfurecida e ofendida, e então percebo que a provoquei demais. Ela golpeia sem pensar; mesmo assim, o soco é perfeitamente executado. O impacto poderia, no mínimo, quebrar meu nariz, mas não posso mais sustentar suas ilusões de me causar dor física. Meus reflexos são mais ágeis que os dela – sempre foram – e consigo segurar seu punho poucos instantes antes do impacto. Seu braço vibra com a intensidade da energia contida e ela salta para trás, gritando para se libertar.

– Seu filho de uma puta! – exclama, arfando.

– Não posso deixar que me dê um soco na cara, Lena.

– Eu faria coisa pior com você.

– E ainda pergunta por que nossa relação não deu certo.

– Sempre tão frio – retruca, e sua voz falha quando diz isso. – Sempre tão cruel.

Esfrego a mão atrás da cabeça e sorrio, infeliz, para a parede.

– Por que veio ao meu quarto? Por que apareceu em meu ambiente privado? Sabe que tenho pouca coisa a lhe dizer.

– Você nunca disse *nada* para mim – berra, de repente. Seu peito pulsa quando ela continua: – Dois anos! Dois anos e você deixou uma mensagem com a minha *mãe* pedindo para ela me avisar que nosso relacionamento tinha acabado!

– Você não estava em casa – retruco, fechando os olhos bem apertados. – Pensei que assim seria mais eficiente...

– Você é um *monstro*...

– Sim – confirmo. – Sim, eu sou. E queria que você me esquecesse.

Em um instante seus olhos ficam marejados, pesados com as lágrimas não derramadas. Sinto-me culpado por não sentir nada.

RESTAURA-ME

Só consigo encará-la, cansado demais para brigar. Ocupado demais cuidando das minhas próprias feridas.

Sua voz é, ao mesmo tempo, furiosa e triste quando ela diz:

— Cadê sua namorada nova? Estou morrendo de vontade de conhecê-la.

Desvio o olhar enquanto sinto o coração se partindo no peito.

— É melhor você se acalmar — advirto. — Nazeera e Haider também estão aqui, em algum lugar. Vocês certamente terão muito o que conversar.

— Warner...

— Por favor, Lena — peço, agora me sentindo realmente exausto. — Você está chateada, eu entendo. Mas não é culpa minha que se sinta assim. Não amo você. Nunca amei. E nunca a fiz pensar que a amava.

Ela fica tanto tempo em silêncio que finalmente a encaro, percebendo tarde demais que, de alguma maneira, consegui piorar a situação. Outra vez. Lena parece paralisada, os olhos redondos, lábios separados, mãos ligeiramente trêmulas na lateral do corpo.

Suspiro.

— Tenho que ir — falo, baixinho. — Kenji vai mostrar o prédio a você.

Olho para Kenji, que assente. Só uma vez. Seu rosto parece inesperadamente austero.

Lena continua sem dizer nada.

Dou um passo para trás, pronto para fechar a porta, quando ela avança na minha direção com um grito repentino, as mãos se fechando na minha garganta tão inesperadamente que quase me derruba. Está gritando bem diante do meu rosto, empurrando-me para trás, e tento ao máximo me manter calmo. Às vezes, meus instintos são aguçados demais. Para mim, é difícil não reagir a ameaças físicas. Ainda assim, forço-me a me movimentar quase em câmera lenta enquanto afasto as mãos dela do meu pescoço. Lena continua se debatendo, dando vários chutes em minhas canelas até que, finalmente, consigo conter seus braços e puxá-la mais para perto de mim.

De súbito, ela para.

Aproximo os lábios de seu ouvido e pronuncio seu nome uma vez, muito docemente.

Lena engole em seco ao me olhar nos olhos, toda fogo e fúria. Mesmo assim, sinto sua esperança. Seu desespero. Consigo senti-la se perguntando se mudei de ideia.

– Lena – falo outra vez, agora com ainda mais doçura. – Sério, você precisa entender que suas ações não me levam a gostar mais de você.

Ela enrijece o corpo.

– Por favor, vá embora – insisto, e rapidamente fecho a porta.

Solto o corpo na cama novamente, tenso enquanto ela chuta a porta do quarto com violência. Apoio a cabeça nas mãos. Tenho de suprimir um impulso repentino e inexplicável de quebrar alguma coisa. Meu cérebro parece prestes a sair do crânio.

Como foi que vim parar aqui?

Desamparado. Desgrenhado e distraído.

Quando foi que isso aconteceu comigo?

Não tenho foco, não tenho controle. Sou mesmo toda a decepção, todo o fracasso, toda a inutilidade que meu pai sempre afirmou que eu era. Sou um fraco. Um covarde. Deixo minhas emoções vencerem com muita facilidade, e agora… Agora perdi tudo. Tudo está se desfazendo. Juliette está em perigo. Agora, mais

RESTAURA-ME

do que nunca, eu e ela precisávamos estar juntos. Preciso conversar com ela. Preciso alertá-la. Preciso *protegê-la...* Mas ela foi embora. Juliette me despreza outra vez.

E aqui estou eu de novo.

No abismo.

Lentamente me dissolvendo no ácido das emoções.

Juliette

A solidão é uma coisa estranha.

Ela se arrasta por você silenciosa e calma, senta-se ao seu lado na escuridão, acaricia seus cabelos enquanto você dorme. Envolve seus ossos, apertando-os com tanta força que quase o impede de respirar, quase o impede de ouvir o pulsar do sangue que corre sob sua pele. Toca desde seus lábios até a penugem da nuca. Deixa mentiras em seu coração, está bem ao seu lado à noite, apaga todas as luzes imagináveis. É uma companhia constante, aperta sua mão só para empurrá-la para baixo quando você tenta se levantar, pega suas lágrimas só para forçá-las garganta abaixo. Assusta simplesmente por estar ao seu lado.

Você acorda de manhã e se pergunta quem é. Você não consegue dormir e sua pele estremece. Você tem dúvidas tem dúvidas tem dúvidas

vou

não vou

devo

por que não

E mesmo quando você está pronto para se desprender. Quando está pronto para se libertar. Quando está pronto para ser uma pessoa nova. A solidão é uma velha amiga, parada ao seu lado no espelho, olhando-o

RESTAURA-ME

nos olhos, desafiando-o a viver sem ela. Você não consegue encontrar palavras para lutar contra si mesmo, para combater as palavras que gritam que você não é suficiente nunca é suficiente jamais é suficiente.

A solidão é uma companhia amarga e vil.

Às vezes, ela simplesmente não vai embora.

— Excerto dos diários de Juliette no hospício

A primeira coisa que faço ao retornar à base é pedir a Delalieu que leve todas as minhas coisas para os antigos aposentos de Anderson. Ainda não pensei em como vou lidar ao ver Warner o tempo todo. Ainda não refleti sobre como agir perto de sua ex--namorada. Não tenho ideia de como as coisas serão e, nesse momento, não posso me dar ao luxo de me preocupar com isso.

Estou furiosa demais.

Se eu puder acreditar nas palavras de Nazeera, tudo o que tentamos fazer aqui – todos os nossos esforços para ser gentis, diplomáticos, realizar uma conferência internacional de líderes – foram em vão. Tudo o que fizemos até agora vai direto para a lata do lixo. Ela diz que eles planejam destruir todo o Setor 45. Todas as pessoas. Não só aquelas que vivem em nosso quartel. Não apenas os soldados que permaneceram ao nosso lado. Mas também todos os civis. Mulheres, crianças – todo mundo.

Vão fazer o Setor 45 desaparecer.

De repente, começo a sentir que estou perdendo o controle.

Os antigos aposentos de Anderson são enormes – em comparação, fazem o quarto de Warner parecer ridículo –, e depois que

Delalieu me deixou sozinha, fico livre para aproveitar os muitos privilégios que meu falso papel de comandante suprema do Restabelecimento tem a oferecer. Dois escritórios. Duas salas de reuniões. Uma cozinha ampla e equipada. Uma suíte-máster. Três banheiros. Dois quartos de hóspedes. Quatro *closets* totalmente lotados – tal pai, tal filho, percebo – e inúmeros outros detalhes. Nunca antes passei muito tempo em uma dessas áreas; a dimensão é vasta demais. Só preciso de um escritório e, de modo geral, é lá que passo a maior parte do tempo.

Mas hoje reservo alguns momentos para observar, e o espaço que atrai mais meu interesse é um que nunca notei antes. É aquele mais próximo do banheiro: um cômodo inteiro dedicado à coleção de bebidas alcoólicas de Anderson.

Não sei muito sobre álcool.

Nunca passei por nenhum tipo de experiência adolescente tradicional; nunca tive festas para ir; nunca estive sujeita à pressão dos colegas, como leio nos romances. Ninguém jamais me ofereceu drogas ou uma bebida mais forte, provavelmente porque tinham um bom motivo para isso. Mesmo assim, fico impressionada com a miríade de garrafas perfeitamente dispostas em prateleiras de vidro instaladas nas paredes escuras desse cômodo. Não há nenhum móvel além de duas enormes cadeiras de couro marrom e da mesinha de café fortemente envernizada entre elas. Sobre a mesa há uma… uma moringa? … cheia de um líquido âmbar e um solitário copo a seu lado. Tudo aqui é escuro, um bocado deprimente, e cheira a madeira e alguma coisa antiga, almiscarada – *velha*.

Estendo a mão, passo os dedos pelos painéis de madeira e conto. Das quatro paredes, três são dedicadas a abrigar várias garrafas antigas – 637 no total –, sendo a maioria cheia com o mesmo líquido âmbar. Apenas algumas trazem um líquido claro. Aproximo-me um pouco mais para inspecionar os rótulos e descobrir que as garrafas claras são de vodca – uma bebida da qual já ouvi falar. Porém, as garrafas âmbares possuem nomes diferentes. Em muitas delas aparece escrita a palavra Scotch. Há sete garrafas de tequila, mas a maior parte do que Anderson mantinha em seu quarto se chama Bourbon – 523 garrafas no total –, uma substância sobre a qual nada sei. Para ser sincera, só ouvi falar que algumas pessoas bebem vinho e cerveja e margaritas – mas aqui não tem nenhuma dessas bebidas. A única parede que abriga outra coisa além de álcool guarda várias caixas de charuto e mais desses copos pequenos e detalhadamente lapidados. Pego um deles e quase o derrubo; é muito mais pesado do que parece. Fico me perguntando se essas peças são de cristal verdadeiro.

Pego-me questionando as motivações de Anderson ao criar um espaço como esse. É uma ideia tão estranha dedicar todo um cômodo à exposição de garrafas de álcool. Por que não guardá-las em um armário? Ou em uma geladeira?

Sento-me em uma das cadeiras e ergo o rosto, distraída pelo enorme lustre pendurado no teto.

Por que me senti atraída por esse cômodo? Não sei dizer. Mas aqui sei que estou realmente sozinha. Isolada de todo o barulho e confusão do dia. Sinto-me de fato isolada em meio a essas garrafas, de um jeito que me acalma. E, pela primeira vez hoje, sinto-me relaxar. Sinto-me deixando tudo para trás. Em um retiro. Fugindo para algum canto escuro de minha mente.

Há uma sensação estranha de liberdade em desistir.

Há uma liberdade em sentir raiva. Em viver sozinha. E o mais estranho de tudo: aqui, entre as paredes do antigo refúgio de Anderson, sinto que finalmente o entendo. Finalmente entendo como foi capaz de viver do jeito que viveu. Ele nunca se permitia sentir, nunca se permitia se magoar, nunca acolhia emoções em sua vida. Não tinha obrigações com ninguém além de si mesmo. E isso o libertava.

Seu egoísmo o libertava.

Levo a mão à moringa de líquido âmbar, retiro a tampa e encho o copo de cristal ao lado. Passo algum tempo observando o copo, que me encara de volta.

Por fim, eu o apanho.

Um gole e quase cuspo o líquido, tusso violentamente quando alcança a garganta. A bebida preferida de Anderson é asquerosa. Como morte e fogo e óleo e fumaça. Forço-me a tomar um rápido gole do líquido horrível antes de baixar outra vez o copo, meus olhos lacrimejando enquanto o álcool escorre para dentro de mim. Nem sei por que fiz isso – por que quis experimentar ou o que espero que esse líquido faça por mim. Não tenho expectativa de nada.

Só me sinto curiosa.

Só me sinto descuidada.

E os segundos passam, meus olhos se abrem e fecham no tão bem-vindo silêncio, e arrasto o dedo pelos lábios, conto as muitas garrafas outra vez, e já começo a pensar que o sabor terrível da bebida não era tão ruim assim quando lentamente, alegremente, um toque de calor surge dentro de mim e libera seus raios em minhas veias.

Ah, penso

ah

Minha boca se repuxa em um sorriso, mas parece um pouco desajeitada, e não me importo, não mesmo, nem com o fato de minha garganta parecer um pouco entorpecida. Seguro o copo

RESTAURA-ME

ainda cheio e tomo outro enorme gole de fogo, e dessa vez vou sem medo. É agradável estar perdida nisso, sentir a cabeça tomada por nuvens e ventos e nada mais. Sinto-me solta e um pouco desajeitada ao me levantar, mas a sensação é boa mesmo assim, é gostosa, calorosa e agradável, e me pego vagando a caminho do banheiro e sorrindo enquanto procuro alguma coisa nas gavetas

alguma coisa

onde está

Por fim a encontro, um cortador de cabelo elétrico, e decido que chegou a hora de cortar meus cabelos. Estão me incomodando há muito tempo. São longos demais, longos demais, uma lembrança, uma recordação do meu tempo no hospício, longos demais por causa de todos esses anos que fiquei esquecida e deixada para apodrecer no inferno, pesados demais, sufocantes demais, demais, demais isso, demais aquilo, irritantes demais.

Meus dedos tateiam em busca do botão até conseguirem ligar o aparelho. Sinto-o zumbindo em minha mão e penso que talvez devesse tirar as roupas antes, não quero ter cabelo pra todo lado, não é mesmo? Devo tirar as roupas primeiro, sem dúvida.

E então estou em pé, vestindo apenas a roupa de baixo, pensando em quantas vezes secretamente desejei fazer isso, como pensei que seria tão bom, tão libertador...

Passo a lâmina na cabeça em um movimento ligeiramente irregular.

Uma vez.

Duas vezes.

Várias e várias vezes, e estou rindo enquanto o cabelo cai no chão, um mar de ondas castanhas longas demais se curvando a meus pés e nunca me senti tão leve, tão boba boba feliz

Solto a máquina ainda zumbindo na pia e dou um passo para trás, admirando meu trabalho no espelho enquanto toco os fios recém-raspados. Agora tenho o mesmo corte de cabelo de Warner. Os mesmos poucos centímetros de penugem, com a diferença de que meus fios são escuros enquanto os dele são claros. De uma hora para a outra pareço bem mais velha. Mais durona. Séria. Consigo ver minhas maçás do rosto. A linha do maxilar. Pareço furiosa, bastante assustadora. Meus olhos brilham enormes no rosto, o centro da atenção, enormes e intensos e penetrantes e os adoro.

Adoro.

Continuo rindo enquanto atravesso o corredor, vagando de roupa íntima pelos aposentos de Anderson, sentindo-me mais livre do que em anos. Solto o corpo na enorme cadeira de couro e termino o copo em dois rápidos goles.

Anos, séculos, vidas inteiras se passam, e lá longe ouço algumas pancadas.

Ignoro-as.

Agora estou de lado na cadeira, as pernas penduradas no braço do móvel, relaxando enquanto o lustre gira...

Estava girando antes?

... mas logo meu devaneio é interrompido, num instante ouço vozes apressadas que reconheço vagamente, mas não me levanto, apenas contraio o corpo e, giro a cabeça na direção do barulho.

– Puta merda, J...

Kenji de repente entra no quarto e fica paralisado ao deparar comigo. De repente, lembro-me vagamente de que estou de roupa íntima e de que uma antiga versão minha preferiria que Kenji não me visse assim... Mas isso não é o bastante para me fazer agir. Kenji, por sua vez, parece muito preocupado.

RESTAURA-ME

– *Ah merda merda merda...*

Kenji e Warner estão parados à minha frente, os dois me encarando, horrorizados, como se eu tivesse feito alguma coisa muito errada que os deixou furiosos.

– O que foi? – pergunto, irritada. – Deem o fora daqui!

– Juliette... meu amor... o que foi que você fez...

E então, Warner está ajoelhado ao meu lado. Tento olhar para ele, mas de repente fica difícil focar a vista, difícil enxergar. Minha visão embaça e tenho que pensar várias vezes para fazer o rosto dele parar de se movimentar, mas então estou olhando para ele, realmente olhando para ele, e alguma coisa dentro de mim tenta se lembrar de que estamos furiosas com Warner, de que não falamos mais com ele e de que não queremos mais vê-lo ou falar com ele, mas então ele toca meu rosto...

e eu suspiro

Descanso a bochecha na palma de sua mão e me recordo de alguma coisa linda, alguma coisa doce, enquanto uma enxurrada de sentimentos se espalha por mim

– Oi – cumprimento-o.

E ele parece tão triste tão triste e está prestes a responder, mas Kenji fala:

– Irmão, acho que ela está bem bêbada, tipo, não sei, deve ter tomado uma garrafa inteira dessa coisa. Talvez meia caneca? E para alguém com o peso dela? – Pragueja baixinho. – Uma quantidade dessas de uísque acabaria comigo.

Warner fecha os olhos. Fico fascinada com seu pomo de adão subindo e descendo na garganta, e estendo a mão para passar os dedos por seu pescoço.

285

– Querida... – ele sussurra, ainda de olhos fechados. – Por que você...

– Sabe quanto te amo? – interrompo-o. – Eu amo... amava tanto você. Tanto.

Quando Warner volta a abrir os olhos, eles estão iluminados. Brilhando. Não diz nada para mim.

– Kishimoto – chama, baixinho. – Por favor, ligue o chuveiro.

– Pode deixar.

E Kenji sai.

Warner continua sem me dizer nada.

Toco seus lábios. Levo meu corpo mais para a frente.

– Você tem uma boca tão linda – sussurro.

Ele tenta sorrir. Parece triste.

– Gostou dos meus cabelos? – pergunto.

Ele assente.

– Sério?

– Você está linda – ele garante, mas quase não consegue pronunciar as palavras. Sua voz falha ao prosseguir: – Por que fez isso, meu amor? Estava tentando se ferir?

Tento responder, mas de repente sinto náuseas. Minha cabeça gira. Fecho os olhos para apaziguar a sensação, mas ela não vai embora.

– Chuveiro pronto – ouço Kenji gritar. E, de repente, sua voz está mais próxima: – Você dá conta, irmão? Ou quer que eu assuma?

– Não. – Uma pausa. – Não, pode ir. Vou cuidar para que ela fique bem. Por favor, diga aos outros que não estou me sentindo bem agora à noite. Transmita meu pedido de desculpas.

– Pode deixar. Mais alguma coisa?

– Café. Várias garrafas de água. Duas aspirinas.

RESTAURA-ME

— Deixa comigo.

— Obrigado.

— Não por isso, irmão.

E então estou em movimento, tudo está em movimento, tudo está de lado e abro os olhos e rapidamente os fecho e o mundo é um borrão à minha frente. Warner está me levando em seus braços e eu enterro o rosto em seu pescoço. Seu cheiro é tão familiar.

Segurança.

Quero falar, mas me sinto tão letárgica. Como se meus lábios demorassem toda uma vida para se mexer, como se tudo estivesse em câmera lenta; quando enfim se mexem, é como se as palavras se comprimissem todas juntas quando as pronuncio, várias e várias vezes.

— Já estava com saudade de você — sussurro contra a pele dele. — Sinto saudade disso, de você, tanta saudade de você...

Então ele me coloca no chão, me ajuda a me equilibrar e a entrar debaixo do chuveiro.

Quase grito quando a água entra em contato com meu corpo.

Meus olhos se abrem violentamente, minha mente fica parcialmente sóbria um instante depois, enquanto a água desce por meu corpo. Pisco rapidamente, respiro fundo enquanto me apoio na parede do chuveiro, olhando ferozmente para Warner do outro lado do vidro. A água continua escorrendo por minha pele, minha boca se abre. Meus ombros tremem menos à medida que o corpo se acostuma à temperatura, conforme os minutos passam, nós dois olhando um para o outro, mas sem dizer nada. Minha mente se acalma, mas não fica limpa. Ainda há uma névoa pairando sobre mim, mesmo quando estendo a mão para aquecer a água em muitos graus.

Consigo ver seu rosto – lindo, mesmo distorcido pelo vidro que nos separa – quando ele diz:

– Você está bem? Está se sentindo melhor?

Dou um passo adiante, estudando-o silenciosamente, e não digo nada enquanto solto o sutiã, deixando-o cair no chão. Não recebo nenhuma resposta dele, exceto seus olhos ligeiramente mais abertos, o leve movimento em seu peito. Então, tiro a calcinha, chutando-a para trás, e ele pisca várias vezes e dá um passo para trás, desvia o olhar, olha outra vez para mim.

Abro a porta de vidro.

– Entre aqui – convido-o.

Mas Warner não olha para mim.

– Aaron...

– Você não está se sentindo bem – é sua resposta.

– Estou ótima.

– Meu amor, por favor, você acabou de beber praticamente seu peso em uísque.

– Só quero tocar em você – insisto. – Venha aqui.

Ele enfim vira o rosto para me encarar, seus olhos subindo lentamente por meu corpo, e eu vejo, vejo acontecer quando alguma coisa dentro dele parece se romper. Parece sentir dor e estar vulnerável e engole em seco enquanto dá um passo na minha direção, o vapor agora preenchendo o banheiro, gotas de água quente caindo sobre meus quadris nus, e seus lábios se entreabrem quando olha para mim, quando estende a mão, e acho que talvez ele entre aqui quando

em vez disso

ele fecha a porta entre nós e anuncia:

– Espero você na sala de estar, meu amor.

Warner

Juliette está dormindo.

Saiu do chuveiro, subiu no meu colo e quase imediatamente caiu no sono, encostada em meu pescoço; durante todo o tempo, murmurou coisas das quais tenho certeza de que se arrependerá ao amanhecer. Uso cada gota do meu autocontrole para separar seu corpo suave e quente do meu. De alguma forma, consigo. Ajeitei-a na cama e saí. A dor de me sentir distante dela não é diferente do que imaginei, é como arrancar a pele do meu próprio corpo. Juliette me implorou para ficar, mas fingi não ouvir. Falou que me amava e não consegui responder.

Ela chorou, mesmo de olhos fechados.

Mas não posso confiar que Juliette saiba o que está fazendo ou dizendo nesse estado alterado de consciência; não, sei que é melhor não. Juliette não tem experiência com álcool, mas só posso imaginar que, quando seu bom senso voltar, pela manhã, ela não vai querer ver a minha cara. Não vai querer saber que se mostrou tão vulnerável para mim. Aliás, a essa altura me pergunto se vai sequer se lembrar do que aconteceu.

Quanto a mim, sou um caso perdido.

Já passam das três da manhã e sinto como se não dormisse há dias. Mal suporto fechar os olhos; não consigo ficar sozinho com minha mente ou minhas muitas fragilidades. Sinto-me estilhaçado, preso nesse corpo apenas por necessidade.

Já tentei, em vão, articular a bagunça de emoções se empilhando em minha mente – tentei articular para Kenji, que quis saber o que aconteceu depois que ele foi embora; para Castle, que me encurralou há menos de três horas, exigindo saber o que eu havia dito a ela; até mesmo para Kent, que conseguiu parecer só um pouco contente ao descobrir que meu relacionamento recente com Juliette já havia implodido.

Quero me afundar na terra.

Não posso voltar ao nosso quarto – ao meu quarto –, onde a prova da existência de Juliette ainda está fresca demais, viva demais; e não posso mais escapar para as câmaras de simulação, pois os soldados continuam instalados lá.

Não tenho como fugir das consequências de minhas ações.

Não tenho onde encostar a cabeça por mais do que um instante antes de ser encontrado e devidamente castigado.

Lena, rindo alto bem na minha cara quando passei por ela no corredor.

Nazeera, balançando a cabeça enquanto eu dava boa-noite ao seu irmão.

Sonya e Sara, lançando olhares pesarosos para mim após me encontrarem agachado em um canto da ala médica que ainda não está pronta. Brendan, Winston, Lily, Alia e Ian, passando a cabeça pela porta de seus novos quartos, parando-me enquanto eu tentava ir embora, fazendo tantas perguntas – tão altas e forçosas que até mesmo um James sonolento veio atrás de mim, puxando-me pela

RESTAURA-ME

camisa e perguntando várias e várias vezes se Juliette estava ou não estava bem.

De onde veio essa vida?

Quem são essas pessoas com as quais de repente me vejo em dívida?

Todos andam tão justificadamente preocupados com Juliette – com o bem-estar de nossa comandante suprema –, que eu, por ser cúmplice de seu sofrimento, não estou protegido em lugar algum dos olhares à espreita, das expressões questionadoras, dos semblantes de pena. É alarmante ver tantas pessoas preocupadas com minha vida privada. Quando as coisas iam bem entre nós, eu precisava responder menos perguntas; estava sujeito a menos interesse. Juliette era quem mantinha essas relações; eles não se preocupavam comigo. Nunca quis nada disso. Não queria essa responsabilidade. Não me importo com a responsabilidade ligada a amizades. Eu só queria Juliette. Queria seu amor, seu coração, seus braços me envolvendo. E isso era parte do preço que eu pagava por sua afeição: essas pessoas. Suas perguntas. Seu claro escárnio por minha existência.

Portanto, tornei-me um fantasma.

Ando por esses corredores silenciosos. Fico pelos cantos e me mantenho parado na penumbra, esperando alguma coisa. O quê? Isso não sei.

Perigo.

Esquecimento.

Qualquer coisa que guie meus próximos passos.

Quero um novo propósito, um trabalho a executar. Então, imediatamente me lembro de que sou o comandante-chefe e regente do Setor 45, que tenho um número infinito de coisas para cuidar e negociar – e, por algum motivo, isso não funciona mais para mim. Minhas tarefas cotidianas não bastam para distrair a mente; minha rotina profundamente regimentada foi desmantelada; Delalieu se empenha para manter o ritmo sob o peso da minha erosão emocional e não consigo não pensar em meu pai repetidas e repetidas vezes…

Em como estava certo no que dizia a meu respeito.

Sempre esteve certo.

As emoções me arruinaram, várias vezes. Foram elas que me levaram a aceitar qualquer trabalho – a qualquer custo – para ficar perto da minha mãe. Foram elas que me levaram a encontrar Juliette, a encontrá-la na busca de uma cura para minha mãe. Foram elas que me levaram a me apaixonar, a levar um tiro e perder a cabeça, a me tornar outra vez um garoto abalado – um menino que cai de joelhos e implora a um pai indigno e monstruoso para poupar a garota que ele ama. Foram as emoções, minhas frágeis emoções, que me custaram tudo.

Não tenho paz. Não tenho propósito.

Quem me dera ter arrancado esse coração do peito há muito tempo.

Mesmo assim, há trabalho a ser feito.

O simpósio está agora a menos de doze horas e em momento algum tive a oportunidade de cuidar dos detalhes ao lado de Juliette. Não previ que as coisas tomariam esse rumo. Jamais imaginei que os negócios continuariam como de costume depois da morte de meu pai. Pensei que uma guerra maior fosse iminente; pensei que os outros comandantes supremos certamente viriam atrás de nós antes de sequer termos a chance de fingir estarmos no controle do Setor 45. Não me ocorreu que tinham em mente planos mais sinistros. Não me ocorreu a ideia de passar mais tempo preparando Juliette para as tediosas formalidades – aquelas rotinas monótonas

RESTAURA-ME

– que envolvem a estrutura do Restabelecimento. Mas eu devia ter imaginado. Devia ter esperado. *Eu podia ter evitado isso.*

Pensei que o Restabelecimento fosse desmoronar.

Mas estava errado.

Nossa comandante suprema tem poucas horas para se preparar antes de se dirigir a uma sala com 554 outros regentes e comandantes-chefes na América no Norte. Espera-se que ela se mostre uma líder. Que negocie os muitos detalhes da diplomacia doméstica e internacional. Haider, Nazeera e Lena estarão todos ansiosos por transmitir notícias a seus pais assassinos. E devo estar ao lado de Juliette, ajudando-a e guiando-a e protegendo-a. Contudo, não tenho ideia de qual Juliette vai sair dos aposentos de meu pai ao amanhecer. Não tenho ideia do que esperar dela, de como vai me tratar ou de onde sua cabeça estará.

Não tenho a menor ideia do que está prestes a acontecer.

E não posso culpar ninguém senão eu mesmo.

Juliette

Eu não sou louca. Eu não sou louca. Eu não sou louca. Eu não sou louca.
Eu não sou louca. Eu não sou louca. Eu não sou louca. Eu não sou louca.
Eu não sou louca. Eu não sou louca. Eu não sou louca. Eu não sou louca.
Eu não sou louca. Eu não sou louca. Eu não sou louca. Eu não sou louca.
Eu não sou louca. Eu não sou louca. Eu não sou louca. Eu não sou louca.
Eu não sou louca. Eu não sou louca. Eu não sou louca. Eu não sou louca.
Eu não sou louca. Eu não sou louca. Eu não sou louca. Eu não sou louca.
Eu não sou louca. Eu não sou louca. Eu não sou louca. Eu não sou louca.
Eu não sou louca. Eu não sou louca. Eu não sou louca. Eu não sou louca.
Eu não sou louca. Eu não sou louca. Eu não sou louca. Eu não sou louca.
Eu não sou louca. Eu não sou louca. Eu não sou louca. Eu não sou louca.
Eu não sou louca. Eu não sou louca. Eu não sou louca. Eu não sou louca.
Eu não sou louca. Eu não sou louca. Eu não sou louca. Eu não sou louca.
Eu não sou louca. Eu não sou louca. Eu não sou louca. Eu não sou louca.
Eu não sou louca. Eu não sou louca. Eu não sou louca. Eu não sou louca.
Eu não sou louca. Eu não sou louca. Eu não sou louca. Eu não sou louca.
Eu não sou louca. Eu não sou louca. Eu não sou louca. Eu não sou louca.
Eu não sou louca. Eu não sou louca. Eu não sou louca. Eu não sou louca.
Eu não sou louca. Eu não sou louca. Eu não sou louca. Eu não sou louca.

RESTAURA-ME

Eu não sou louca. Eu não sou louca. Eu não sou louca. Eu não sou louca.
Eu não sou louca. Eu não sou louca. Eu não sou louca. Eu não sou louca.
Eu não sou louca. Eu não sou louca. Eu não sou louca. Eu não sou louca.
Eu não sou louca. Eu não sou louca. Eu não sou louca. Eu não sou louca.
Eu não sou louca. Eu não sou louca. Eu não sou louca. Eu não sou louca.
Eu não sou louca. Eu não sou louca. Eu não sou louca. Eu não sou louca.
Eu não sou louca. Eu não sou louca. Eu não sou louca. Eu não sou louca.
Eu não sou louca. Eu não sou louca.

— Excerto dos diários de Juliette no hospício

Quando abro os olhos, tudo ressurge outra vez.

As evidências estão aqui, nessa dor de cabeça forte e latejante, nesse gosto amargo na boca e no estômago, nessa sede insuportável, como se todas as células do meu corpo estivessem desidratadas. É a mais estranha das sensações. É horrível.

Mas o pior, pior que tudo isso, são as lembranças. São distantes, mas permanecem intactas. Tomei o bourbon de Anderson; fiquei deitada de roupa íntima na frente de Kenji. E então, com uma arfada repentina e dolorosa...

Tirei a roupa no chuveiro. Chamei Warner para tomar banho comigo.

Fecho os olhos e uma onda de náuseas se apossa de mim, ameaça colocar para fora o pouco que tenho no estômago. A vergonha me invade com uma eficiência que quase me deixa sem fôlego, criando em mim uma sensação de ódio pleno por mim mesma. Sou incapaz de tremer. Por fim, relutante, abro novamente os olhos e percebo que alguém me deixou três garrafas de água e dois comprimidos pequenos.

Grata, engulo tudo.

Ainda está escuro no quarto, mas, por algum motivo, sei que já é dia. Sento-me rápido demais e meu cérebro chacoalha, balança no crânio como um pêndulo feroz. Pego-me cambaleando, mesmo enquanto permaneço parada, com as mãos afundando no colchão.

Nunca, penso. *Nunca mais. Anderson era um idiota. Essa sensação é horrível.* E é só quando consigo chegar ao banheiro que lembro, com uma clareza perfurante e repentina, que raspei a cabeça.

Fico parada na frente do espelho, os restos dos fios longos e castanhos continuam no chão. Olho meu reflexo e fico impressionada. Horrorizada. Fascinada.

Acendo a luz e tremo quando as lâmpadas fluorescentes desencadeiam uma reação dolorosa em meu cérebro, preciso de vários minutos para me ajustar à luminosidade. Ligo o chuveiro, espero a água esquentar enquanto analiso minha nova imagem.

Com cautela, toco o pouco de cabelo que ficou. Com o passar dos segundos, vou ganhando coragem até me posicionar tão perto do espelho que meu nariz toca o vidro. É tão estranho, é muito estranho, mas logo minha apreensão vai ficando para trás. Não importa quanto tempo eu passe me olhando, sou incapaz de alimentar qualquer sensação de arrependimento. Choque, sim, mas...

Não sei.

Gostei muito, muito mesmo, do resultado.

Meus olhos sempre foram grandes e verde-azulados, miniaturas do globo que habitamos. Mas até então não os tinha achado particularmente interessantes. Agora, porém, pela primeira vez acho meu rosto interessante. Como se eu tivesse deixado para trás as sombras de meu próprio ser; como se, finalmente, a cortina que eu usava para me esconder tivesse sido aberta.

Estou aqui. Bem aqui.

RESTAURA-ME

Olhe para mim, pareço gritar em silêncio.

O vapor invade o banheiro em expirações lentas e cuidadosas que embaçam meu reflexo e por fim sou forçada a virar o rosto. Mas, quando noto, estou sorrindo.

Porque, pela primeira vez na vida, realmente gosto da minha aparência.

Ontem, pedi a Delalieu que trouxesse meu guarda-roupa para os aposentos de Anderson antes que eu chegasse – e agora me pego diante do armário, examinando-o com novos olhos. São as mesmas roupas que vejo todas as vezes que abro essas portas; mas, de repente, eu as vejo de modo diferente.

Mas também estou me *sentindo* diferente.

Antes, roupas me deixavam perplexa. Nunca consegui entender como criar um visual da maneira que Warner faz. Pensei se tratar de uma ciência que eu jamais conseguiria dominar; uma habilidade fora do meu alcance. Mas agora estou me dando conta de que o problema era eu não saber quem eu realmente era. Eu não sabia vestir a impostora que vivia dentro da minha pele.

Do que eu gostava?

Como queria ser percebida?

Por anos, meu objetivo foi me diminuir – dobrar-me e desdobrar-me em um polígono de nada, ser insignificante demais para ser lembrada. Eu queria parecer inocente. Queria ser vista como discreta e inofensiva; sempre me preocupei com a maneira como a minha existência aterrorizava as pessoas e fiz tudo o que estava ao meu alcance para me diminuir, diminuir minha luz, minha alma.

Eu queria desesperadamente parecer ignorante. Queria muito agradar aos filhos da puta que me julgavam sem me conhecer, e acabei me perdendo nesse processo.

Mas agora?

Agora eu rio. Alto.

Agora estou pouco me fodendo.

Warner

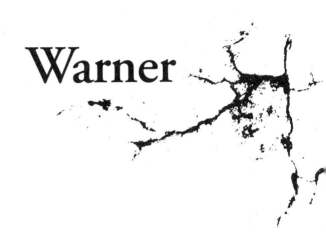

Quando Juliette nos encontra de manhã, está quase irreconhecível.

Fui forçado, apesar de todas as inclinações de me enterrar em outras tarefas, a me reunir com nosso grupo hoje por conta do que agora parece ter sido a chegada inevitável de nossos três últimos convidados. Os gêmeos do comandante supremo da América do Sul e o filho do comandante supremo da África. A comandante suprema da Oceania não tem filhos, então, suponho que esses sejam os últimos visitantes a comparecer. E todos chegaram a tempo de nos acompanhar ao simpósio. Muito conveniente.

Eu devia ter imaginado.

Eu tinha acabado de apresentar os três recém-chegados a Castle e a Kenji, que vieram cumprimentá-los, quando Juliette fez sua aparição pública do dia. Menos de trinta segundos se passaram desde que ela chegou e ainda estou tentando, sem sucesso, deixar de olhá-la.

Está *deslumbrante*.

Usa um suéter simples e preto, bem ajustado ao corpo; jeans apertados cinza-escuros e botas negras sem salto, com cano na altura dos tornozelos. Os cabelos parecem ao mesmo tempo ausentes e presentes; são como uma coroa macia e escura que combina com Juliette de uma maneira que eu jamais esperaria. Sem a distração dos fios longos, meus olhos não conseguem pousar em nenhum lugar que não seja diretamente em seu rosto. E essa garota tem o rosto mais incrível do mundo – com olhos grandes, hipnotizantes – e uma estrutura óssea que nunca se mostrou mais pronunciada.

Está impressionantemente diferente.

Forte.

Ainda linda, mas mais firme. Mais durona. Deixou de ser a menininha com rabo de cavalo e suéter rosa. Parece muito mais a garota jovem que assassinou meu pai e depois bebeu quatro dedos de seu bourbon mais caro.

Olha para mim e para a expressão atordoada de Kenji e de Castle antes de se concentrar na aparência confusa de nossos três convidados recém-chegados, e todos parecemos incapazes de articular uma única palavra.

– Bom dia – Juliette enfim cumprimenta, mas não sorri ao falar. Não há calor ou meiguice em seus olhos quando ela analisa os arredores, o que me leva a vacilar.

– Nossa, princesa, é mesmo você?

Juliette estuda Kenji rapidamente, mas não responde.

– Quem são vocês três? – pergunta, fazendo um gesto de cabeça aos recém-chegados. Eles se levantam lentamente. Inseguros.

– Esses são nossos novos convidados – respondo, mas não consigo me forçar a olhar para ela. A encará-la. – Estava ainda agora apresentando-os a Castle e Kishimo...

– E não ia me incluir na lista? – anuncia uma voz que acaba de chegar. – Também quero conhecer a nova comandante suprema.

RESTAURA-ME

Viro-me e encontro Lena parada no vão da porta, a menos de um metro de Juliette, deslizando o olhar pela sala como se nunca tivesse se sentido mais satisfeita em toda sua vida. Sinto meu coração ganhar velocidade, a mente acelerar. Ainda não faço ideia se Juliette sabe quem Lena é – ou do que tivemos juntos.

E os olhos de Lena se iluminam, se iluminam demais; seu sorriso é enorme e feliz.

Meu sangue gela.

Com as duas paradas tão perto uma da outra, não consigo deixar de notar quão óbvias são as diferenças entre elas. Juliette é pequena; Lena é alta. Juliette tem cabelos escuros e olhos intensos; Lena é pálida de todas as maneiras possíveis. Seus cabelos são quase brancos, os olhos têm o mais leve tom de azul, a pele é quase transparente, à exceção das sardas que se espalham pelo nariz e pelas bochechas. Mas ela compensa essa carência de pigmentação com o peso de sua presença. Sempre foi espalhafatosa, agressiva, excessivamente impulsiva. Juliette, em comparação, hoje está muda – quase a um nível extremo. Não entrega nenhuma emoção, nem o menor sinal de raiva ou ciúme. Fica parada e quieta, analisando silenciosamente a situação. Sua energia permanece recolhida. Pronta para saltar.

E quando Lena se vira para encará-la, sinto que todos os presentes ficam tensos.

– Oi – Lena cumprimenta bem alto. A felicidade falsa desfigura seu sorriso, transformando-a em algo cruel. Ela estende a mão e diz: – É um prazer, enfim, conhecer a namorada de Warner. – E, em seguida: – Ah, espere... Perdão. Eu quis dizer *ex*-namorada.

Estou segurando a respiração enquanto Juliette a analisa de cima a baixo. Leva o tempo que lhe é necessário, inclinando a cabeça conforme devora Lena com os olhos, e consigo perceber que a mão estendida de Lena já começa a mostrar sinais de cansaço, os dedos abertos começando a tremer.

Juliette não parece impressionada.

– Pode se dirigir a mim como comandante suprema da América do Norte – responde.

E sai andando.

Sinto uma risada quase histérica ganhando força em meu peito. Tenho que olhar para baixo, forçar-me a manter uma expressão inabalada. E recupero-me imediatamente ao me lembrar de que Juliette não é mais minha. Não é mais minha, não posso mais amá-la, adorá-la. Nunca, em todo o tempo que a conheço, me senti mais atraído por essa garota, e não há nada, nada mesmo, que eu possa fazer para resolver isso. Meu coração bate mais rápido quando ela entra de vez na sala – deixando uma Lena boquiaberta pelo caminho. Sou tomado pelo arrependimento.

Não consigo acreditar que consegui perdê-la. Duas vezes.

Que ela me amou. Uma vez.

– Por favor, identifiquem-se – ela exige de nossos três convidados.

Stephan é o primeiro a falar:

– Sou Stephan Feruzi Omondi – ele se apresenta, estendendo o braço para oferecer um aperto de mãos. – Estou aqui como representante do comandante supremo da África.

Stephan é alto e pomposo e extremamente formal e, embora tenha nascido e sido criado no que no passado fora Nairóbi, estudou inglês no exterior e se expressa com um sotaque britânico. Percebo que o olhar de Juliette se detém por algum tempo no rosto dele, que ela gosta da imagem à sua frente.

Alguma coisa se aperta em meu peito.

RESTAURA-ME

— Seus pais também o enviaram para me espionar, Stephan? — ela indaga, ainda encarando-o.

Ele responde com um sorriso — um movimento que anima todo o seu rosto — e de repente passo a odiá-lo.

— Viemos só para oferecer os cumprimentos. Só para uma reunião amigável.

— Aham. E vocês dois? — Juliette se volta para os gêmeos. — A mesma coisa?

Nicolás, o gêmeo que chegou ao mundo primeiro, apenas sorri para Juliette. Parece alegre.

— Sou Nicolás Castillo — apresenta-se —, filho de Santiago e Martina Castillo, e esta é minha irmã Valentina...

— *Irmã?* — Lena se intromete. Ela acaba de encontrar outra oportunidade para ser cruel, e eu nunca a odiei tanto. — Vocês continuam fazendo isso?

— Lena — chamo-a, com um tom de advertência na voz.

— O que foi? — Ela me encara. — Por que todo mundo continua fingindo que agir assim é normal? Um dia o filho de Santiago acorda e decide que quer ser menina e todos nós simplesmente... fingimos que não tem nada acontecendo?

— Vá à merda, Lena — é a primeira coisa que Valentina diz durante toda a manhã. — Eu devia ter cortado suas orelhas quando tive a oportunidade.

Juliette fica de olhos arregalados.

— Ah, perdão... — Kenji inclina a cabeça para o lado, usa a mão para acenar. — Estou perdendo alguma coisa?

— Valentina gosta de fingir — Lena retruca.

— *Cállate la boca, cabrona* — Nicolás esbraveja com ela.

– Não, quer saber? – Valentina diz, apoiando a mão no ombro de seu irmão. – Está tudo bem. Deixe-a falar. Lena acha que eu gosto de fingir, *pero* não vou fingir *cuando cuelge su cuerpo muerto en mi cuarto.*

Lena apenas revira os olhos.

– Valentina, não ligue para o que ela diz – aconselho. – *Ella no tiene ninguna idea de lo que está hablando. Tenemos mucho que hacer y no debemos...*

– Porra, cara! – Kenji me interrompe. – Você também fala espanhol, é? – Passa a mão pelos cabelos. – Vou ter que me acostumar a isso.

– Todos nós falamos muitas línguas – esclarece Nicolás, com um toque de irritação permeando a voz. – Temos que conseguir nos comuni...

– Ouçam, pessoal, estou pouco me lixando para seus dramas pessoais – Juliette anuncia de repente, pressionando a ponte do nariz. – Sinto uma dor de cabeça terrível e tenho um milhão de coisas para resolver, então quero começar logo.

– *Por supuesto, señorita.* – Nicolás faz uma pequena reverência com a cabeça.

– O quê? – ela pergunta, piscando para ele. – Não sei o que significa isso.

Nicolás apenas sorri.

– *Entonces deberías aprender a hablar español.*

Quase rio, mesmo enquanto balanço a cabeça. Nicolás está dificultando a situação, e de propósito.

– *Basta ya* – censuro-o. – *Dejala sola. Sabes que ella no habla español.*

– O que vocês dois estão falando? – Juliette exige saber.

RESTAURA-ME

O sorriso de Nicolás só cresce no rosto, seus olhos azuis brilhando em deleite.

— Nada que tenha muita importância, Senhora Suprema. Só que é um prazer conhecê-la.

— Tenho a informação de que todos participarão do simpósio hoje, certo? — ela pergunta.

Mais uma leve reverência.

— *Claro que sí.*

— Ele disse que sim — traduzo para ela.

— Que outras línguas você fala? — Juliette se mostra curiosa ao se virar para me encarar, e fico tão surpreso por ela se dirigir a mim em público que me esqueço de responder.

É Stephan quem diz:

— Nós aprendemos muitas línguas desde muito novos. É fundamental que os comandantes e todos de suas famílias saibam se comunicar uns com os outros.

— Mas eu pensei que o Restabelecimento quisesse se livrar de todas as línguas — ela comenta. — Pensei que estivessem trabalhando para criar uma única língua universal…

— *Sí*, Senhora Suprema — Valentina assevera, concordando discretamente com a cabeça. — É verdade. Mas primeiro precisávamos ser capazes de conversar uns com os outros, não?

Juliette parece fascinada. Esqueceu sua raiva tempo suficiente para ficar mais uma vez impressionada com a vastidão do mundo; posso ver em seus olhos. Posso sentir seu desejo de fugir.

— De onde vocês são? — quer saber, seu tom de voz repleto de inocência, admiração. Alguma coisa se parte em meu coração. — Antes de o mundo ser reorganizado, qual era o nome de seus países?

– Nascemos na Argentina – Nicolás e Valentina falam ao mesmo tempo.

– Minha família é do Quênia – responde Stephan.

– E vocês já visitaram uns aos outros? – ela indaga, virando-se para analisar nossos rostos. – Vocês viajam uns aos continentes dos outros?

Confirmamos com um gesto.

– Nossa! – exclama baixinho, mais pra si mesma do que para o restante da sala. – Deve ser incrível!

– Também deve ir nos visitar, Senhora Suprema – convida um Stephan sorridente. – Adoraríamos recebê-la. Afinal, agora é uma de nós.

O sorriso de Juliette desaparece. Cedo demais também se vai seu olhar distante, reflexivo. Ela não diz nada, mas posso sentir a raiva e a tristeza fervendo em seu interior.

De repente, chama:

– Warner, Castle, Kenji?

– Sim?

– Sim, senhorita Ferrars?

Eu só a encaro.

– Se tivermos terminado aqui, eu gostaria de conversar a sós com vocês três, por favor.

Juliette

 Fico pensando que preciso permanecer calma, que tudo isso é coisa da minha cabeça, que vai dar tudo certo e alguém vai abrir essa porta, alguém vai me tirar daqui. Fico pensando que isso vai acontecer. Fico pensando que alguma coisa desse tipo tem de acontecer, porque coisas assim simplesmente não acontecem. Isso não acontece. As pessoas não são esquecidas assim. Não são abandonadas assim.
 Isso simplesmente não acontece.
 Meu rosto está sujo de sangue de quando me jogaram no chão, e minhas mãos continuam trêmulas, mesmo enquanto escrevo estas palavras. Essa caneta é minha única válvula de escape, minha única voz, porque não tenho ninguém mais com quem conversar, nenhum pensamento além dos meus para me afogar, e todos os botes salva-vidas estão tomados e todos os coletes salva-vidas destruídos e não sei nadar e não consigo nadar e não posso nadar e está ficando tão difícil. Está ficando tão difícil. É como se houvesse um milhão de gritos presos em meu peito, mas tenho de mantê-los todos aqui porque para que gritar se você nunca vai ser ouvida e ninguém nunca vai me ouvir aqui. Ninguém nunca mais vai me ouvir.
 Aprendi a ficar olhando para as coisas.

Para as paredes. Minhas mãos. As rachaduras nas paredes. As linhas em meus dedos. Os tons de cinza do concreto. O formato das minhas unhas. Escolho uma coisa e a analiso pelo que parecem ser horas. Tenho noção do tempo porque conto mentalmente os segundos. Tenho noção dos dias porque os anoto. Hoje é o dia 2. Hoje é o segundo dia. Hoje é 1 dia.

Hoje.

Está muito frio. Está muito frio, muito frio.

Por favor por favor por favor.

— Excerto dos diários de Juliette no hospício

Continuo encarando os três, esperando uma confirmação quando, de repente, um Kenji espantado responde:

– Ah, sim... É... sem problemas.

– Claro – concorda Castle.

Mas Warner não fala nada. Apenas me analisa como se enxergasse meu interior e, por um instante, só consigo me lembrar da minha imagem nua, implorando para que tomasse banho comigo; meu corpo em seus braços, chorando enquanto eu afirmava sentir saudades; meus lábios tocando os seus.

Sinto tanta vergonha que chego a tremer. Um antigo impulso toma conta do meu corpo, fazendo-me enrubescer.

Fecho os olhos, desvio o rosto, dou meia-volta duramente e saio da sala sem dizer uma palavra mais.

– Juliette, meu amor...

Já estou na metade do corredor quando sua mão toca minhas costas e enrijeço, o coração acelerando em um instante. Assim que

RESTAURA-ME

me viro para ele, percebo a mudança em seu rosto, sua expressão indo do medo à surpresa em uma fração de segundo, e fico tão furiosa por ele ter essa habilidade, esse dom de ser capaz de sentir as emoções das outras pessoas, porque sempre sou tão transparente para ele, tão completamente vulnerável e isso é revoltante, *revoltante*.

– O quê? – retruco.

Tento falar com dureza, mas dá tudo errado. Minha voz sai esbaforida. Constrangedora.

– Eu só... – Mas suas mãos pendem nas laterais do corpo. Seus olhos capturam os meus e de repente me pego congelada no tempo. – Eu queria dizer a você que...

– O quê? – E agora minha voz sai baixa e nervosa e aterrorizada, tudo ao mesmo tempo. Dou um passo para trás para salvar minha própria vida e percebo Castle e Kenji se aproximando muito lentamente. Os dois mantêm distância de propósito, para nos oferecer espaço para conversar. – O que você quer dizer?

Mas agora os olhos de Warner estão se movimentando e me estudando. Analisam-me com tanta intensidade que me pergunto se ele tem noção do que está fazendo. Fico curiosa para saber se Warner se dá conta de que, quando me olha desse jeito, sinto tão fortemente quanto se sua pele nua estivesse pressionada à minha. Quero saber se ele tem ideia de que me provoca coisas ao me olhar assim, que me deixa louca porque odeio não conseguir controlar isso, odeio que esse laço entre nós não se desfaça, e ele enfim fala com doçura

alguma coisa

alguma coisa que não ouço

porque estou olhando para seus lábios e sentindo minha pele queimar com lembranças dele e ainda ontem, ainda ontem ele era meu, senti sua boca em meu corpo, pude *senti-lo dentro de mim...*

— O quê? – consigo dizer, piscando para o teto.

— Eu disse que gostei muito do que fez com seu cabelo.

Odeio Warner, odeio porque faz isso com meu coração, odeio meu corpo por ser tão fraco, por desejá-lo, por sentir sua falta apesar de tudo, e não sei se devo chorar ou beijá-lo ou lhe dar um chute nos dentes, então escolho falar, sem olhá-lo nos olhos:

— Quando ia me contar sobre Lena?

Warner fica parado, totalmente paralisado por um instante.

— Ah... – Ele pigarreia. – Não sabia que você já tinha ouvido falar de Lena.

Estreito os olhos para ele, incapaz de confiar em mim mesma para dizer qualquer coisa. Ainda estou decidindo o melhor curso de ação quando ele prossegue:

— Kenji estava certo. – Mas ele sussurra as palavras, como se falasse consigo mesmo.

— Como é?

Ergue o rosto.

— Desculpe – fala baixinho. – Eu devia ter contado antes. Agora entendo.

— Então, por que não falou nada?

— Ela e eu... Nós... Aquilo não foi nada. Foi um relacionamento por conveniência e companhia básica. Não significou nada para mim. De verdade... Você precisa saber... Se eu nunca falei nada sobre ela, foi porque nunca pensei nela tempo suficiente para sequer considerar contar.

— Mas vocês passaram *dois anos* juntos...

RESTAURA-ME

Warner nega com a cabeça antes de responder:

– Não foi bem assim. Não foram dois anos sérios. Aliás, não foram sequer dois anos de comunicação contínua. – Suspira. – Ela vive na Europa, meu amor. Nós nos víamos por períodos breves e pouco frequentes. Era puramente físico. Não era uma relação de verdade...

– *Puramente físico...* – ecoo, chocada. Cambaleio para trás, quase tropeço em meus próprios pés e sinto suas palavras rasgarem minha carne com uma dor física lancinante e inesperada. – Nossa. Nossa...

Agora não consigo pensar em nada além de seu corpo junto ao dela, os dois entrelaçados, os dois anos que Warner passou nu nos braços daquela garota...

– Não, por favor – ele pede. A urgência em sua voz me força a voltar ao presente. – Não foi isso que eu quis dizer. Eu só... Eu estou... Não sei explicar – continua, frustrado como nunca o vi antes. Nega fortemente com a cabeça. – Antes de conhecer você, tudo era diferente na minha vida. Estava perdido e totalmente solitário. Nunca me importei com ninguém. Nunca quis me aproximar de ninguém. Eu nunca... Você foi a primeira pessoa que...

– Pare – ordeno, balançando a cabeça em um gesto negativo. – Pare com isso, está bem? Estou muito cansada. Minha cabeça está me matando e não tenho energia para continuar ouvindo essas coisas.

– Juliette...

– Quantos segredos mais você guarda? – pergunto. – Quantas coisas mais vou descobrir sobre você? Sobre mim? Minha família? Minha história? Sobre o Restabelecimento e os detalhes da minha *verdadeira vida*?

– Juro que nunca quis magoá-la assim – afirma. – Não quero esconder nada de você, mas tudo isso é muito novo para mim, meu

311

amor. Esse tipo de relacionamento é muito novo para mim e eu não... Eu não sei como...

– Você já manteve muita coisa escondida de mim – retruco, sentindo minha força falhar, sentindo o peso dessa terrível dor de cabeça desmontar minha armadura, sentindo demais, coisas demais de uma única vez quando prossigo: – Há tanto que não sei a seu respeito. Há tanto que não sei sobre seu passado. Ou sobre nosso presente. Não sei mais em que posso acreditar.

– Pergunte o que quiser. Eu respondo qualquer coisa que você queira saber.

– Qualquer coisa, menos a verdade a meu respeito? A respeito dos meus pais?

Warner, de repente, fica pálido.

– Você ia manter essas informações escondidas de mim para sempre – afirmo. – Não planejava me contar verdade nenhuma. Que fui adotada. Ou planejava?

Seus olhos ficam desvairados, iluminados pelos sentimentos.

– Responda à pergunta – insisto. – Só me responda isso. – Dou um passo adiante, fico tão próxima de Warner que consigo sentir sua respiração em meu rosto; tão próxima que quase consigo ouvir seu coração acelerar no peito. – Ia me contar?

– Não sei.

– Diga a *verdade*.

– Estou sendo sincero, meu amor – ele responde, balançando a cabeça. – É muito provável que sim. – De repente, suspira. A ação parece deixá-lo exausto. – Não sei o que fazer para convencê-la de que pensei estar poupando-a da dor dessa verdade em particular. De fato, pensei que seus pais biológicos estivessem mortos. Agora vejo que esconder as informações de você não foi a coisa certa a

RESTAURA-ME

fazer, mas eu nem sempre faço a coisa certa – admite baixinho. – Mesmo assim, você precisa acreditar que nunca tive a intenção de magoá-la. Nunca quis mentir para você ou esconder informações. Acho que, com o tempo, eu teria lhe contado o que sabia ser verdade. Eu só estava tentando encontrar a hora certa.

De repente, não sei o que sentir.

Encaro-o, vejo-o cabisbaixo, vejo o momento em que sua garganta engole um nó de emoções. E alguma coisa se rompe dentro de mim. Alguma medida de resistência começa a desmoronar.

Warner parece tão vulnerável. Tão jovem.

Respiro fundo e deixo o ar escapar lentamente antes de erguer o rosto, olhá-lo nos olhos mais uma vez. E então percebo. Percebo o momento em que ele sente a mudança em meus sentimentos. Alguma coisa ganha vida em seus olhos. Dá um passo adiante e agora estamos tão próximos que sinto medo de falar. Meu coração bate forte demais no peito e não preciso fazer nada para ser lembrada de tudo, de cada momento, de cada toque que compartilhamos. Seu cheiro está em toda parte à minha volta. Seu calor. Seus suspiros. Seus cílios dourados e olhos verdes. Toco seu rosto quase sem querer, com cuidado, como se ele pudesse ser um fantasma, como se tudo pudesse não passar de um sonho, e as pontas dos meus dedos roçam sua bochecha, deslizam pela linha de seu maxilar e paro quando ele prende a respiração, quando seu corpo treme quase imperceptivelmente

e nos aproximamos como se estivéssemos em uma lembrança

olhos se fechando

lábios se tocando

– Me dê mais uma chance – sussurra, encostando sua cabeça à minha.

Meu coração dói, bate violentamente no peito.

– Por favor – implora suavemente, e de alguma maneira Warner fica ainda mais próximo, seus lábios tocam os meus enquanto fala e me sinto presa pelas emoções, incapaz de me mover enquanto ele pronuncia as palavras contra minha boca, suas mãos leves e hesitantes envolvendo meu rosto, e ele diz: – Juro pela minha vida que não vou decepcioná-la

e me beija

Ele me beija

bem ali, no meio de tudo, na frente de todos, e sou inundada, tomada por sentimentos, a cabeça girando enquanto ele me puxa contra o contorno firme de seu corpo, e não consigo me salvar de mim mesma, não consigo conter o ruído que emito quando ele separa meus lábios e me vejo perdida, perdida em seu sabor, perdida em seu calor, envolvida por seus braços e

preciso me afastar

afasto-me tão rapidamente que quase tropeço. Estou ofegando forte demais, meu rosto vermelho, meus sentimentos em pânico

E ele só consegue me olhar, seu peito subindo e descendo com tamanha intensidade que chego a sentir daqui, a mais de meio metro de distância, e não consigo pensar em nada certo ou racional para dizer sobre o que aconteceu ou o que estou sentindo exceto

– Isso não é justo – sussurro, enquanto as lágrimas ameaçam e pinicam meus olhos. – Não é *justo*.

Não espero para ouvir sua resposta antes de sair desesperada pelo corredor, correndo o restante do caminho até meus aposentos.

Warner

— Problemas no paraíso, senhor Warner?

Em segundos, já o agarrei pela garganta. A surpresa desfigura seu semblante quando empurro seu corpo contra a parede.

— Você... — começo furioso. — Você me forçou a entrar nesta posição impossível. *Por quê?*

Castle tenta engolir a saliva em sua boca, mas não consegue. Seus olhos se mantêm arregalados, mas não demonstram medo. Quando volta a falar, suas palavras saem roucas, sufocadas.

— Você tinha de fazer o que fez — arfa. — Tinha que acontecer. Ela precisava ser avisada, e tinha que vir de você.

— Não acredito em suas palavras — grito, empurrando-o com mais força contra a parede. — Aliás, não sei por que cheguei a acreditar em você.

— Por favor, garoto, coloque-me no chão.

Solto-o só um pouco e ele dá várias lufadas de ar antes de prosseguir:

— Eu não menti para você, senhor Warner. Ela precisava ouvir a verdade. E se tivesse ouvido da boca de qualquer outra pessoa, jamais o perdoaria. Pelo menos agora... – Tosse. – Com o tempo, pode ser que o perdoe. É sua única chance de ser feliz.

– Como é que é? – Baixo a mão. Solto-o de vez. – Desde quando se importa com a minha felicidade?

Ele passa tempo demais em silêncio, massageando a garganta enquanto me encara. Por fim, retruca:

– Acha que não sei o que seu pai fez com você? O que ele o fez passar?

E agora dou um passo para trás. Castle prossegue:

– Você acha que não conheço sua história, garoto? Acha que o deixaria entrar no meu mundo, que lhe ofereceria um santuário entre meu povo, se realmente acreditasse que nos causaria mal?

Respiro dificultosamente. De repente, estou confuso. Sinto-me exposto.

– Você não sabe nada a meu respeito – respondo, sentindo a mentira enquanto ainda a pronuncio.

Castle sorri, mas noto um tom de dor em seu rosto.

– Você é só um garoto – fala baixinho. – Tem apenas dezenove anos, senhor Warner. E acho que sempre se esquece disso. Não tem perspectiva, não tem ideia de que só viveu pouquíssimo tempo. Ainda tem muita vida pela frente. – Suspira. – Tento dizer a mesma coisa a Kenji, mas ele é como você. Teimoso, muito teimoso.

– Kenji e eu não somos parecidos *em nada*.

– Sabia que você é um ano mais novo que ele?

– A idade é um fator irrelevante. Quase todos os meus soldados são mais velhos que eu.

Castle tosse.

RESTAURA-ME

— Todos vocês, jovens... — responde, negando com a cabeça. — Vocês sofrem demais. Carregam essas histórias horríveis e trágicas. Personalidades voláteis. Eu sempre quis ajudar. Sempre quis corrigir isso, fazer deste mundo um lugar melhor para vocês, os jovens.

— Bem, pode ir salvar o mundo em outro lugar — retruco. — E fique à vontade para fazer o papel de babá de Kishimoto sempre que quiser. Mas eu não sou responsabilidade sua. Não preciso que sinta pena de mim.

Castle apenas inclina a cabeça para mim.

— Nunca poderá escapar da minha pena, senhor Warner.

Meu maxilar se contrai. Ele prossegue:

— Vocês, garotos... — Seus olhos parecem distraídos por um momento. — Vocês me fazem lembrar tanto dos meus filhos...

Fico em silêncio por um instante.

— Você tem filhos?

— Sim. — Sinto a onda de dor repentina e sufocante apoderando-se dele quando esclarece: — Eu tinha.

Dou vários passos para trás sem nem me dar conta, afastando-me de suas emoções. Só consigo encará-lo. Surpreso. Curioso.

Lamentando.

— Olá.

Ao ouvir a voz de Nazeera, viro-me, assustado. Está acompanhada de Haider, os dois com uma expressão muito séria no rosto.

— O que foi? — questiono.

— Precisamos conversar. — Nazeera olha para Castle. — Seu nome é Castle, certo?

Ele assente.

317

— Sim, sei que você sabe muito sobre um assunto, Castle, então vou precisar da sua ajuda para também entender. — Nazeera ergue o dedo no ar para traçar um círculo entre nós quatro. — Precisamos conversar. *Agora.*

Juliette

Isso de não conhecer a paz é muito estranho. Isso de saber que, não importa aonde você vá, não existe nenhum santuário à espera. Que a ameaça da dor se encontra sempre a um sussurro de distância. Não estou segura trancafiada em meio a essas quatro paredes. Nunca estive segura ao sair de casa e tampouco senti qualquer segurança nos 14 anos que vivi em casa. O hospício mata as pessoas dia após dia, o mundo já aprendeu a ter medo de mim e minha casa é o mesmo lugar onde meu pai me trancava no quarto toda noite e minha mãe gritava comigo porque eu era a abominação que ela fora forçada a criar.

Dizia que era meu rosto.

Havia algo no meu rosto, alegava, que ela não suportava. Algo em meus olhos, no jeito como eu a olhava, no fato de eu simplesmente existir. Sempre me dizia para parar de olhar pra ela. Sempre gritava isso. Como se eu pudesse atacá-la. Pare de olhar para mim, gritava. Pare já de olhar para mim, gritava.

Certa vez, colocou minha mão no fogo.

Só para ver se queimava, explicou. Só para ter certeza de que era uma mão normal, insistiu.

Eu tinha 6 anos quando isso aconteceu.

TAHEREH MAFI

Lembro porque foi no dia do meu aniversário.

— Excerto dos diários de Juliette no hospício

— Esquece — é tudo o que digo quando Kenji aparece à porta dos meus aposentos.

— Esquece o quê? — Ele estica a perna para segurar a porta, que já está se fechando. Então, consegue passar. — O que está acontecendo?

— Deixa pra lá, não quero conversar com nenhum de vocês. Por favor, vão embora. Ou talvez possam ir direto para o inferno. Para ser sincera, não estou nem aí.

Kenji parece chocado, como se eu tivesse lhe dado um tapa na cara.

— Você está... Espere aí... está falando sério?

— Nazeera e eu vamos sair para o simpósio em uma hora. Preciso me arrumar.

— O quê? O que está acontecendo, J? Qual é o seu problema?

Viro-me para encará-lo.

— O que está acontecendo comigo? Ah, claro. Como se você não soubesse!

Kenji passa a mão pelos cabelos.

— Bem, eu soube o que aconteceu com Warner, é verdade, mas tenho certeza de que vi vocês dois dando uns amassos no corredor, então fiquei, hum... Fiquei muito confuso.

— Ele mentiu para mim, Kenji. Mentiu para mim esse tempo todo. Mentiu sobre tantas coisas. Castle também. E você também...

— Espere, como é que é? — Kenji agarra meu braço quando olho para o outro lado. — Espere. Não menti para você sobre merda nenhuma. Não me envolva nesse rolo. Eu não tive nada a ver com o

RESTAURA-ME

que aconteceu. Droga, até agora não sei o que dizer a Castle. Não acredito que ele manteve tudo isso escondido de mim.

De repente, fico paralisada, meus punhos se fechando, agarrando-se a uma esperança repentina conforme a raiva vai ganhando força.

— Você não fez parte de tudo isso com Castle? — indago.

— Não. Nem ferrando. Eu não tinha ideia dessa loucura toda até ontem, quando Warner me contou.

Hesito.

Kenji revira os olhos.

— Bem, e por que eu deveria acreditar em você? — pergunto, minha voz aguda como a de uma criança. — Todo mundo andou mentindo para mim...

— J... — chama, negando com a cabeça. — Qual é? Você me conhece. Sabe que não curto essas besteiras. Não é meu estilo.

Engulo em seco, de repente me sentindo pequena. De repente, sentindo meu interior se desfazer. Meus olhos ardem enquanto tento sufocar o impulso das lágrimas.

— Você jura?

— Ei! — fala baixinho. — Venha cá, mocinha.

Discretamente dou um passo à frente e ele me abraça, caloroso e forte e seguro e nunca me senti tão grata por essa amizade, pela existência constante dele em minha vida.

— Vai ficar tudo bem — sussurra. — Eu juro.

— Mentiroso — fungo.

— Ué, tem cinquenta por cento de chance de eu estar certo.

— Kenji?

— Sim?

– Se eu descobrir que está mentindo para mim sobre qualquer coisa em tudo isso, juro por Deus que vou arrebentar cada ossinho do seu corpo.

Ele dá uma risada rápida.

– Sim, tudo bem.

– Estou falando muito sério.

– Claro. – E dá tapinhas de leve na minha cabeça.

– Vou mesmo.

– Eu sei, princesa. Eu sei.

Alguns segundos mais de silêncio.

E então

– Kenji – chamo-o, baixinho.

– Sim?

– Eles vão destruir o Setor 45.

– Quem vai?

– Todo mundo.

Kenji empurra o corpo para trás. Arqueia uma sobrancelha.

– Todo mundo quem?

– Todos os comandantes supremos – respondo. – Nazeera me contou tudo.

O rosto de Kenji é inesperadamente estampado por um sorriso enorme.

– Ah, então Nazeera é do time do bem, é? Ela está do nosso lado? Tentando ajudar?

– Ah, meu Deus, Kenji, por favor, foco…

– Só estou dizendo… – começa, erguendo a mão. – A garota é o máximo, é só isso que estou dizendo.

Reviro os olhos. Tento não rir enquanto seco as lágrimas errantes.

322

— Então... — Ele acena com a cabeça para mim. — O que está rolando? Preciso de detalhes. Quem está vindo? Quando? Como? O que mais?

— Não sei – respondo. – Nazeera ainda está tentando descobrir. Ela acha que devem chegar na próxima semana, mais ou menos. Os filhos estão aqui para me monitorar e transmitir informações a seus pais, mas compareceram ao simpósio especificamente porque parece que os comandantes querem saber como os outros líderes dos setores vão reagir ao me verem. Nazeera comentou que acha que as informações que eles vão enviar podem servir para ajudar a planejar os próximos passos. Ao que me parece, pode ser uma questão de dias.

Em pânico, Kenji fica de olhos arregalados.

— Puta merda!

— Pois é, mas além de acabar com o Setor 45, eles também planejam me levar como prisioneira. O Restabelecimento quer me prender outra vez, ao que tudo indica. Seja lá o que isso significa.

— Prender você outra vez? — Kenji franze a testa. — Por qual motivo? Para mais testes? Tortura? Fazer o que querem com você?

Balanço a cabeça de um lado para o outro.

— Não sei. Não tenho ideia de quem sejam essas pessoas. Minha irmã... — Ainda sinto estranheza ao pronunciar essas palavras. — Ela parece ainda estar sendo vítima de testes e sendo torturada em algum lugar por aí. Tenho certeza de que não vão me levar para um grande reencontro de família, entende?

— Uau! — Kenji esfrega a mão na testa. — Isso é um drama que alcança todo um novo patamar.

— Pois é.

— Mas... o que vamos fazer?

Hesito.

– Não sei, Kenji. Eles virão matar todo mundo do Setor 45. Não acho que eu tenha escolha.

– O que quer dizer com isso?

Ergo o olhar.

– Quero dizer que tenho certeza de que terei de matá-los primeiro.

Warner

Meu coração bate frenético no peito. Minhas mãos estão úmidas, instáveis. Mas não tenho tempo de enfrentar minha mente. As confissões de Nazeera podem custar minha sanidade. Só posso torcer para que esteja errada. Só posso ter esperança de que o tempo provará que ela está desesperada e terrivelmente errada e não há tempo, tempo nenhum, para lidar com nada disso. Não tenho como criar espaço no meu dia para essas emoções humanas frágeis e incertas.

Preciso viver no aqui e no agora.

Em minha própria solidão.

Se for necessário, hoje serei apenas um soldado, um robô perfeito, de espinha ereta, olhos que não entregam nenhuma emoção, enquanto nossa comandante suprema Juliette Ferrars sobe ao palco.

Hoje estamos todos aqui, um pequeno batalhão posicionado atrás dela como sua própria guarda pessoal: eu, Delalieu, Castle, Kenji, Ian, Alia, Lily, Brendan e Winston. Até mesmo Nazeera e Haider, Lena, Stephan, Valentina e Nicolás permanecem atrás de nós, fingindo demonstrar apoio quando Juliette dá início a seu discurso. Só faltam Sonya, Sara, Kent e James, que ficaram para trás, na base. Nos últimos tempos, Kent não se importa muito com quase nada além de manter James longe de perigo, e não tenho como culpá-lo. Às vezes também sinto vontade de poder deixar essa vida de lado.

Aperto os olhos com força. Endireito o corpo.

Só quero que isso acabe logo.

O local do simpósio bianual é de acesso relativamente fácil, mas em reconhecimento à nossa comandante suprema, o evento foi transferido para o Setor 45, um esforço possibilitado exclusivamente por Delalieu.

Posso sentir todo o nosso grupo pulsar com diferentes tipos e níveis de energia, mas tudo está tão misturado que sequer consigo diferenciar medo de apatia. Então, concentro-me no público e em nossa líder, já que suas reações são o ponto mais importante. E de todos os muitos eventos e simpósios em que já estive ao longo dos anos, nunca senti uma carga tão elétrica vinda da multidão quanto sinto agora.

Quinhentos e cinquenta e quatro de meus colegas comandantes-chefes e regentes estão na plateia, assim como seus esposos ou esposas e vários membros de sua equipe mais próxima. É algo sem precedentes: todos os convites foram aceitos. Ninguém queria perder a oportunidade de conhecer a nova líder adolescente da América do Norte. Estão fascinados. Famintos. Lobos em pele humana, ansiosos por rasgar a carne da jovem garota que já subestimaram.

Se os poderes de Juliette não conferissem a seu corpo um certo grau de invencibilidade funcional, eu estaria extremamente preocupado ao vê-la parada ali sozinha, desprotegida, diante de todos

RESTAURA-ME

os seus inimigos. Os civis deste setor podem estar torcendo por ela, mas o restante do continente não tem o menor interesse no tipo de perturbação que ela trouxe a essas terras ou na ameaça que ela significa às posições deles no Restabelecimento. Os homens e as mulheres diante dela hoje são pagos para serem leais a outro grupo. Não têm nenhuma simpatia por sua causa, por sua luta pelas pessoas comuns.

Não faço ideia de quanto tempo vão deixá-la falar antes de a atacarem.

Mas não tenho que esperar muito.

Juliette mal deu início a seu discurso – apenas começou a expor as muitas falhas do Restabelecimento e a necessidade de um novo começo – e a multidão de repente fica agitada. As pessoas se levantam, erguem os punhos, e minha mente se desliga quando gritam com ela, os eventos se desenrolando diante dos meus olhos como se acontecessem em câmera lenta. Ela não reage.

Uma, duas, dezesseis pessoas estão em pé agora, e ela continua falando.

Metade da sala começa a vociferar palavras furiosas em sua direção e, agora, consigo sentir Juliette ficando cada vez mais furiosa, sua frustração ganhando força, mas de alguma maneira ela se controla. Quanto mais protestam, mais ela ergue a voz, está falando tão alto que praticamente berra. Olho rápido para o espaço entre ela e a multidão, minha mente trabalhando desesperadamente para decidir o que fazer. Kenji me encara e nós dois compreendemos um ao outro sem precisar pronunciar uma única palavra.

Temos de intervir.

Juliette agora está denunciando os planos do Restabelecimento de extinguir as línguas e a literatura; está explicando suas esperanças de levar os civis para fora dos galpões; acaba de começar a abordar a questão do clima quando ouvimos um tiro na sala.

E então, sobrevém um momento de perfeito silêncio antes de...

Juliette puxar a bala entortada de sua testa. Jogá-la no chão. O leve tintilar do metal no mármore reverbera pelo espaço.

Caos em massa.

Centenas e centenas de pessoas de repente estão de pé, todas gritando com ela, ameaçando-a, apontando suas armas para ela, e consigo sentir, consigo sentir a situação fugindo do controle.

Mais tiros ecoam e o segundo de que precisamos para formular um plano já é tempo demais. Brendan cai no chão com uma arfada repentina e horrível. Winston grita, segura o corpo do colega.

E é isso.

De repente, Juliette fica paralisada; e minha mente fica lenta.

Consigo sentir antes de acontecer: sinto a mudança, a estática no ar. O calor em volta dela, as ondas de poder emanando de seu corpo como raios prestes a cair e não tenho tempo para fazer nada além de segurar a respiração quando, de repente...

Juliette dá um *grito*.

Demorado. Alto. Violento.

O mundo parece se tornar uma mancha por um segundo – por apenas um momento tudo cessa, congela: corpos contorcidos; rostos furiosos e distorcidos; tudo congelado no tempo.

As placas que formam o chão se levantam e se estilhaçam. Estouram como trovões ao atingirem as paredes. As luminárias balançam precariamente antes de caírem no chão.

RESTAURA-ME

E então, todo mundo.

Cada uma das pessoas em seu campo de visão. Quinhentas e cinquenta e quatro pessoas e todos os seus convidados. Seus rostos, seus corpos, os assentos que ocupam, tudo dilacerado como se fossem peixes frescos. Sua carne é rasgada para fora, amontoando-se lentamente enquanto uma contínua torrente de sangue acumula-se em poças em volta de seus pés.

Todos caem mortos.

Juliette

Hoje comecei a gritar.

— Excerto dos diários de Juliette no hospício

Você estava feliz
Você estava triste
Você estava com medo
Você estava com raiva
quando gritou pela primeira vez?
Você estava lutando por sua vida sua decência sua dignidade sua humanidade
Quando alguém a toca agora, você grita?
Quando alguém sorri para você, você retribui o sorriso?
Ele pediu para você não gritar ele te bateu quando você chorou?
Ele tinha um nariz dois olhos dois lábios duas bochechas duas orelhas duas sobrancelhas?
Era ele um humano parecido com você?
Cor, sua personalidade.
Formas e tamanhos são variedades.
Seu coração é uma anomalia.

RESTAURA-ME

Suas ações
são
os
únicos
traços
que você
deixa
para trás.

— Excerto dos diários de Juliette no hospício

Às vezes acho que as sombras se movimentam.
Às vezes acho que alguém pode estar observando.
Às vezes essa ideia me assusta e às vezes essa ideia me torna tão absurdamente feliz que não consigo parar de chorar. E então às vezes acho que não tenho a menor ideia de quando comecei a perder a sanidade aqui. Nada mais parece real e não sei dizer se estou gritando ou se só grito em minha cabeça.
Não há ninguém para me ouvir aqui.
Para me dizer que não estou morta.

— Excerto dos diários de Juliette no hospício

Não sei quando começou.
Não sei por que começou.
Não sei nada de nada, exceto pelos gritos.

Minha mãe gritando quando percebeu que não podia mais me tocar. Meu pai gritando quando se deu conta do que eu tinha feito com minha mãe. Meus pais gritando quando me trancavam em um quarto e me diziam que eu devia ser grata. Por me darem comida. Pelo tratamento humanitário dispensado a essa coisa que não tinha como ser filha deles. Pelo metro que usavam para medir a distância necessária para me manter longe.

Eu arruinei a vida deles, é o que me diziam.

Roubei sua felicidade. Destruí a esperança de minha mãe ter outro filho.

Eu não conseguia ver o que tinha feito? é o que me perguntavam. Não conseguia ver que tinha estragado tudo?

Tentei tanto arrumar o que tinha estragado. Tentava ser todos os dias o que eles queriam. Tentava o tempo todo ser melhor, mas nunca realmente soube como.

Só agora sei que os cientistas estão errados.

O mundo é plano.

Sei porque fui jogada da beira do abismo e tento me segurar há dezessete anos. Venho tentando escalar de volta há dezessete anos, mas é quase impossível vencer a gravidade quando ninguém está disposto a lhe dar a mão.

Quando ninguém quer correr o risco de tocar em você.

— Excerto dos diários de Juliette no hospício

Já estou louca?
Será que já aconteceu?
Como vou saber?

— Excerto dos diários de Juliette no hospício

RESTAURA-ME

Há um instante de silêncio puro e perfeito antes de tudo, tudo explodir. Em um primeiro momento, nem me dou conta do que fiz. Não entendo o que acabou de acontecer. Eu não queria matar *essas* pessoas...

E então, de repente

Sou acometida por isso

A repentina percepção de que acabei de assassinar seiscentas pessoas em uma sala.

Parece impossível. Parece falso. Não ouvi balas. Não houve excesso de força nem violência. Só um grito longo e furioso.

– *Parem com isso* – gritei. Fechei os olhos com força e gritei, raiva e mágoa e exaustão e uma devastação esmagadora enchendo meus pulmões. O peso das últimas semanas, a dor de todos esses anos, o constrangimento das falsas esperanças criadas em meu coração, a traição, a perda...

Adam. Warner. Castle.

Meus pais, reais e imaginados.

Uma irmã que eu talvez jamais conheça.

As mentiras que compõem minha vida. As ameaças contra os inocentes do Setor 45. A morte certa que me aguarda. A frustração de ter tanto poder, tanto poder, e me sentir tão completamente impotente.

– *Por favor* – gritei. – *Por favor, parem...*

E agora...

Agora isso.

Meus membros ficaram paralisados de descrença. Meus ouvidos parecem cheios de vento; a mente, desligada do corpo. Eu não poderia ter matado tantas pessoas, penso, não poderia ter simplesmente matado todas essas pessoas, isso é impossível, penso, não é possível não é possível que abri a boca e aconteceu *isso*

Kenji está tentando me dizer alguma coisa, alguma coisa como *temos que sair daqui, temos que ir embora agora...*

Mas estou entorpecida, estou fraca, incapaz de colocar um pé na frente do outro e alguém está me puxando e me forçando a me mexer e ouço explosões

E de repente minha mente funciona.

Arfo e me viro, procurando Kenji, mas ele não está mais aqui. Com a camisa ensopada de sangue, está sendo arrastado para longe, olhos apenas entreabertos e

Warner está de joelhos, com as mãos para trás, algemadas

Castle está inconsciente no chão, sangue escorrendo livremente de seu peito

Winston continua gritando, mesmo enquanto alguém o arrasta para longe

Brendan está morto

Lily, Ian, Alia, mortos

E ainda estou tentando religar minha mente, tentando vencer o choque que se apossou do meu corpo e minha cabeça está girando, *girando*, e vejo Nazeera de canto de olho, ela está com a cabeça apoiada nas mãos, e alguém me toca e eu pulo

Eu me viro

– O que está acontecendo? – pergunto a ninguém em particular. – O que está havendo?

– Você fez um trabalho maravilhoso aqui, minha querida. Realmente nos deixou orgulhosos. O Restabelecimento agradece muito os sacrifícios que fez.

RESTAURA-ME

— Quem é você? — questiono, enquanto procuro a voz desconhecida.

E então os vejo, um homem e uma mulher ajoelhados diante de mim, e só então me dou conta de que estou deitada no chão, paralisada. Meus braços e pernas estão presos com fios elétricos que pulsam. Tento lutar contra eles, mas não consigo.

Meus poderes foram desligados.

Ergo o rosto na direção dos estranho, meus olhos estão arregalados e aterrorizados.

— Quem são vocês? — insisto, ainda me rebelando contra os fios que me mantêm presa. — O que querem de mim?

— Sou a comandante suprema da Oceania — a mulher se apresenta, sorrindo. — Seu pai e eu viemos aqui para levá-la para casa.

Warner

RESTAURA-ME

TAHEREH MAFI

RESTAURA-ME

TAHEREH MAFI

RESTAURA-ME

TAHEREH MAFI

Juliette

Por que você não se mata de uma vez? alguém certa vez me perguntou na escola.

Acho que era uma dessas perguntas que têm como objetivo ser cruel, mas foi a primeira vez que contemplei a possibilidade. Fiquei sem saber o que dizer. Talvez eu fosse louca por considerar a ideia, mas sempre tive a esperança de que se fosse uma menina boa o bastante – se fizesse tudo certo, se dissesse as coisas certas ou simplesmente não dissesse nada –, talvez meus pais mudassem de ideia. Pensei que pudessem finalmente me ouvir quando eu tentasse conversar. Pensei que pudessem me dar uma chance. Pensei que pudessem finalmente me amar.

Sempre tive essa esperança ~~ridícula~~.

— Excerto dos diários de Juliette no hospício

Quando abro os olhos, vejo estrelas.

Dezenas delas. Estrelinhas de plástico grudadas no teto. Brilham fraquinhas com a leve luminosidade, então me sento, cabeça latejando, e tento me orientar. Há uma janela à minha direita, uma cortina transparente filtrando os tons alaranjados e azuis do pôr do sol, forçando a luz a entrar em ângulos estranhos no quarto. Estou sentada em uma cama pequena. Ergo o rosto, olho em volta.

Tudo é rosa.

Cobertor rosa, travesseiros rosa. Tapete rosa no chão.

Confusa, tento me levantar e me viro, e então descubro que existe outra cama idêntica aqui, mas com os lençóis roxos. E travesseiros roxos.

O quarto é dividido por uma linha imaginária, cada metade igual à outra. Duas escrivaninhas: uma rosa, uma roxa. Duas cadeiras: uma rosa, uma roxa. Duas cômodas, dois espelhos. Rosa, roxo. Flores pintadas nas paredes. Uma mesinha e cadeiras de um lado. Uma arara com vestidos felpudos. Uma caixa de tiaras no chão. Um cavalete com lousa no canto. Um cesto debaixo da janela, cheio até a borda com bichos de pelúcia.

Isso é um quarto de criança.

Sinto meu coração acelerar. Minha pele esquenta e esfria.

Ainda sinto uma perda dentro de mim – uma percepção inerente de que meus poderes não estão funcionando – e só então me dou conta de que há algemas elétricas, brilhando, presas em meus punhos e tornozelos. Tento puxá-las, uso todas as minhas forças para abri-las, mas elas não saem do lugar.

Sinto o pânico crescer a cada instante.

Corro na direção da janela, desesperada por conseguir me localizar – por alguma explicação de onde estou, por alguma prova de que isso tudo não passa de uma alucinação –, mas me decepciono. A visão que tenho da janela só me deixa ainda mais confusa. É uma vista impressionante. Colinas infinitas, montanhas ao longe. Um lago enorme e reluzente, refletindo as cores do pôr do sol. É *lindo*.

RESTAURA-ME

Dou um passo para trás, sentindo-me subitamente mais aterrorizada.

Meus olhos apontam para a mesa e para a cadeira rosa, analisam a superfície em busca de alguma pista. Só vejo pilhas de cadernos coloridos. Uma caneca de porcelana repleta de canetinhas glitter e hidrocor. Várias páginas de adesivos fluorescentes.

Minhas mãos tremem ao abrir a gaveta.

Ali dentro, encontro pilhas de cartas e fotos antigas.

Num primeiro momento, só consigo ficar olhando para elas. Meus batimentos cardíacos ecoam na cabeça, tão fortes que quase os sinto na garganta. Minha respiração é rápida e curta. Sinto a cabeça girar e pisco uma vez, duas vezes, forçando-me a me manter firme. A ser corajosa.

Lentamente, muito lentamente, pego a pilha de cartas.

Só preciso olhar para os endereços para saber que elas são de antes do Restabelecimento. Todas foram enviadas aos cuidados de Evie e Maximillian Sommers. A uma rua em Glenorchy, Nova Zelândia.

Nova Zelândia.

Então me recordo, arfando bruscamente, do rosto do homem e da mulher que me carregaram para fora do simpósio.

Sou a comandante suprema da Oceania, ela disse. Seu pai e eu viemos aqui para levá-la para casa.

Fecho os olhos e estrelas explodem na escuridão por trás de minhas pálpebras, deixando-me fraca. Sem ar. Abro os olhos. Meus dedos parecem frouxos, desajeitados enquanto abrem a carta no topo da pilha.

É uma nota breve, datada de doze anos atrás.

TAHEREH MAFI

M & E,

Tudo está bem. Encontramos para ela uma família adequada. Ainda nenhum sinal de poderes, mas ficaremos de olho nela. Todavia, devo adverti-los para que a esqueçam. Ela e Emmaline tiveram suas memórias apagadas. Não perguntam mais de vocês. Esta será minha última atualização.

P. Anderson

P. Anderson.

Paris Anderson. O pai de Warner.

Analiso o quarto com novos olhos, sentindo um frio terrível se arrastar por minha espinha conforme as informações absurdas sobre essa loucura recém-descoberta se reúnem em minha mente.

O vômito ameaça subir. Engulo-o outra vez.

Agora estou olhando para a pilha de fotos intocadas dentro da gaveta aberta. Acho que perdi as sensações em algumas partes do rosto. Mesmo assim, forço-me a segurar as fotografias.

A primeira é uma imagem de duas garotinhas com vestidos amarelos iguais. As duas têm cabelos castanhos e são um pouco magras; estão de mãos dadas na trilha de um jardim. Uma olha para a câmera; a outra, para os pés.

Viro a fotografia.

Primeiro dia de Ella na escola.

A pilha de fotos cai de minhas mãos trêmulas, espalhando-se por toda parte. Todos os meus instintos gritam comigo, soam seus alarmes, imploram-me para correr.

Saia, tento gritar para mim mesma. *Saia já daqui.*

Mas minha curiosidade não me permite.

346

RESTAURA-ME

Algumas das fotografias caíram viradas para cima sobre a mesa. Não consigo parar de olhá-las, o coração batendo forte nos ouvidos. Com cuidado, recolho-as.

Três garotinhas de cabelos castanhos estão paradas ao lado de bicicletas um pouco grandes demais para elas. Olham umas para as outras, rindo de alguma coisa.

Viro a fotografia.

Ella, Emmaline e Nazeera. Sem rodinhas para ajudar.

Arfo e o barulho me sufoca ao escapar do peito. Sinto meus pulmões se comprimirem e estendo a mão, agarrando a mesa para me equilibrar. Sinto-me flutuando, transtornada.

Presa em um pesadelo.

Passo as fotografias, agora desesperada, minha mente trabalhando mais rápido que as mãos conforme as manuseio, tentando e fracassando em minha tentativa de interpretar o que estou vendo.

A imagem seguinte mostra uma menininha de mãos dadas com um homem mais velho.

Emmaline e Papa, diz no verso.

Outra foto, essa das meninas subindo em uma árvore.

O dia em que Ella torceu o tornozelo

E outra, com rostos embaçados, bolo e velas...

Aniversário de 5 anos de Emmaline

E mais uma, dessa vez a imagem de um belo casal...

Paris e Leila, vindo para o Natal

E congelo

chocada

sinto o ar deixando meu corpo.

Agora seguro apenas uma foto e sinto a necessidade de me forçar, de implorar a mim mesma para olhar para a foto em minha mão trêmula.

É a imagem de um menininho ao lado de uma menininha. Ela está sentada em uma escada. Ele a observa enquanto ela come um pedaço de belo.

Viro a foto.

Aaron e Ella

é tudo o que diz.

Tropeço para trás, cambaleando, e caio no chão. Todo o meu corpo está sofrendo um ataque, tremendo de terror, de confusão, de impossibilidade.

De repente, como se fosse uma deixa, alguém bate à porta. Uma mulher – a mulher de antes, uma versão mais velha da mulher nas fotografias – enfia a cabeça pela entrada do quarto, sorri para mim e diz:

– Ella, querida, não quer sair um pouco? Seu jantar já está esfriando.

E tenho certeza de que vou vomitar.

O quarto pende ao meu redor.
Vejo borrões
sinto-me cambaleando
e então…
de repente

O mundo é tomado pela escuridão.

TIPOGRAFIA ADOBE GARAMOND PRO